Hans Schütz

Ludwig zum Zweiten

AF223083

Hans Schütz

Ludwig zum Zweiten

Roman

2016
Norderstedt

Bibliografische Information der Deutschen Nationalbibliothek: Die Deutsche Nationalbibliothek verzeichnet diese Publikation in der Deutschen Nationalbibliografie; detaillierte bibliografische Daten sind im Internet über http://dnb.ddb.de abrufbar.

Umschlaggestaltung: Werner Böglmüller, Steingaden

Gestaltung und Satz: Kraus PrePrint, Landsberg am Lech
Herstellung und Verlag: BoD - Books on Demand, Norderstedt

ISBN 978-3-84236-390-8

Vorwort

Wenn von der Generation der „Achtundsechziger" die Rede ist, dann richtet sich der historische Rückblick fast ausschließlich auf die Entwicklung der Studentenproteste in den Universitätsstädten und auf die Folgen dieser Revolte in der großen Politik. Wie aber wirkte sich der gesellschaftliche Wandel dieser Zeit in einem Allgäuer Provinzstädtchen aus? Welche Folgen hatten die Ideen der Generation 68 in einem ländlichen Gymnasium weitab vom Schuss? Und was in aller Welt hat der bayerische Märchenkönig Ludwig II. mit den „Achtundsechzigern" zu tun?

Die Freunde Fritz Haksch und Max Wachsbleitter haben 1969 noch zwei Schuljahre bis zum Abitur vor sich. Beide engagieren sich in der Schülerzeitung ihres Gymnasiums und sind der neuen politischen Bewegung der sogenannten Achtundsechziger gegenüber sehr aufgeschlossen. Diese Einstellung führt bald zu heftigen Konflikten mit der Schule. Während Fritz Haksch durch die entsprechenden Auseinandersetzungen immer mehr zum Provinzrevoluzzer wird, zieht sich Max Wachsbleitter bald in eine sonderbare Scheinwelt zurück, in der der Bayerische Märchenkönig Ludwig II. zum großen Idol wird.

Seine geheimnisvolle Familiengeschichte mit der ungeklärten Herkunft seiner Vorfahren und die Entwicklung homoerotischer Neigungen führen kurz nach dem Abitur im Jahre 1971 dazu, dass sich eine Katastrophe anbahnt, die Fritz Haksch im letzten Augenblick noch zu verhindern sucht. –

Dieser Roman spielt in den Jahren 1969 bis 1971 in der Ostallgäuer Stadt Füssen am Lech. So wie einerseits die Stadt und ihr Umland durchaus den Realitäten entsprechend beschrieben sind, so sind andererseits die handelnden Personen durchwegs erfunden und große Teile der Erzählung fiktiv. Ähnlichkeiten mit lebenden Personen mögen da und dort mehr oder weniger naheliegen, was sich schon daraus ergibt, dass der Verfasser in der entsprechenden Zeit selbst Schüler am Gymnasium in Füssen war. Selbstverständlich sind somit reale Begebenheiten und Ereignisse aus dieser Zeit in die Romanhandlung mit eingeflossen, ohne aber gültige Schlüsse auf tatsächliche Personen und Handlungen zuzulassen.

Peiting, im Mai 2011

Prolog

Schloss Berg am 14. Juni 1886. Im ersten Stock liegt auf einem einfachen Bett, in einem mit blauen Tapeten ausgestatteten Zimmer, von einer ebenfalls blauen Seidendecke bis zum Hals zugedeckt, der Leichnam des am Vortage vermeintlich verstorbenen Königs Ludwig II. von Bayern. Zwei uniformierte Gendarmen stehen rechts und links von der aufgebahrten Leiche und halten die Totenwache. Zahlreiche Besucher, einige davon weitgereist, werden in Gruppen vorgelassen, um dem toten König die letzte Ehre zu erweisen.

In einer dieser Besuchergruppen befindet sich am frühen Nachmittag auch ein junger Mann Anfang zwanzig, der das friedliche Gesicht der toten Majestät mit seinen schwarzen, in die Stirn fallenden Haarlocken und dem halblangen schwarzen Bart besonders genau und lange studiert. Erst nach mehrmaligem Räuspern der nachdrängenden Besucher wendet er sich ab und verlässt eiligen Schrittes das königliche Totengemach. Der Gesichtsausdruck des seltsamen Besuchers kann nur mühsam die angebrachte Trauer um den schrecklichen Tod des Königs vorspielen. Hätte jemand genauer hingesehen, so wäre ihm wohl aufgefallen, dass sich ein leichtes Lächeln kaum verbergen ließ.

„Endlich hat das leidige Versteckspiel somit sein Ende gefunden", ging es dem jungen Mann durch den Kopf. „Eine schöne Leiche, dazu ein düsteres Geheimnis um den tatsächlichen Ablauf der Geschehnisse vom Vortag – da werden noch Generationen an Legenden stricken! Nur die Wahrheit, die wird nie ans Tageslicht kommen! Und das ist auch gut so."

Eiligen Schrittes verließ er die Schlossanlage, um sich ins Dorf Leoni zu begeben, wo hinter dem Wirtshaus eine kleine

Kutsche stand, die bei dem ständigen Kommen und Gehen an diesem Tage niemandem auffiel. Mit einem „Auf geht's!" riss er den eingeschlafenen Kutscher jäh aus dessen Träumen, und nur wenige Minuten später entfernte sich das Gefährt rasch in Richtung Münsing.

Noch am Abend desselben Tages erreichte die Kutsche den ehemaligen Klosterort Steingaden, ratterte über das Kopfsteinpflaster des Marktplatzes zwischen Apotheke und Postwirtschaft hindurch, bog am oberen Ende des Platzes, kurz vor dem Eingang zum Friedhof durch einen schmalen Torbogen rechts ab, folgte dem Weg um die einstigen Brauereigebäude, am Sägewerk vorbei, um nach kurzem, linksdrehenden Anstieg zum Schloss des Grafen Dürckheim-Montmartin zu gelangen.

Der Fahrgast sprang aus der Kutsche, dehnte mehrmals die von der langen Reise durchgeschüttelten und teils verspannten Gliedmaßen, um dann, auf der kurzen Treppe zum Haupteingang des Schlösschens jeweils zwei Stufen gleichzeitig nehmend, durch das rundbogige Portal im Gebäude zu verschwinden.

„Wie schaut's aus, Weber? Hat alles geklappt?" Mit diesen ungeduldig hervorgestoßenen Worten wurde der Ankömmling im Salon empfangen. Der Fragesteller, ein hochgewachsener, stämmiger Mann, dessen lockiges, schwarzes Haar etwas wirr in die Stirn fiel, hieß den königlichen Kammerdiener Weber mit einer befehlenden Geste, sich zu ihm an den Tisch zu setzen.

„Jetzt ist's vorbei, Weber, mit dem ewigen Untertanenspiel. Die französische Etikette hat endlich ausgedient. Aber rasch! Berichte er doch!"

„Besser hätt' die Geschichte gar nicht ablaufen können, Euer Majestät. Dass uns der Herrgott mit dem italienischen Maurer aus dem Trentino einen perfekten Doppelgänger zugespielt hat, noch dazu einen, der gerade zum rechten Zeitpunkt am Herzschlag verstorben ist, das war ja eigentlich schon genug des Glücks."

„Nur gut, dass ich Dr. Gudden dazu habe bewegen können, dass wir ohne Bewachung am See spazieren gegangen sind."

„Notfalls hätten wir Eure Majestät auch herausgeschossen, und wenn noch so viel Gendarmerie dazu gekommen wäre!"

„Nur das mit dem Irrenarzt ist leider danebengegangen. Warum muss mir der alte Narr auch ins Wasser nachlaufen? Er hätte doch Hilfe holen können, dann hätten sie den toten Italiener gefunden und wir wären längst über alle Berge gewesen. So aber werde ich mein neues Leben mit einer großen Schuld beginnen müssen."

„Majestät, um den Saupreußen ist's doch nicht schad'! So wie der sich hergegeben hat für die Verschwörung gegen Euch, und wie er dem Prinzrebellen zur Macht verhelfen hat wollen!"

„Sei's drum, Weber, jetzt heißt es nach vorne blicken. Ab jetzt spielt die Politik in meinem Leben keine Rolle mehr. Ich denke drüben in Tirol ist soweit alles hergerichtet und wir können noch heut' Nacht über die Grenze!"

„Keine Sorge, Majestät …"

„Nix da mit Majestät! Ab heut nur noch: Herr Professor! Das müssen's noch üben, Weber!"

„Herr Professor, Frau und Kind sind bereits seit Tagen im neuen Heim. Die abgelegene Villa drunten im Inntal bei Imst ist tatsächlich der ideale Rückzugsort. Soweit ist alles vorbereitet. Kein Mensch wird Verdacht schöpfen – hab ja gleich selbst zweimal hinschauen müssen, dass nicht Ihr es seid, der da in Schloss Berg aufgebahrt liegt. Zur Sicherheit haben wir den Kölbl aus Apfeldorf bei den Männern der Totenwache unterbringen können. Der würd' uns sofort berichten, wenn bis zur Beisetzung noch etwas Unvorhergesehenes passieren sollte."

„Ich mach mir nur um den braven Dürckheim noch Sorgen. Den haben's wegen Landesverrats in München festgesetzt. Leider kann ich jetzt nicht mehr Einfluss nehmen, auch nicht hinter den Kulissen. Das wäre doch viel zu gefährlich. Jetzt, wo alles so trefflich geklappt hat, wollen wir auch nicht das geringste Risiko eingehen."

„Maje …, pardon, Herr Professor, dem Grafen Dürckheim wird sicher nicht viel passieren. Sie werden sehen, schon in ein paar Tagen wird er wieder hier in seinem geliebten Steingaden sein. So einen tüchtigen Mann werden die neuen Herren für ihre Armee gut gebrauchen können. Und für uns wär's ja auch nicht schlecht, wenn wir hie und da das Neueste vom Hofe hören würden."

„Nix da, Weber, von diesem Hof hab ich die Nase schon lange voll. Da braucht's keine Neuigkeiten mehr. Ab heut' bin ich ein weltfremder Professor aus Agram, der sich in Tirol zur Ruhe gesetzt hat. Ich kümmer' mich nur noch um meine Bücher und um Frau und Kind. – Also lass einspannen! Nutzen wir die Dunkelheit, und ab übers Königssträßchen und das Graswangtal hinüber nach Tirol!"

1. Jahr

Gymnasium Füssen, September 1969

Es war der erste Tag nach den Sommerferien. Aufgeregt suchten die Schüler nach ihren neuen Klassenzimmern. Im Eingangsbereich hingen am Schwarzen Brett die Listen mit der Einteilung der 71 Fünftklässler in die zwei neuen Klassen, daneben die Verteilung der Klassenzimmer.

Viel gelassener als die „Frischlinge" gingen die Gymnasiasten der Oberstufe ans Werk. So war den Zwölftklässlern längst bekannt, dass die 12 a, bestehend aus Klassleiter Studienrat Wöller und zwölf Schülerinnen des neusprachlichen Zweiges aus Platzmangel wieder einmal im benachbarten Gebäude der Kurverwaltung untergekommen war. Nichts Neues also für die allgemein als „Gänsestall" bezeichnete Klasse.

Die 12 b blieb wie schon im Jahr zuvor im zweiten Stock des Anbaus. Mit Freude nahm man allgemein zur Kenntnis, dass mit Studienrat Theodor Stetthofer ein mehr als akzeptabler Klassenleiter zugeteilt worden war.

Besonders ausführlich wurden die Ferienerlebnisse ausgetauscht. Man berichtete und kommentierte auch die Einteilung der Lehrer für die Klasse und machte schließlich aus, sich nach der Schule, die ja am ersten Schultag üblicherweise nur aus zwei Stunden mit Organisationskram bestand, drüben im Biergarten des Hotels Hirsch zu treffen.

Kurz vor dem schrillen Läuten der Schulglocke kam „der Theo", wie der Klassleiter der 12 b von den Schülern genannt wurde, wie üblich im Pullover und mit einer kleinen Aktentasche unter dem Arm, zur Tür herein.

Erstaunt stellten die Schüler fest, dass der Theo nicht allein war. Mit ihm betrat ein hochaufgeschossener junger Mann das

Klassenzimmer, schwarze Locken bis weit über die Ohren und zum Nacken hinab umrahmten den länglichen Kopf. Dunkle, neugierige Augen und eine lange Nase prägten das Gesicht ebenso wie ein schwarzer Schnurrbart über den schmalen, sehr geradlinig verlaufenden Lippen.

„Guten Morgen, Leute", begann Studienrat Stetthofer, legte seine abgewetzte Tasche auf das Pult und fuhr fort: „Wir haben Zuwachs bekommen. Darf ich euch euren neuen Mitschüler vorstellen? Das ist der Max Ludwig Wachsbleitter."

Der Neue nahm Kurs auf die letzte Bank in der Fensterreihe, der Rest der Klasse hatte sich schon vor dem Beginn der Stunde zu den Pärchen zusammengefunden, die die Sitzordnung durch drei Reihen von Doppelttischen notwendigerweise vorgab. Nur ganz hinten waren drei leere Doppelttische übriggeblieben, wovon Max Wachsbleitter den vom Pult aus gesehen äußersten rechten für sich in Besitz nahm.

Kaum hatte er sich gesetzt, ging die Türe langsam auf und der wie immer verspätete Schüler Karl Tallink betrat, sich unsicher umblickend, das Klassenzimmer und schlängelte verlegen grinsend durch den linken Gang nach hinten zur freien Bank in der Türreihe, wo er sich ächzend niederließ und kaum hörbar nach vorne nuschelte: „'tschuldigung, hab' verschlafen!"

*

Max Ludwig Wachsbleitter studierte von hinten die Klasse, während Theodor Stetthofer begann, die zum Schuljahresbeginn notwendigen organisatorischen Informationen mitzuteilen. Der Stundenplan und die in der Klasse eingesetzten Lehrkräfte waren ihm ziemlich egal, und die Zeit für den Anfangsgottesdienst am folgenden Dienstag interessierte ihn noch viel weniger.

„Endlich geschafft!", dachte er.

Drüben im Internat, im nur wenige Kilometer entfernten Hohenschwangau, wo er die letzten zwölf Schuljahre inklusive einer Ehrenrunde in der elften Klasse untergebracht gewesen war, würden sie ihn nie wieder sehen.

Im Sommer war er 18 Jahre alt geworden und hatte seine Mutter, während er seine Ferien zu Hause im österreichischen Reutte verbrachte, schlichtweg vor vollendete Tatsachen gestellt. Zurück ins Internat führe für ihn kein Weg, hatte er da kategorisch erklärt und selbstbewusst gefordert, ihm die bislang notwendigen Kosten für die Unterbringung im Hohenschwangauer Eliteinternat ab jetzt direkt auszubezahlen. Zusammen mit dem durchaus großzügigen Taschengeld, so verkündete er, sollte es ihm doch möglich sein, eine Wohnung in Füssen oder im Umkreis zu finanzieren. Die Hohenschwangauer Schule sei für ihn genauso gestorben wie das Internat. Zukünftig werde er in Füssen zur Schule gehen, um dort in zwei Jahren sein Abitur zu machen. Schön wäre es noch, wenn die Frau Mama die Kosten für den Erwerb und den Unterhalt eines Autos übernehmen könnte, aber notfalls ginge es auch ohne diese Großzügigkeit.

Und jetzt saß er da, in der neuen Schule, drunten auf dem Lehrerparkplatz stand sein nagelneuer VW Käfer, postgelb lackiert, und das mit der Unterkunft würde sich schon auch noch regeln lassen. Bis dahin konnte er noch drüben in Reutte in der kleinen Villa am Stadtrand wohnen. So weit ist der Weg ja nicht über die Grenze herüber, zumal er dank des eigenen Autos nicht auf den Postbus angewiesen sein würde.

Als er so herumschaute, um sich einen ersten Überblick über die neue Klasse zu verschaffen, war er ganz zufrieden. ‚Die 12 b scheint ganz in Ordnung zu sein, und auch der Lehrer da vorne macht einen recht sympathischen Eindruck‘, stellte er für sich fest.

Wenn er zum Fenster hinausschaute, konnte er am Horizont den Tegelberg und den Säuling sehen, die beiden das rechte Lechufer beherrschenden Alpengipfel hier im Füssener Land, die er weiß Gott, wie oft schon, bestiegen hatte, wenn ihm die Luft im Internat wieder einmal zu eng geworden war. Er verlor sich in Gedanken an die alte Schule, die Internatszöglinge, die ihm von Jahr zu Jahr mehr mit ihrem elitären Getue auf die Nerven gegangen waren, an die Lehrer, die kein Verständnis dafür gehabt hatten, dass er stets ein Außenseiter blieb, lieber im Alpsee zum Schwimmen gegangen war, als Hockey zu spielen, lieber in den Bergen gewandert und geklettert war, als Studierzeiten und Nachhilfestunden wahrzunehmen.

Wenigstens hatte die Schule sich in den letzten Jahren für externe Schüler geöffnet, was dazu geführt hatte, dass Max Wachsbleitter in den letzten Klassen ein paar ganz gute Schulfreunde gefunden hatte. Zu denen wollte er den Kontakt auch nicht abbrechen lassen, da waren schließlich ein paar ganz passable Typen dabei, vor allem einige Busschüler aus dem oberbayerischen Steingaden.

Der zunehmende Lärm in der 12 b riss ihn aus den Gedanken an seine Hohenschwangauer Vergangenheit und er stellte fest, dass der Klassleiter mit seinen Hinweisen und Belehrungen bereits zum Ende gekommen war.

Mit einem freundlichen „also bis Morgen dann, und sauft's ned so viel beim Hirsch drüben" verabschiedete sich der Theo, nahm seine Tasche unter den Arm und verließ noch einmal locker mit der freien Hand winkend das Klassenzimmer.

*

Die Sonne zauberte einen dieser für das Allgäu so typischen Herbsttage. Nicht zu heiß, dafür kühlte es in den Nächten doch schon zu sehr ab, aber ein strahlend blauer Himmel über dem Füssener Land mit seinen malerischen Bergen, Hügeln, Seen und Wäldern.

Die Schüler der Oberstufe trafen sich im Biergarten des Hotels Hirsch, wo unter dichten Kastanien auf gekiestem Grund schon mehrere runde Gartentische und die dazugehörigen grün lackierten Gartenstühle warteten. Bald war auch der letzte Stuhl besetzt. Die 12 b hatte zwei Tische aneinandergestellt und so Platz geschaffen, um zusammen sitzen und schwatzen zu können.

Der Neue war jetzt natürlich das interessanteste Thema. Der eine oder andere hatte ihn schon einmal gesehen, aber so richtig bekannt war er keinem. Selbstverständlich hatten sie ihn sofort mitnehmen wollen, aber er hatte dankend abgelehnt, weil er noch einige Besorgungen zu machen hätte, schließlich sei er auch gerade dabei, sich hier in Füssen eine Bleibe zu suchen. Er habe da ein ganz interessantes Objekt angeboten bekommen, und das wolle er unbedingt noch heute besichtigen, so berichtete der Klassensprecher, der sich mit dem neuen auf dem Parkplatz noch etwas länger unterhalten hatte.

„Ich weiß nicht", überlegte Fritz Haksch laut, „aber irgendwie kommt mir der Max ziemlich bekannt vor. Mir ist so, als ob ich den schon lange kenne, dabei hab' ich ihn heut' doch zum ersten Mal gesehen. Ihr wisst ja, mit den Ho'gauern will ich eigentlich nichts zu tun haben. Mir langt's schon, wenn wir gegen die zweimal im Jahr Fußball spielen müssen!"

„Des isch doch koi Ho'gauer it, des isch a Nussar, und dia dürfat ruhig rumkomma aus'm Tirol", warf jetzt der Pfrontener Karl Steigenberger ein, wie immer im breitesten Dialekt des dreizehndörfigen Ortes südwestlich von Füssen.

Auch der Klassenkasperl Berthold Schuh mischte sich nun, durch das allgemeine Gelächter animiert, mit einer Anekdote ein. Er habe, so berichtete er schmunzelnd, den Neuen schon einmal im letzten Sommer im Kino gesehen. Im „Rex" sei es gewesen, wo man ja den ganzen Sommer über nur einen Film laufen ließe, nämlich den berühmten König-Ludwig-Film mit O. W. Fischer und Ruth Leuwerik in den Hauptrollen. Er sei damals mit ein paar Freunden wieder einmal im Kino gewesen, um die Touristen zu ärgern, die ja stets für einen vollen Kinosaal und damit für ausreichend Publikum zum Verarschen sorgen würden. Wie immer habe man mit frechen Zwischenrufen, Gelächter am falschen Platz, mit lauten Mitleidsbekundungen, mit Ahhs und Ohhs und mit lauten Knutschgeräuschen die andächtige Ludwiggemeinde auf die Schippe genommen, als mitten im Film aus der ersten Reihe ein junger Mann aufgestanden sei und sich lauthals über diese Unverschämtheiten beklagt habe, wobei er selbstverständlich nur lautes Gejohle der Störer geerntet hätte. Mit zornrotem Kopf und dem Ruf, das sei Majestätsbeleidigung, habe der Kinogast dann eiligen Schrittes das Rex verlassen, ziemlich verstörte Urlaubsgäste hinterlassend, darunter, wie in letzter Zeit öfter zu beobachten, auch zahlreiche Japaner, die den ganzen Vorgang mit ihren Fotoapparaten sogleich per Blitzaufnahmen festgehalten hätten.

„Uns war's recht, so einen großen Erfolg hatten wir schon lange nicht mehr", beendete Berthold Schuh nun seine Erzählung, „aber wenn mich nicht alles täuscht, dann war der aufgebrachte Ludwigverehrer unser Neuer!"

Unsicher darüber, wie viel Wahrheitsgehalt man der vorgetragenen Geschichte zubilligen sollte – der Erzähler war schließlich hinlänglich als Übertreiber und Fabulierer bekannt –, wendete sich die Aufmerksamkeit jetzt dem fahrbaren Untersatz des neuen Schülers zu. Ein Schüler mit Auto, das kam bis auf wenige Ausnahmen so gut wie nie vor. Wenn, dann durfte vielleicht einmal einer mit dem Wagen des Vaters ausnahmsweise in die Schule fahren, ein oder zwei Mal im Jahr vielleicht.

Nur der Bobby aus Lechbruck, der kam ziemlich regelmäßig mit einem Riesenschlitten Marke Opel Admiral dahergefahren. Aber vom Bobby wusste man ja auch, dass er schon einmal ein paar Wochen mit einer angeblichen Lungenentzündung krank gemeldet war, um im elterlichen Speditionsbetrieb als Fernfahrer auszuhelfen.

Und dann war da noch der Sohn eines erfolgreichen Kaufmanns aus Weißensee, der von seinem Vater im letzten Jahr zum achtzehnten Geburtstag einen Audi geschenkt bekommen hatte. Nach genau fünf Tagen war der nur noch ein Schrotthaufen gewesen, was aber sofort durch einen weiteren Audi kompensiert worden war, der allerdings nach weiteren vierzehn Tagen an genau demselben Baum endete wie sein Vorgänger, ehe er durch ein drittes Auto ersetzt werden musste.

Die hin und wieder angebotenen Spritztouren mit dem Kamikazepiloten waren wegen dessen brutaler Fahrweise immer wieder ein besonderer Nervenkitzel, wobei alle Mitfahrer voll davon überzeugt waren, dass jetzt nichts mehr passieren könne, denn nach dem Gesetz der Wahrscheinlichkeit, so hatte es Matheklassengenie Fred Maunrob verkündet, sei in den nächsten Monaten ganz sicher nicht mehr mit weiteren Unfällen zu rechnen. Darüber hinaus habe der Fahrer hinlänglich bewiesen, dass ein Schutzengel über die Insassen seiner Autos wache, schließlich seien trotz zweier schwerer Unfälle mit Totalschaden keinerlei Personenschäden aufgetreten, und das lasse doch auch für eventuelle zukünftige Unfallereignisse diesbezüglich nur positives Denken zu.

Und nun stand da also ein sonnengelber VW auf dem Lehrerparkplatz; einen Schülerparkplatz gab es mangels Benutzer ja nicht. Jetzt meldete sich Fritz Haksch noch einmal zu Wort, wischte sich zuerst den Bierschaum von der bärtigen Oberlippe und meinte: „Das mit der Farbe müsste eigentlich noch zu Schwierigkeiten führen. Gelb dürfen doch nur die Postautos haben, und als Sonderregel auch die Mitglieder des Hauses Thurn und Taxis. Der Prinz vom Schloss Bullachberg drüben bei Schwangau, der lässt sich deshalb immer von seinem Chauffeur in einem gelben Mercedes herumkutschieren. Aber sonst ist Gelb nicht erlaubt!"

*

Drunten am Lech, genauer gesagt in der sogenannten Lechvorstadt, schon fast am Ende der Bebauung, besichtigte Max Wachsbleitter zur gleichen Zeit ein kleines Holzhäuschen: zwei möblierte Zimmer, eine Wohnküche und ein Schlafzimmer, dazu ein Abstellraum und ein sehr einfaches Bad mit holzgefeuertem Boiler. Das war nicht gerade eine Luxusbehausung, denn sowohl der Küchenherd als auch der Boiler im Bad waren mit Festbrennstoff zu heizen. Hinter dem Häuschen, wo eine kleine Veranda zum Lech hin angebaut war, befand sich noch ein Schuppen, der zwar als Garage für das Auto zu klein, aber für die Holzvorräte ganz gut geeignet war. Es waren sogar noch einige Beigen gescheitelten Holzes vorrätig und feinsäuberlich aufgeschichtet. „Bis über den Winter wird das aber keinesfalls ausreichen", überlegte Max. Doch dieses Problem hatte noch Zeit bis Ende Oktober oder November, und dann würde er schon sehen, wo er das notwendige Brennmaterial für eine warme Stube herbekommen konnte.

Ziemlich schnell wurde er mit dem Vermieter der Immobilie handelseinig, übernahm den großen Eisenschlüssel und war fortan sein eigener Herr, ganz so, wie er es sich schon lange gewünscht hatte.

Die nächsten Tage würde er vollauf damit beschäftigt sein, seine Habseligkeiten aus Reutte herüberzuholen. Das Schlafzimmer hatte noch Platz für einen kleinen Schreibtisch und vor allem ein Bücherregal. Dies war Max besonders wichtig, denn seine Lesesucht hatte bereits jetzt dazu geführt, dass er bei seinem anstehenden Umzug die meisten Fahrten wohl für seine kleine Bibliothek benötigen würde. Eigentlich könnte man ja eine ganze Reihe von Büchern zurücklassen oder auch ins Antiquariat bringen, doch daran war keinesfalls zu denken. Bücher hatten für ihn einen besonderen Wert. Geradezu ehrfurchtsvoll war sein Verhalten diesem Medium gegenüber. Alle Bücher, die er sein Eigen nannte, von den Bilder- über die Kinder- und Grundschulzeitbücher über die beträchtliche Zahl der Jugendbücher bis hin zu den modernen Romanen und Erzählungen, die er sich in der letzten Zeit vor allem in einem Buchladen in der Füssener Altstadt erworben hatte, behandelte Max wie einen wertvollen und geradezu zerbrechlichen Schatz. Niemals wäre er auf die Idee gekommen, auch nur eines davon wegzugeben, Niemals wäre es ihm möglich gewesen, ein Buch achtlos beiseite zu legen oder gar schwungvoll in die Ecke oder auf den Schreibtisch zu werfen. Er sog Bücher geradezu in sich hinein, darunter durchaus auch solche, die ein junger Gymnasiast seines Alters eigentlich verschmähen sollte, so zum Beispiel Romane aus dem 19. Jahrhundert und der Zeit der darauffolgenden Jahrhundertwende, auch alte Biographien und Reiseberichte und alles, was er über das Bayerische Königshaus, insbesondere aber über den Märchenkönig Ludwig II. finden konnte.

Daneben fand sich ein beachtlicher Bestand an moderner Literatur, ganze Reihen „Deutschland, Italien, Frankreich, England … erzählt", eine Gesamtausgabe von Bert Brecht, jede Menge aktueller Literatur von A wie Anders bis Z wie Zwerenz, die ganze Gruppe 47 war umfassend vertreten, ergänzt durch zahlreiche Bände politischer Bücher, darunter selbstverständlich Marx und Engels und Standardwerke der anarchistischen Literatur.

Auf das Neuordnen im neuen Zuhause freute sich Max Wachsbleitter schon besonders. Dabei würde er sich ein neues System ausdenken müssen, wobei er sich durchaus bewusst war, dass bei seinem Lesetempo großzügig Platz vorrätig sein müsste für die ständigen und steten Neuzugänge zu seiner Hausbücherei.

‚Am besten‘, so plante er bereits in Gedanken, ‚wäre ein selbstgebasteltes Bücherregal im Schlafzimmer, die zwei Außenwände umfassend von der Decke bis zum Boden.‘ Bei den dünnen Holzwänden seines Häuschens wäre das zusätzlich als Wärmedämmung nicht zu verachten, so dachte er, trotz seiner Fluchten in die Welt der Literatur auch praktischen Überlegungen gegenüber nicht ganz unfähig.

Noch einmal ging Max um sein künftiges Domizil herum zum lechwärts abfallenden kleinen Garten, setzte sich an die Uferböschung unter die mächtigen dort stehenden Eschen und schaute dem grünen Wasser zu, das sich schnell strömend an ihm vorbei in Richtung Forggensee dahinwälzte. In Gedanken ordnete er seinen Literaturschatz, plante einmal so und dann doch wieder ganz anders, bis er plötzlich bemerkte, dass es bereits dämmerte. Als er aufsah, schwamm gerade ein Schwanenpärchen flussaufwärts an ihm vorüber. Mühelos und ohne jegliche Anstrengung zu vermitteln, teilten die beiden das Wasser und kamen doch erstaunlich schnell gegen den kräftigen Strom voran. Max liebte Schwäne, ihr majestätisches Gleiten, ihr prachtvolles Gefieder.

Und da, wie als Willkommensgruß an den neuen Flussbewohner, wendeten beide Tiere, das Männchen stellte seine Flügel zum Schwanenkorb auf und sie glitten ihn neugierig beäugend noch einmal an Max vorbei.

*

Gleich zu Schulbeginn am 18. September stand der erste große Wandertag auf dem Programm. Für ein Gymnasium am Rande der Alpen war es eine Selbstverständlichkeit, dass diese Wandertage im Wesentlichen aus ganztägigen Bergtouren bestanden. Dies galt zumindest für die Unter- und die Mittelstufe. Ab der elften Klasse wurde dieses Prinzip aber mehr und mehr durchlöchert. Abhängig vom jeweiligen Klassenlehrer suchten die Gymnasiasten dann nach einem erholsameren Programm für diesen Tag. Besonders beliebt waren Ausflugswirtschaften in der näheren Umgebung der Stadt, teilweise auch drüben im Österreichischen, so die Tiroler Schluxenwirtschaft, wo man gemütlich ratschend beisammensitzen und sich ausgiebig den alkoholischen Genüssen in Form von Bier oder Wein hingeben konnte.

Noch vor Stundenbeginn wurden in der Klasse die Erlebnisse des letzten Wandertages aus der 11. Klasse erzählt. Man war damals mit dem Postbus nach Pfronten gefahren, um dann mit einer Gondelbahn hinauf auf die Mittelstation des Breitenberges zu gelangen. Von hier aus hatte die Klasse in einem Gewaltmarsch am Aggenstein vorbei über mehrere Gipfel die ganze Bergkette bis hinüber zum Lechtal bei Reutte abgewandert. Die Buben hatten gerade wegen dieser sehr anstrengenden Wanderung ihren besonderen Spaß gehabt. Fritz Haksch war es gewesen, der im freiwilligen Politikkurs kurz zuvor ein Referat über die Taktik des Guerillakrieges gehalten hatte. Gut die Hälfte der Klasse hatte dazu das übliche, bei den Schülern wohl beliebteste Poster von Che Guevara zu Hause an der Zimmerwand hängen. Was lag da näher, als so zwischen Kindsein und Erwachsenwerden Guerillero zu spielen? Die Kleidung, im Wesentlichen bestehend aus Jeans, Hemd und einem olivgrünen Parka, tat ein Übriges – einer war sogar zusätzlich mit einem Militärkäppi ausgerüstet –, und schon wurde aus den Allgäuer Bergen die Dschungelhölle der bolivianischen Anden. Man sprang verwegen über reißende Gebirgsbäche, hetzte im Galopp steile Hänge hinab, kletterte behende auf die eine oder andere Bergfichte, keuchte atemringend auf nahezu jede Felsenspitze und setzte sich dann im Kreis zu einem Zigarillo zusammen, bis der Nachtross, bestehend aus dem Lehrer, einigen wenigen Nichtsportlern und den Mädchen, über den normalen Wanderweg laufend wieder aufgeschlossen hatte.

Bald aber setzten sich die heimatverbundeneren Alpenguerilleros durch und verlegten kurzerhand das Einsatzgebiet aus Südamerika wieder zurück in die Allgäuer Berge. Jetzt phantasierte die Schar von einer roten Keimzelle zur Befreiung Bayerns. Die politische Gegenwart vermischte sich so mit dem Mythos des einstigen Märchenkönigs Ludwig II., dem auch die Füssener Gymnasiasten in ihrer Mehrzahl nur Gutes abgewinnen konnten, wenn ihnen auch die jährlich steigenden Touristenströme, die zu den Königsschlössern pilgerten, längst ein Dorn im Auge waren. Ein seltsames Gemisch aus Heimatschutz und internationalem Befreiungskampf, aus Separatismus und Antiamerikanismus, aus Freier Republik Innerfern und kommunistischer Weltrevolution braute sich da zusammen. Ganz verquer gestaltete sich dann die ganze Angelegenheit, als plötzlich auch noch Namen wie Wildschütz Jennerwein, der Räuber Kneißl oder gar der gerade zu zweifelhafter Berühmtheit gelangte Ausbrecherkönig Theo Berger aus dem Donaumoos problemlos neben Che Guevarra, Mao Tse-tung und Fidel Castro eingereiht wurden. Ein Heidenspaß auf alle Fälle für den ganzen Haufen, und ganz sicher hatte dabei doch so mancher etwas ernsthafter davon geträumt, die selbstbestimmte autonome Alpenrepublik mitzugründen.

Ein schnell zusammengestellter Revolutionsrat ernannte dann auch gleich den Klassensprecher zum Präsidenten, und mehrere seiner Mitschüler übernahmen ohne Widerspruch ihre Ämter als Verteidigungs-, Außen- oder Bildungsminister. Nachdem die Rollen klar verteilt waren, stürzte man sich nun auf die nächste Aufgabe: die Erstürmung eines weiteren Alpengipfels, der mit Hurra und Gebrüll genommen wurde. Leider hatte man aber weder eine bayerische noch eine rote Fahne dabei, um auch diesen Sieg vor der Weltöffentlichkeit würdig dokumentieren zu können.

Max Wachsbleitter konnte hier nicht mitreden und stand dem ganzen Erinnerungsgeschwätz daher doch recht distanziert gegenüber, registrierte aber zu seiner Zufriedenheit, dass nicht nur er ein Verehrer des Märchenkönigs war.

Als endlich der Unterricht begann, wendete sich nun aber alles der Zukunft zu, sprich dem nächsten Wandertag und nicht den alten Geschichten aus dem Vorjahr. Studienrat Stetthofer machte einen für alle überraschenden und akzeptablen Vorschlag. Die Schüler sollten mit dem Fahrrad zur Schule kommen. Man würde dann zusammen nach Pfronten und von dort zwischen Kienberg und Breitenberg hinauf über das Engetal ins Tannheimer Tal fahren, wo man entweder zum Haldensee oder zum Vilsalpsee weiterstrampeln könnte.

Als problematisch erwies sich nur, dass nicht alle Klassenmitglieder direkt aus Füssen waren. Zwar war es für die westlich von Füssen wohnenden aus Weißensee, Hopfen, Hopferau, Seeg oder Nesselwang problemlos möglich, zusammen mit den Pfrontenern erst später zur Klasse zu stoßen, doch die Schüler aus Steingaden und Lechbruck hätten bereits eine bis zu 25 Kilometer lange Anreise zu bewältigen gehabt, ganz abgesehen von der ebenfalls längeren Heimfahrt. So willigte der Theo schließlich ein, dass die davon Betroffenen auch mit einem Moped an der Ausflugsfahrt teilnehmen durften.

Der Wandertag fand schließlich bei idealem Wetter statt, was aber durchaus vorauszusehen gewesen war. Gerade im Herbst zeichnet sich das Allgäu ja meist durch wochenlanges Wanderwetter aus, während es den Sommertouristen durchaus im Juni, Juli oder auch August passieren kann, dass sie sich mit tagelang anhaltendem Regenwetter herumschlagen müssen. Die 12 b sammelte sich, wie vorher ausgemacht, vor dem Wohnhaus Karl Steigenbergers in Pfronten-Steinach, um gemeinsam die Radtour hinauf ins Tannheimer Tal anzupacken. Wie ebenfalls vorab geklärt, war ein Moped mit dabei. Der Bobby aus Lechbruck war mit dem nach Öl und Benzin stinkenden Gefährt zur Gruppe gestoßen, als Sozius grinste Klassenneuling Max Wachsbleitter den anderen spöttisch zu und wünschte eine angenehme Tour. In der Wanderkarte, so unterrichtete er die Radler, habe er nachgeschaut und festgestellt, dass man ständig bergauf zu fahren und dabei nicht nur zwanzig Kilometer, sondern auch gute dreihundert Höhenmeter zu bewältigen habe, aber er sei guten Mutes, dass er bei der ganzen Angelegenheit sicher keinerlei Probleme bekommen würde. Schließlich sei er als Sportler solche extremen Herausforderungen ja gewohnt.

Tatsache aber war, dass er zur Zeit zwar ein Auto, aber kein Fahrrad sein Eigen nannte, und so hatte er kurzerhand Bobby, von dem er wusste, dass er mit einem Moped am Klassenausflug teilnehmen würde, gefragt, ob der ihn auf dem Rücksitz mitnehmen würde. Für Bobby, von Haus aus ein sozialer Typ, war das gar keine Frage, vielmehr eine gute Gelegenheit um mit dem Neuen, der ihm durchaus sympathisch erschien, näher in Kontakt zu kommen.

Später zeigten sich Max und sein Fahrer Bobby auch als echte Kameraden. Am steilsten Aufstieg, gleich nach dem Grenzübergang durch das Engetal hinauf zum höchsten Punkt der Strecke, sollte das Moped als Aufstiegshilfe eingesetzt werden. Dazu ließ Max es zu, dass sich rechts und links an seinen Schultern jeweils ein Radler einhängte, und so transportierte das Mopedgespann ein erstes Radlerpaar – selbstverständlich zwei Mädchen – den steilen und kurvigen Pass hinauf. Auf der Passhöhe angekommen, passierten sie rechterhand eine kleine Kapelle, hinter der Bobby, der Mopedfahrer, wenden wollte, um das nächste Radlerpaar abzuholen.

An der Südwand der mit Holzschindeln verkleideten Bergkapelle befand sich ein Sonnenbänkchen, auf dem es sich ein österreichischer Gendarm bequem gemacht hatte. Nur wenige Meter entfernt stand sein Dienstgefährt, ein grauer Kleinwagen mit Blinklicht auf dem Dach, an einem Parkplatz. Der Polizist hatte die Mütze halb über die Augen geschoben und sich wohl gerade für ein kleines Schläfchen entschieden, als er durch das laute Knattern des schwer arbeitenden Mopedmotors gestört wurde. Sofort sprang er auf und rückte seine Kopfbedeckung zurecht. Was er da sah, passte überhaupt nicht in seine Vorstellungen von geregeltem österreichischem Straßenverkehr. Er kramte eine Trillerpfeife aus der Hosentasche, führte diese, so schnell er konnte, zum Mund – um durch einen grellen Pfiff den Mopedfahrer auf sich aufmerksam zu machen und ihn anschließend zur Kontrolle auf den gekiesten Parkplatz zu lotsen.

Bobby und Max allerdings hatten den Gesetzeshüter auch ohne dessen Pfeiferei längst erblickt. „Scheiße! Festhalten!", schrie der ertappte Fahrer seinem Sozius zu – die beiden Radlerinnen hatten sich gerade ausgehängt –, wendete sein Moped und raste mit Vollgas zurück, die Passstraße hinunter.

Bald hörten Bobby und Max immer lauter das Martinshorn des Polizeiwagens. Der Gendarm hatte sich sofort in sein Auto gesetzt, Sirene und Blaulicht eingeschaltet, und, die verdutzt dreinschauenden beiden Fahrradmädchen mit quietschenden Reifen beinahe über den Haufen fahrend, die Verfolgung der Verkehrssünder aufgenommen. Immer näher kam der Polizeiwagen dem Moped. Die wilde Verfolgungsjagd passierte staunend am Wegrand stehende Radfahrer der 12 b, darunter einen nicht minder staunenden Klasslehrer Stetthofer. Schon war die Grenzstation unten im Tal zu sehen. Aus dem Dienstgebäude stürzten sich zwei Grenzpolizisten, aufgeschreckt durch das Sirenengeheul – oder sogar schon per Polizeifunk vorgewarnt? –, und schlossen die rotweiß gestrichene Grenzschranke.

„Festhalten! Jetzt wird's kriminell", brüllte Bobby nach hinten. Max Wachsbleitter klammerte sich mittlerweile ziemlich verängstigt an den Schultern des Fahrers fest und war jetzt doch knapp davor, einen Hilferuf gen Himmel zu schicken, obwohl er schon lange nicht mehr so recht an das Vorhandensein des Allmächtigen da oben glaubte.

‚Wenn das bloß gut geht!', schoss es ihm durch den Kopf.

Der Bobby hatte inzwischen eine kleine Lücke links von der Grenzstange entdeckt. Mit dem Moped müsste man da gerade so durchschlüpfen können, was bei dem Tempo, das sein Gefährt bei Vollgas hergab, aber allemal ein sehr riskantes Unterfangen war. Doch das Manöver gelang. Bei kaum gedrosselter Geschwindigkeit rasten die beiden Schüler an den verblüfften Grenzern vorbei, die vor lauter Staunen den Mund nicht mehr zubekamen. Im selben Augenblick kreischten die Bremsen des

Polizeiwagens laut auf. Gerade noch vor der Schranke kam dieser quer zur Straße stehend zum Halten.

Inzwischen jagte das Moped durch das sogenannte Niemandsland Richtung Pfronten, eine Wegstrecke, die nun in einem Talgrund nicht mehr steil bergab, sondern nahezu ohne Gefälle und auch ohne große Kurven verlief. Hier hatte die längst wieder aufgenommene Verfolgung durch den Tiroler Gendarmen bessere Chancen auf Erfolg, und nach wenigen Kilometern hatte er das Moped schließlich ein- und auch überholt. Bobby musste nun die Sinnlosigkeit einer weiteren Flucht einsehen und brachte sein Moped hinter dem Polizeifahrzeug zum Stehen. Mit hochrotem Kopf brüllte der Gendarm die beiden Flüchtlinge an, sie sollten sofort und ohne weitere Fluchtversuche zurück zum Grenzgebäude fahren. Dort werde man alles Weitere veranlassen.

Wenige Minuten später saßen die beiden Schüler in einem kleinen Büroraum, gegenüber zwei Grenzern und dem immer noch zornroten Tiroler Gendarmen. Ein wahres Donnerwetter mussten die Verkehrssünder über sich ergehen lassen. Die Rede war von einem gravierenden Verstoß gegen die Landesverkehrsordnung, einem erheblichen Eingriff in die Verkehrssicherheit und einer beträchtlichen Geschwindigkeitsübertretung, alles begangen in Tateinheit mit Fahrerflucht und illegalem Grenzübertritt!

Zunächst brüllte der Polizist etwas von Schnellverfahren und mindestens einer Woche schweren Kerkers im nächsten Polizeigefängnis. Max malte sich schon aus, wie er das wohl seiner Mutter in Reutte erklären sollte. Kaum zwei Wochen sein eigener Herr in seinen eigenen vier Wänden, und schon im Gefängnis eingebuchtet.

Mit der Zeit aber wurden die Vorhaltungen an die beiden Verkehrssünder weniger laut vorgetragen. Ein Protokoll musste aufgenommen werden und dazu galt es zunächst einmal die Personalien aufzunehmen. Erstaunt stellten die Beamten fest, dass der Mittäter vom Sozius ein Landsmann, gebürtig aus Reutte war, ja einer der Grenzer erinnerte sich gar noch an den Vater von Max, mit dem er in grauen Vorzeiten in der Außerferner Kreisstadt sogar die Schulbank gedrückt habe. Leider, so bemerkte er noch etwas verlegen, sei dieser dann schon in jungen Jahren überraschend verstorben, Max müsse da wohl noch ein Kleinkind gewesen sein, und jetzt lebe die arme Mutter wohl schon fast zwanzig Jahre als Witwe.

Schließlich einigten sich die beiden Parteien auf eine schwere Ordnungswidrigkeit. Immerhin, so stellten die Gesetzeshüter fest, seien die Papiere in Ordnung und es sei ja auch niemand zu Schaden gekommen. Beide sollten je zwanzig Mark Strafgebühr entrichten, was der Bobby mit einem lauten Seufzer der Erleichterung auch sofort beglich.

Max Wachsbleitter hatte inzwischen längst wieder Oberwasser erhalten. Er kramte in seinem Geldbeutel herum, langte dabei zunächst in das Fach für die Scheine, wo er einen Zehn- und einen Zwanzigmarkschein stecken wusste, brachte die beiden Scheine geschickt zwischen die geschlossenen Finger und den Handballen seiner linken Hand, schob nun diese langsam und unauffällig in die linke Hosentasche, um gleichzeitig den Polizisten bedauernd mit den Schultern zuckend mit der rechten Hand den jetzt entleerten Geldbeutel zu zeigen. „Ich hab leider kaum Geld dabei. Sie wissen ja, so üppig hat's meine Mutter auch wieder nicht. Ein paar Münzen könnten aber schon noch da sein."

Jetzt öffnete er das mit einem Druckknopf verschlossene Münzfach seiner Börse und tatsächlich fanden sich darin neben einigen Zehnerln und Fuffzgerln auch zwei Zweimarkstücke und ein Einmarkstück.

„Eigentlich bin ich doch nur hilflos auf dem Rücksitz gesessen. Was hätte ich denn tun sollen bei der Flucht? Abspringen wäre tödlich gewesen! Bei mildernden Umständen sollten es fünf Mark für mich auch tun."

„Also guat, weil des du bischt!", lenkte der erste Beamte ein, der einst mit seinem Vater Bekannte aus Reutte, und überzeugte durch ein um Verständnis für den armen Buben heischendes Zunicken auch die beiden anderen.

Schließlich gab es auf dem Vorplatz noch einmal deutliche Ermahnungen, sich ab jetzt nichts mehr zu Schulden kommen zu lassen, man werde nämlich den ganzen Tag ein wachsames Auge auf die Mopedfahrer haben und bei weiteren Vergehen kämen die beiden Schüler sicher nicht mehr so glimpflich wie gerade eben davon.

Als Bobby und Max erneut den Pass bewältigt und ihre Klasse endlich am Haldensee rastend aufgefunden hatten, mussten sie sofort Bericht erstatten. Alle hatten sich große Sorgen um die beiden Flüchtlinge gemacht, und entsprechend schlecht war die Stimmung bis zu ihrer Rückkehr auch gewesen. Der Theo war zunächst am wenigsten begeistert über das Vorkommnis. Immerhin, so warf er ein, hätte dabei wirklich etwas Schlimmes passieren können, und dann wäre er wohl recht arg in Schwierigkeiten geraten. Doch mehr und mehr hellte sich die Stimmung auf, immer wieder mussten Bobby und Max ihre abenteuerliche Flucht und das folgende Verhör bei der Polizei schildern. Vor allem die Mädchen rückten immer näher an die beiden heran. Als Max, auch zur Überraschung von Bobby, schließlich noch seinen Geldbeuteltrick offenbarte und diesen für alle sichtbar wiederholte, war er nicht nur endgültig in der Klassengemeinschaft angekommen, sondern hatte bereits einen führenden Platz darin eingenommen. Die Geschichte wurde jetzt mehr und mehr ausgemalt, die Gesetzeshüter ins Lächerliche gezogen und schon bald herrschte wieder beste Stimmung.

Schließlich verzog man sich noch auf ein Stündchen in eine nahe gelegene Ausflugswirtschaft, um auf den Schrecken hin wenigsten ein oder zwei Biere zu trinken. „Mein Einstand!", rief Max in die Runde und knallte die so geschickt geretteten Geldscheine auf den Biertisch, die sogleich in eine Runde Obstler umgesetzt wurden.

Der Heimweg gestaltete sich weit weniger anstrengend als die Herfahrt. Schließlich ging es jetzt ab der Passhöhe nur noch bergab und alle Radler konnten es kräftig rollen lassen. Lediglich vor dem Grenzübertritt bremsten alle noch einmal ab und schoben ihre Räder brav zu Fuß an den kontrollierenden österreichischen Grenzbeamten vorbei. Manch einer konnte sich aber ein klammheimliches Grinsen nicht verkneifen. Fahrerflucht, illegaler Grenzübertritt, Verstoß gegen die Verkehrssicherheit, schwerer Eingriff in die Verkehrsordnung! – so ging es auch Max Wachsbleitter sichtlich belustigt zum wiederholten Mal durch den Kopf.

Noch einmal, nämlich kurz vor Pfronten, mussten die beiden Mopedfahrer dann ihre Geschichte ausführlich erzählen. Zwei deutsche Grenzpolizisten waren da plötzlich am Straßenrand aufgetaucht, hatten sie mit einer Kelle gestoppt und zunächst die Papiere, also Ausweise und Führerscheine umständlich genau kontrolliert.

„Ihr seid's doch die zwei, die heut' in Österreich für so viel Aufregung gesorgt haben, oder?", fragten sie. Nachdem Bobby und Max Bericht erstattet hatten, diesmal ohne ironische Ausschmückungen, erfuhren sie, dass der Vorfall über Funk auch die deutschen Grenzer beschäftigt hatte und man schon dabei gewesen war – eine erfolgreiche Flucht aus Österreich vorausgesetzt – weiter unten in der Nähe von Pfronten eine Straßensperre aufzubauen.

„Wir sind oben auf dem Berg gesessen, und haben das ganze Spektakel mit dem Fernglas verfolgt", erläuterte einer der Beamten noch. „So und jetzt, meine Herren, langsam weiterfahren und keine Schweinereien mehr!", wurden sie noch ermahnt, und dann brauste das Moped wieder dem Radfahrerpulk hinterher.

*

Eine Woche später war das Klaviertrio der Bamberger Symphoniker zu Gast am Gymnasium in Füssen. Für die Mittel- und Oberstufe sollte im Stadtsaal ein gemeinsames Konzert stattfinden. Dieser lag im ehemaligen Gebäude der Oberrealschule, das vor der Umwidmung als Hotel „Bayerischer Hof" gedient hatte. Seit 1958 besuchten die meisten Schüler den Neubau am Augsburger Torplatz und erst nach einem Anbau ab dem Jahre 1962 alle Gymnasiasten dieses neue Schulgebäude. Im „Bayerischer Hof" bzw. der alten Oberrealschule fanden seitdem nur noch die klassenübergreifenden Schulveranstaltungen statt, für die man den großen Saal immer noch gut nutzen konnte.

Max Wachsbleitter war im Gegensatz zu den meisten seiner Klassenkameraden durchaus ein Freund der klassischen Musik. Insbesondere hatte er ein Faible für die Musik Richard Wagners. Die Klassenkameraden, die schon die Gelegenheit gehabt hatten, Max unten am Lech in seinem Holzhäuschen zu besuchen, waren immer wieder erstaunt, wenn der Hausherr, der auf seinem Plattenspieler selbstverständlich Platten von Jimmy Hendrix, den Beatles, den Rolling Stones oder The Who abspielte, zwischendurch immer mal wieder Wagner auflegte. Besonders beliebt war auch eine deutsche Gruppe, von deren Mitgliedern zumindest ein Teil ganz aus der Nähe stammte, nämlich einer aus Marktoberdorf, und zwei weitere, die mehrere Jahre lang das Internat des Gymnasiums Hohenschwangau besucht hatten, und mit denen Max daher recht gut bekannt war. Amon Düül nannte sich diese Krautrockgruppe, von deren Qualität sogar der sehr kritische Musiklehrer des Gynasiums durchaus überzeugt war. Immer wieder verbrachten Max und einige seiner neuen Freunde seit dem Schuljahresbeginn die Pausen im obersten Stockwerk des Schulgebäudes, wo der Musiklehrer neben seinem Musiksaal ein kleines Büro für seine Arbeit zur Verfügung hatte. Dort spielten die Schüler dem Schorsch, so der Spitzname des Lehrers, ihre neuesten Errungenschaften aus dem einzigen Plattengeschäft in der Altstadt, in der Reichenstraße, vor. Nicht alles fand die Gnade des Musikpädagogen, so manche heiße Diskussion ergab sich, aber Amon Düül durfte man zur Freude von Max immer auflegen.

Jetzt hatte der Schorsch also wieder einmal ein Konzert für die Schule organisiert. Die Schüler marschierten klassenweise vom Schulgebäude aus über die Straßenkreuzung, dann am Denkmal des Prinzregenten Luitpold vorbei hinüber zum „Bayerischen Hof". Von ähnlichen Konzerten aus den Vorjahren wusste man, dass nicht alle Schüler von solchen Veranstaltungen begeistert waren. Immer wieder war es vorgekommen, dass sich einzelne Kinder oder auch kleinere Gruppen auf dem

Weg zum Stadtsaal „abgeseilt" hatten. Diesmal war schon im Vorfeld unter Androhung von schlimmen Strafen ernsthaft vor solchem Schuleschwänzen gewarnt worden, und die Lehrerinnen und Lehrer hatten ein wachsames Auge auf den langen Schülerzug, der sich jetzt Richtung Stadtsaal bewegte.

„Keine Chance, unerkannt zu entkommen", brummte der Bobby missmutig. Er war zwar ein begeisterter Musiker, konnte insbesondere jede Menge moderner Rock- und Bluesstücke perfekt auf seiner Gitarre spielen, aber mit der Klassik im Allgemeinen und den Bamberger Symphonikern im Besonderen hatte er einfach nichts am Hut. Schon früh am Morgen hatte er mit Max Wachsbleitter und Fritz Haksch Fluchtpläne geschmiedet. Man wollte sich so schnell wie möglich verdrücken, um den Vormittag im Baumgarten, einem parkähnlichen Gelände hinter dem Hohen Schloss, zu verbringen. Zigaretten und weiteres Rauchzeug hatte der Bobby wie immer in ausreichenden Mengen in den Taschen seines Parkas dabei, und für die notwendige flüssige Verpflegung wollte man in einem kleinen Lebensmittelladen am Fuße des Schlossberges schon noch sorgen.

„Ich komme auch mit", hatte der als Klassenkasperl konkurrenzlos anerkannte Strolchi noch erklärt. „Seit Jahren plagt man mich mit Klavierunterricht, dreimal die Woche muss ich deswegen nachmittags in Füssen bleiben, und täglich überprüft mein Onkel auch noch meine Übungsstunden. Ich find' den ganzen Klassikschrott zum Kotzen. Klavierspielen ist Zeitverschwendung im Quadrat und hält einen nur vom Stammtisch beim Gockelwirt ab! Also nehmts mich mit, ich spendier' auch zwei Flaschen Lambrusco!"

So weit war alles klar, aber die geplante Flucht ließ sich auf dem Weg in den Stadtsaal nicht durchführen. Missmutig trampelten die vier mit der Schülermenge zum Eingang des Bayerischen Hofes hinauf und begaben sich in Richtung des festlich geschmückten Stadtsaals.

„Halt", rief da der Max, „ich muss jetzt erst mal aufs Klo, und ihr drei müsst auch!" In der Toilette sperrten sie sich jeweils zu zweit in eine Kabine ein und warteten, bis das Konzert begonnen hatte. Dann schlichen sie vorsichtig aus der Toilette heraus und suchten nach dem Hinterausgang, der zu einem von großen Kastanienbäumen beschatteten ehemaligen Biergarten führte. Von da aus wäre es dann nicht mehr schwer gewesen, sich über einen schmiedeeisernen Zaun hinweg in Richtung Baumgarten zu verziehen.

„Mist!", entfuhr es dem Bobby, der als erster an den großen Türflügeln des Ausgangs zum Biergarten angekommen war. „Die haben alles zugesperrt und die Fenster im Klo sind vergittert!" Ratlos standen die vier Flüchtlinge da und starrten feindselig die Tür an.

„So, so, wen haben wir denn da!", ertönte jetzt eine Stimme hinter ihnen und als sie sich erschrocken umdrehten, stand im grauen Staubmantel der Hausmeister da. Grinsend steckte er einen großen Eisenschlüssel in das Schloss, drehte ihn quietschend um und öffnete die Tür in die heiß ersehnte Freiheit. „Ich hab euch nicht gesehen, und ihr habts mich nicht gesehen. Ist das klar? Und seids vorsichtig, dass euch keiner vom Fenster aus bemerkt."

Kaum waren sie draußen, da quietschte der Schlüssel erneut im Schloss. Hastig überquerten sie den ehemaligen Biergarten, fanden eine gute Stelle zum Überklettern des Zaunes und standen nur wenige Minuten später im Lebensmittelladen in der Kemptener Straße, direkt unter dem Schloss, von wo man über einen schmalen Fußweg schnell hinauf zum Baumgarten gelangen konnte.

Der Strolchi, der nicht nur als Klassenkasperl, sondern auch als Spezialist für alkoholische Getränke bekannt war, machte sein Versprechen von der Früh sofort wahr und erstand zwei Flaschen Lambrusco Amabile, ein Getränk, abgefüllt in Zweiliterflaschen mit Schraubverschluss, das sich vor allem wegen seines günstigen Preises von einer Mark 99 einer immer größeren Beliebtheit bei den Gymnasiasten erfreute.

Im Baumgarten angekommen, suchte das Quartett einen schönen sonnigen Platz unter einem großen Baum und machte sich sofort über den perlenden und schäumenden Rotwein her. Max Wachsbleitter beteiligte sich ähnlich wie Fritz Haksch durchaus kräftig am Weintrinken, beide ließen aber die Finger von Bobbys Zigaretten, zumal dieser zu verstehen gab, dass er heute nicht nur die üblichen Reval, sondern auch ein paar Selbstgedrehte mit ein paar Krümeln Gras versetzt dabei habe. Auch Strolchi lehnte die angebotenen Minijoints dankend ab, sprach dafür aber dem Rotwein so ausgiebig zu, dass schon nach einer halben Stunde die erste Flasche bis auf den letzten Tropfen geleert war. Die Gespräche der frühen Zecher wurden immer häufiger von Lachsalven unterbrochen, kein ernstes Wort wurde mehr gewechselt. Lallend imitierte Strolchi seine Klavierlehrerin, eine ältere Dame, die man am besten dadurch schrecken konnte, dass man schniefend und hustend zur Klavierstunde kam. Da sie eine höllische Angst vor Erkältungen, insbesondere vor der berüchtigten Spanischen Grippe hatte, von der sie einmal gelesen hatte, dass diese vor einigen Jahrzehnten Hunderttausende von Opfern unter der Bevölkerung gefordert hätte, konnte man ziemlich sicher sein, dass bei entsprechendem Verhalten schnell der Vorschlag kam, die ganze Lektion doch zuerst einmal zu Hause besser zu üben und für diesmal ausnahmsweise die Stunde ausfallen zu lassen.

„Hust, hust, … ich hab die Spa…, die Spa…, die Spanüsche Grüppe", lallte der Strolchi immer wieder. Erneut nahm er einen kräftigen, von Gurgel- und Zischlauten begleiteten Schluck aus der jetzt schon zweiten Pulle, verschluckte sich dabei, lachte und hustete. Lach- und Hustenanfall gingen ineinander über, der perlende Lambrusco quoll rosa schäumend aus Mund und Nase, und prustend und hustend rollte Strolchi jetzt den Abhang hinunter, die sich mehr und mehr leerende Flasche hinterher. An einem Kiesweg blieb er wie ein zappelnder Käfer auf dem Rücken liegen und lachte noch immer.

Entsetzt über das soeben gesehene Schauspiel und heftig kopfschüttelnd passierte eine ältere Dame den Volltrunkenen und schaute, dass sie eilends ohne Schaden Richtung Kloster St. Mang davonkam.

Max und Bobby saßen derweilen immer noch unter ihrem Baum, und konnten sich vor Lachen kaum noch einkriegen.

„Ohne den Strolchi wär' alles viel langweiliger", bemerkte Bobby schließlich trocken, „ich glaub', ich tät' die Schul ohne den gar nicht mehr aushalten. So und jetzt rauch ich noch eine, und dann mach ich ein Schläfchen. Weckts mich, wenn's auf zwölfe zugeht, damit ich meinen Bus nicht verpasse!" Und schon bald hatte er die Augen zu und döste, ein zufriedenes Lächeln auf den Lippen, auf der Wiese liegend ein.

Inzwischen hatte sich Strolchi hochgerappelt und kam, mehrfach stolpernd, hinfallend und erneut ein Stück bergab rollend, dann doch endlich oben bei seinen Mitschülern an. Immerhin hatte er es geschafft, auch die immer noch etwas Flüssigkeit enthaltende Rotweinflasche mitzunehmen. Noch einmal nahm er einen kräftigen Schluck, rülpste so laut, dass selbst die auf dem Schlossdach sitzenden Tauben erschrocken aufflatterten, um dann ebenfalls zufrieden grinsend ein Schläfchen einzulegen. Im Gegensatz zu Bobby aber dauerte es keine fünf Minuten, bis er dabei auch noch lauthals schnarchte.

Fritz und Max hatten jetzt ausreichend Zeit und Ruhe, sich miteinander zu unterhalten. Der Alkohol tat ein Übriges, und löste vor allem bei Max die Zunge.

Lang und breit erzählte er von seiner schrecklichen Zeit im Internat, von den Wochenend- und Ferienbesuchen bei seiner Mutter, auf die er immer so sehnsüchtig gewartet hatte, und davon, dass er leider ohne Vater aufgewachsen sei.

„Das mit dem Vater", berichtete er, „das muss eine ganz seltsame Geschichte gewesen sein. Meine Mutter hat darüber eigentlich nie sprechen wollen und, wenn ich nachgefragt habe, sofort total zugemacht. Irgendwie hab ich dann doch herausgebracht, dass mein Vater 1949 bei einem Hochwasser im Lech ertrunken ist. Da war ich gerade mal ein halbes Jahr alt, aber über die näheren Umstände herrscht bei uns nach wie vor das große Schweigen."

„Was war der Vater denn von Beruf?", wollte Fritz Haksch jetzt wissen.

„Ich weiß nicht, auch das ist so etwas Seltsames bei uns. Wir sind wohlhabende Leute. Meine Mutter hat nie arbeiten müssen, Geld war immer ausreichend da. Und dann ist da ja noch die alte Villa mit dem großen Garten. Aber sobald ich wissen will, woher das Geld kommt, oder nach den Großeltern frage, ist meine Mutter recht einsilbig. ‚Es hat schon alles seine Ordnung', sagt sie dann bloß, ‚und du musst dir keine Sorgen machen, für deine Zukunft ist schon gesorgt.'

Es gibt da ein paar alte Fotos, da sieht man den Vater immer auf der Jagd. Er wird wohl so eine Art Jäger oder Förster gewesen sein, der Großvater übrigens auch. Die Bilder gleichen sich sehr. Und erstaunlicherweise ist auch der Großvater nicht alt geworden. Ein Jagdunfall, so hat es geheißen, hat ihn 1926 im Alter von 24 Jahren das Leben gekostet. Im Wohnzimmer hängt da eine seltsame Bilderreihe, alle schwarz eingerahmt, alles junge Männer in Jagduniform und alle schon Mitte der zwanzig verstorben. Auch der Urgroßvater hat seinen Platz in dieser seltsamen Ahnengalerie. Geboren 1876 steht da, Todesdatum 1902. Manchmal denk ich, dass da irgendein Fluch dahinterstecken könnte. Wenn's so ist, dann erwischt's auch mich bald, bin ja immerhin auch schon 18 Jahre alt."

Eine ganze Zeit lang herrschte Schweigen. Max blickte am Hohen Schloss vorbei hinüber zum Säuling und wünschte sich, er wäre jetzt da oben auf der großen Säulingwiese unterhalb des Gipfels, von wo aus man einen unvergleichlich schönen Blick über die Bergwelt und das Voralpenland hat.

Tief seufzte er auf, und murmelte für Fritz gerade noch hörbar vor sich hin: „Und noch etwas macht mich da stutzig. Wir haben alle am selben Tag Geburtstag, alle Männer der Familie sind am 25. August geboren. Komisch ist das schon …"

„Jetzt lass die trüben Gedanken, Max!" Mit diesen Worten versuchte Fritz nun seinem Freund zu helfen, und erklärte dann feierlich: „Dir passiert schon nix! Dafür werd' ich höchstpersönlich sorgen. Und die andern passen auch auf dich auf."

„Na und wie", meinte jetzt Max Wachsbleitter, allmählich seine gute Laune wiederfindend. „Schau sie dir an, meine Leibwächter! Wie die Jünger auf dem Ölberg liegen sie umeinander, nur dass die damals hoffentlich nicht so zu waren wie der Bobby und der Strolchi jetzt! Bei der Bewachung kann mir wahrlich nichts geschehen!"

*

„Na, wie war's im Konzert?", fragten Fritz und Max am
nächsten Tag recht scheinheilig ihre Mitschüler. Eine größere Anzahl von Schülern hatte sich in der Eisdiele „Dolomiti"
getroffen.

Hier saßen vor allem gegen Mittag die älteren Fahrschüler,
die, wenn sie schon um zwölf Uhr Schulaus hatten, meist eine
Stunde auf die Abfahrt ihrer Busse oder Züge in die umliegenden Dörfer warten mussten. Mitunter war das Dolomiti
so wie jetzt auch Treffpunkt am frühen Morgen, wenn man
noch schnell einen Kaffee vor der Schule nötig hatte, was bei
einigen Oberstuflern immer häufiger der Fall war. Manchmal
konnte es dabei auch geschehen, dass es der einen oder anderen kleineren Gruppe so gut in der Eisdiele gefiel, dass man
beschloss, gleich den ganzen Vormittag hierzubleiben und die
Schule zu schwänzen. Zu den Gymnasiasten gesellten sich
auch immer wieder einige andere Füssener, die entweder keiner geregelten Arbeit nachgingen, darunter einige mehr oder
weniger bekannte junge Künstler, oder dieser geregelten Arbeit an diesem Tag aus dem Weg gehen wollten.

Kurz vor Acht verließen dann aber doch fast alle Schüler
das Dolomiti, um zur Schule zu gehen. Fritz hielt Max zurück
und meinte: „Die erste Stunde ist heute viel zu langweilig. Da
haben wir Geografie und der Binswanger hat nicht umsonst
bei den Schülern den Spitznamen Tsetsefliege."

„Wie ist das eigentlich bei euch hier in Füssen?", wollte der
Max jetzt endlich etwas genauer wissen. „In Hohenschwangau
war an Schuleschwänzen gar nicht zu denken. Ihr hier aber
scheint da ja recht lockere Verhältnisse zu haben."

„Na ja", meinte jetzt Fritz. „Die meisten gehen recht brav
zur Schule, und um die wenigen Schwänzer machen die Lehrer kein Aufsehen. In den letzten beiden Klassen zumindest
kannst du schon öfter wegbleiben. Gut ist es trotzdem, wenn
man eine passende Entschuldigung hat. Bei mir als Schulsprecher ist das sowieso ganz leicht. Wenn mich einer fragt, wo ich
war, dann hab ich halt immer eine Sitzung der SMV gehabt.

Und bei der Schülerzeitung bin ich ja auch noch. Auch da gibt es viele Besprechungen. In Erdkas halt' ich dann freiwillig ein, zwei Referate im Halbjahr, und in den Schulaufgaben schreib' ich eigentlich immer eine Eins, auch wenn ich nicht oft da bin. Der Stoff ist ziemlich leicht und für mich ist nur selten 'was Neues dabei."

Max begann sich jetzt für das Thema Schülerzeitung zu interessieren, und es dauerte nicht lange, und ein neuer Mitarbeiter für den *Ventilator*, so hieß das Blatt, war gefunden. Schließlich schlenderten beide doch langsam die Reichenstraße Richtung Gymnasium hinunter, studierten noch eingehend die Auslagen der Buchhandlung Bruhns, wo Fritz seit Jahren schon einen Großteil seines Taschengeldes in Taschenbücher umsetzte, und beschlossen, sich am Nachmittag bei Max zu treffen, wo dieser einige seiner Gedichte vorlesen wollte, um zu sehen, ob diese Art von Literatur etwas für die Schülerzeitung wäre.

*

Am nächsten Wochenende war für Max Wachsbleitter die erste Redaktionssitzung. Diesmal traf man sich bei der neuen Chefredakteurin, einer für ihr Alter enorm selbstbewussten Zehntklässlerin, die nicht nur eine meist sturmfreie Bude in der Altstadt, sondern dazu auch noch reichlich Bier, Wein und Zigaretten anbieten konnte. Max und Fritz waren die beiden einzigen Nichtraucher, und schon bald war die ganze Redaktion in Qualmwolken eingehüllt, was Fritz aber schon längst bei solchen Sitzungen gewohnt war und Max ebenfalls nichts ausmachte. Päckchenweise wurden die blauen Gauloise verbraucht und dazwischen immer wieder Kaffee getrunken. Dem Alkohol wollte man sich erst nach dem Ende des offiziellen Teils widmen.

Nach mehrstündigen hitzigen Debatten, nach Vorlesen von Texten und dazwischen immer wieder Lachsalven produzierenden Blödeleien stand das Konzept für die nächste Ausgabe fest. Hauptthemen sollten diesmal Bundeswehr, Kriegsdienstverweigerung und Frieden sein, dazu die üblichen schulinternen Witzeleien, wie immer eine Abteilung für Musikthemen und ganz neu der Unterstufenteil mit der Sonderbeilage *Ventilatörchen*.

Max interessierte sich besonders für das Thema Frieden: „Ich würde da gerne ein bisschen Quellenforschung betreiben. Wenn ihr einverstanden seid, dann werde ich Kernaussagen von Ludwig II. zusammenstellen. Der war nämlich seiner Zeit weit voraus und ein überzeugter Pazifist. Und wenn dann noch Platz ist: Ich hätte da noch das eine oder andere Gedicht, das ganz gut zu der Thematik passt.“

Die mehrheitlich von *rororo aktuell*, in dieser Thematik insbesondere von Günther Amendts Buch über Kriegsdienstverweigerung beeinflussten Redakteure fanden den Sprung zurück ins 19. Jahrhundert zum Märchenkönig Ludwig etwas seltsam, aber letztlich hatte doch keiner größere Einwände. Bis zur nächsten Sitzung, der berüchtigten Abschlusskonferenz, die wegen des Zeitdrucks regelmäßig bis in die frühen Morgenstunden dauerte, sollte der Neue halt seine Texte vorlegen, und dann werde man schon weitersehen.

Als Max anschließend an der Spitalkirche vorbei und über die Lechbrücke hinüber in die Lechvorstadt zu seinem Häuschen ging, war er froh über die frische Luft. Am Brückengeländer aufgestützt blickte er hinunter in das schnellfließende grüne Lechwasser. Das mit den pazifistischen Äußerungen von Ludwig II. wollte er am besten gleich noch heute erledigen, auch wenn es schon weit nach Mitternacht war. Die passende Musik dazu, Wagners Parzival, hatte er ja auch.

*

Große Aufregung verursachten die allmählich einflatternden Musterungsbescheide bei den männlichen Mitgliedern der 12 b. Eine klare Mehrheit war sich darin einig, dass man Militarismus entschieden ablehnen müsse und dass die Bundeswehr keinesfalls zu unterstützen sei. Die Erfahrungen aus der deutschen Geschichte und der immer weiter eskalierende

Vietnamkrieg wurden thematisiert. Am meisten aber regte die Schüler der Umgang mit den Kriegsdienstverweigerern auf. Ein gegenüber dem Wehrdienst gleichberechtigter Zivildienst wurde gefordert, ein Ende des entwürdigenden Verfahrens zur Anerkennung als Wehrdienstverweigerer und – zum Entsetzen der vier Mädchen in der Klasse – sogar die Einführung eines allgemeinen zivilen Jahres für alle Schulabgänger.

Es gab aber auch Befürworter der Bundeswehr. Einer gab sogar unumwunden zu erkennen, dass er seine berufliche Zukunft als Soldat sehe. Er wolle in einer demokratischen Armee die demokratische Freiheit verteidigen, so erklärte Charlie Steigenberger und musste in heftigen Diskussionen die seiner Meinung nach bestehende Notwendigkeit der Bundeswehr verteidigen.

Max war als Tiroler eigentlich außen vor, verfolgte die Diskussionen vor und nach dem Unterricht aber nicht nur passiv, sondern mischte sich mit seiner pazifistischen Grundeinstellung in die hitzigen Gespräche ein.

Fritz Haksch war es, der als nächster einen Termin beim Kreiswehrersatzamt in Kempten hatte. „Wenn sie mich holen, dann werde ich den Wehrdienst verweigern, aber vielleicht hab ich ja auch Glück und ich werde zurückgestellt, dann kann ich mir den ganzen Zirkus mit der peinlichen Befragung ersparen", so unterrichtete er seine Kameraden.

Am Tag der Musterung schwänzte Max den Unterricht und betätigte sich als Chauffeur für seinen Freund. Eine seltsame Ansammlung von jungen Männern fand sich da in einem tristen, grauen Gebäude in Kempten ein. Der Großteil der Anwesenden fand die ganze Angelegenheit selbstverständlich, die Musterung war eine Art Mannesprüfung für sie, die hoffentlich gut, also mit einer Einberufung in die Bundeswehr, enden sollte. Diskutiert wurde lediglich, zu welcher Waffengattung man gehen wollte und ob es gut oder schlecht sei, wenn man in der Nähe des Wohnortes oder fern der Heimat kaserniert werden würde.

Die größte Aufmerksamkeit aber galt bei fast allen dem nachfolgenden Ritual der Musterungsfeier. Dazu waren bereits spitze Filzhüte mit entsprechenden Aufschriften und hölzerne Spazierstöcke angeschafft worden, und die Gruppen aus den verschiedenen Allgäuer Ortschaften hatten jeweils einen Marschplan entworfen, welche Dorfwirtschaften nacheinander in die Musterungsfeierlichkeiten einbezogen werden sollten. In weiser Voraussicht der zu erwartenden Vollräusche, so konnte Fritz den Äußerungen der jungen Burschen entnehmen, habe man gleich noch für den nächsten Tag Urlaub genommen, denn die meisten waren bereits im Berufsleben. Schüler konnte er nur wenige ausmachen, aber auch die schienen sich in freudiger Erwartung den anderen anzuschließen.

Einige der zu Musternden hatten wohl schon früh am Morgen dem Alkohol zugesprochen, was bei der Abgabe der notwendigen Urinproben zu einigen Schwierigkeiten führte. Da standen die zukünftigen Verteidiger des Vaterlandes in Unterhosen, sauber in einer Reihe, jeder seinen zuvor gefüllten Urinbecher in der Hand, um diesen dem medizinischen Personal zu übergeben, das den Inhalt dann in vorbereitete Fläschchen mit der Personenkennziffer zu schütten hatte.

Einer, der Fritz schon die ganze Zeit durch seine großsprecherische Art negativ aufgefallen war, ein rothaariger, derber Bursche mit einem von Sommersprossen übersäten Gesicht, stand jetzt vorne am Tisch des Arztes. Der wohl reichliche Biergenuss hatte dazu geführt, dass der Rothaarige zwar sicher keine Probleme beim Wasserlassen hatte, dafür aber mit der Dosierung. So geschah, was geschehen musste, eine leichte Unsicherheit beim aufrechten Gang tat ihr Übriges, und schon schwappte der Urin aus dem randvollen Becher über den Tisch des Arztes.

Das zunächst einsetzende Gekichere im Raum wurde durch einen lautstarken Wutanfall des Bundeswehrarztes jäh unterbrochen. Der alkoholisierte Bursche wurde zurück in die Toilette geschickt, um diesmal einen halb gefüllten Becher vorzubereiten, und eine eilends herbeigerufene Putzfrau musste den ziemlich versauten Tisch wieder sauber machen.

Als Fritz anschließend zur gesundheitlichen Untersuchung in das Sprechzimmer des Arztes gebeten wurde, legte er diesem sofort ein Attest seines Hausarztes vor. Obwohl er ein begeisterter Sportler war, der kein Fußballspiel und kein Training seines Vereins ausließ, zusätzlich noch Tischtennis spielte und auch im Schulsport so gut wie nie fehlte, hatte er ein körperliches Handicap vorzuweisen, von dem er hoffte, es würde ihn als untauglich qualifizieren.

Er hatte zwar selbst bei seinem sportlichen Tun nie etwas davon bemerkt, aber die jährliche Untersuchung aller Schüler am Gymnasium durch die Amtsärztin hatte ergeben, dass sein rechtes Bein deutlich kürzer als das linke war. Eine daraufhin angeordnete Röntgenuntersuchung ergab dann, dass am linken Bein die Verbindung zwischen Oberschenkel und Oberschenkelkopf einen viel zu großen Winkel aufwies, was zur Folge hatte, dass nicht das rechte Bein zu kurz, sondern das linke zu lang war, und zwar um beachtliche zweieinhalb Zentimeter.

Zu sehen war davon allerdings nichts, die Schiefstellung des Beckens hatte die Wirbelsäule wieder ausgeglichen und die Mahnungen der Ärztin, beim Sport besonders vorsichtig zu sein, hielt Fritz für unbegründet. Schließlich sportelte er in vielfältiger Weise, war sogar schon Schülermeister im Hochsprung geworden und zählte zu den besten Geräteturnern der Schule, was die Urkunden bei den alljährlich durchgeführten Bundesjugendspielen in dieser Sportart, die er zu Hause in einer seiner Schreibtischschubladen zusammen mit den Bestätigungen für das jährliche Erreichen des Sportabzeichens in Gold aufbewahrte, hinreichend belegten.

Bislang hatte er diese Behinderung nur bei dem im letzten Schuljahr durchgeführten Skilager der Klasse nutzen können. Der tatsächliche Hintergrund, warum er nicht am Skilager teilnehmen wollte, lag in den finanziell bescheidenen Verhältnissen zu Hause. Die Kosten für das Skilager hätte man vielleicht gerade noch tragen können, aber damit war es nicht getan. Fritz wusste genau, dass man ohne moderne Ausrüstung und ohne wenigstens teilweise neue Kleidung an so einem Skilager leicht zum Gespött der anderen werden konnte. Seine Ausrüstung war veraltet und für einen neuen Anorak und möglicherweise sogar ein neues Paar Ski, mindestens aber neue

Skischuhe, war damals kein Geld in der Familienkasse übrig. Also kam ihm im letzten Winter die Diagnose der Schulärztin gerade recht, und zum allgemeinen Bedauern seiner Klassenkameraden musste er, ohne die finanziellen Hintergründe zu offenbaren, wegen seinem Beinschaden zu Hause bleiben und eine Woche lang den Unterricht in der nächsttieferen Klasse besuchen.

Jetzt sollte das Attest über die Anomalie des linken Oberschenkelhalses erneut seine Wirkung tun. Stirnrunzelnd las der Bundeswehrarzt das Schreiben, machte sich einige Notizen und führte dann die übliche Untersuchung durch, die vor allem im Abhören der Brust, einem Blick in den Rachenraum und einem Griff an die Genitalien bestand, wortlos durch.

Dann galt es, draußen zu warten. Die Stimmung bei den anderen erreichte einen neuen Höhepunkt. Der Rothaarige erzählte, wie er auch beim zweiten Mal den Urinbecher bis oben hin vollgepinkelt hätte, worauf man ihn hinausgeworfen habe. Jetzt müsse er halt in ein paar Wochen noch einmal, und zwar nüchtern kommen. Das, so verkündete er lauthals, mache ihm aber gar nichts aus. So habe er einen weiteren Tag unbezahlten Urlaub und noch dazu gleich zweimal eine Musterungsfeier, denn auf die heutige wolle er auf keinen Fall verzichten, wenn er auch diesmal noch nicht die Tauglichkeit bestätigt bekommen habe.

Endlich durfte auch Fritz Haksch den Raum betreten, in dem ihm das Ergebnis der Musterung mitgeteilt wurde. Er sei voll tauglich, so wurde ihm hier eröffnet, und somit müsse er nach bestandenem Abitur mit einer Einberufung rechnen.

Die Frage nach einer möglichen Präferenz bei den verschiedenen Waffengattungen mochte der tief enttäuschte Fritz gar nicht mehr beantworten, vielmehr legte er sofort Protest gegen die Entscheidung ein. Er wurde nun darüber belehrt, dass er innerhalb von zwei Wochen schriftlich Einspruch erheben könne, wenn er dazu einen triftigen Grund habe. Offensichtlich liege aber zumindest laut ärztlicher Untersuchung nichts dergleichen vor, von der Möglichkeit der Wehrdienstverweigerung rate man im Übrigen auch ab. Wer wolle schon zu diesen Drückebergern gehören, die nicht wüssten, was sie dem Staat schuldig seien.

Auf der Rückfahrt berichtete Fritz zunächst, was alles vorgefallen war. „Ich hab' doch ein Attest dabeigehabt", rief er, „aber diesen alten Trottel von Arzt hat das überhaupt nicht interessiert! Wahrscheinlich muss man da schon Beziehungen haben. Ein Gutachten von einem Professor oder so. Ein kleiner Landarzt tut's da anscheinend nicht. Da haben wir ja einige davon in der Abschlussklasse, die sind komischerweise einerseits alle stinkreich von zu Hause, und – siehe da! – auch alle untauglich!"

Max hörte sich die Schimpftirade an, wartete noch ein Weilchen, bis sich sein Freund wieder einigermaßen beruhigt hatte, um dann einen Vorschlag zu machen: „Geh doch noch einmal ins Gesundheitsamt zu unserer Schulärztin. Die ist, so denke ich, ganz in Ordnung und hat uns doch kürzlich angeboten, sich bei allen Problemen, die auftreten könnten, für uns einzusetzen."

Fritz schaute auf seine Armbanduhr. „Zeit wäre ja noch", meinte er. „Also los, Chauffeur, zum Gesundheitsamt, aber dalli!"

*

Am Abend saßen Fritz und Max zusammen mit zwei Schülern aus Steingaden in einer alten Dorfwirtschaft des ehemaligen Klosterortes. Die beiden Steingadener waren Freunde von Max, man kannte sich aus Hohenschwangau, wo die beiden Fahrschüler in diesem Jahr ihr Abitur machen wollten. Bald darauf gesellten sich noch zwei weitere Gymnasiasten und ein Realschüler aus dem Ort dazu.

Gerade hatte Fritz seine Geschichte von der Musterung erzählt, da mischten sich einige Männer vom Stammtisch her in das Geschehen ein. Offensichtlich hatten sie etwas von der Erzählung mitbekommen und waren mit der Grundeinstellung des Erzählers der Bundeswehr gegenüber nicht einverstanden.

„Was für einen Schmarren erzählt denn der da?", wollte man wissen, und gleich spielte sich ein großer, breiter Kerl im Trachtengewand als Wortführer auf. Er drehte sich zum Tisch der Schüler hin und meinte: „Ihr seids doch von Steingaden, aber der, wo da so gscheid dahererzählt, und der Große mit den schwarzen Locken, was haben denn die bei uns zu suchen?"

Als er erfuhr, dass es sich um zwei Freunde vom Füssener Gymnasium handle, setzte am Stammtisch schlagartig eine Schimpftirade ein, die von zustimmendem Gemurmel begleitet wurde: „So, so, Gymnasiasten! Und dann werdet ihr bestimmt auch solche studierten Deppen, wie sie fast jeden Tag in den Fernsehnachrichten zu sehen sind. Nix als arbeitsscheues Gesindel. Mit unseren Steuergeldern studieren und dann, statt etwas Gescheites zu lernen, den ganzen Tag demonstrieren. Früher hätt's das nicht gegeben, da hätte schon der Hitler dafür gesorgt!"

Einer der Steingadener Schüler wagte es zu widersprechen, auf die Verbrechen der Nationalsozialisten hinzuweisen, die ja nun wirklich kein Vorbild abgeben könnten, und wollte gerade noch auf das Grundrecht auf Meinungsfreiheit verweisen, da sprang der Stammtischler, nun noch wilder und aggressiver geworden, auf, dass sein Weizenglas dabei krachend zu Boden fiel und zersplitterte.

„Du Rotzlöffl! Wie redest du eigentlich mit einem erwachsenen Mann? Noch nix geleistet und schon die Goschn aufreißen! Ihr seids grad die Richtigen. Gehts doch nüber in die Ostzone, wenn es euch hier nimmer passt. Schaden wär's keiner, so wie ihr daherkommt."

Jetzt näherte sich der bereits erheblich Betrunkene dem Tisch mit den Schülern bedrohlich, sein Bierdeckel hatte immerhin schon einen langen Gartenzaun, so nannte man vier senkrechte Striche und einen diese durchstreichenden Längsstrich, was dem Verzehr von fünf Halben Bier entsprach, und brüllte mit schon leicht schwerfälliger Zunge los: „Überhaupt könntet ihr endlich einmal zum Friseur gehen. Schauts ja aus wie die verlausten Affen im Tierpark Hellabrunn! Da weiß man auch gleich, wer am letzten Sonntag bei der Bundestagswahl die Kommunisten waren. Das seid ihr gewesen, ihr Lumpen, ihr Kommunistenpack! Genau fünf Stimmen haben die Kommunisten in Steingaden gekriegt, und die fünf sitzen hier!"

Jetzt war es soweit, dass der empörte Stammtischler von der verbalen Gewalt zur Handgreiflichkeit übergehen wollte. Das verhinderte allerdings ein kräftiger Griff des Wirtes, der die ganze Zeit grinsend dem Schauspiel zugesehen und sich dabei sichtlich amüsiert hatte.

„Setz dich hin und lass meine Gäste in Frieden!", wies er den Schreihals zurecht und bugsierte ihn recht heftig auf seinen Stuhl am Stammtisch zurück, wo doch schon ein oder zwei weitere Anwesende eigentlich darauf gehofft hatten, dass es gleich eine Schlägerei geben würde, bei der man allzu gern eingegriffen und denen, die es schon längst einmal verdient hätten, den Kopf zurechtgerückt hätte. Jetzt aber öffneten die sprungbereiten Kämpfer ihre bereits zur Faust geballten Hände wieder, griffen stattdessen zum Bierglas, sprachen dem unsanft auf seinem Platz Gelandeten ihre Zustimmung aus und schimpften, allerdings jetzt deutlich leiser und kleinlauter, auf die Langhaarigen da drüben im Speziellen und auf die schlechte Jugend von heute im Allgemeinen.

Wenn der Wirt nicht dagewesen wäre, dann hätte die ganze Sache durchaus gefährlich für die Schüler werden können, doch der Respekt vor dem Lokalbesitzer, einem in der Region nicht unbekannten ehemaligen Boxer und auch gefürchteten Raufbold, hielt den Stammtisch jetzt in Schranken.

Bald darauf bezahlten die Schüler und verließen, unter dem feindseligen Nachmaulen vom Stammtisch her, das Lokal. Draußen auf dem Marktplatz ratschte man dann noch eine ganze Weile. Besonders lustig fanden die Steingadener, dass die am Stammtisch felsenfest davon überzeugt waren zu wissen, wer die kommunistischen Wähler im Dorf gewesen seien. Dabei war eines klar: Keiner der Anwesenden war alt genug für eine Wahlberechtigung.

„Wenn man mit 18 schon wählen dürfte, dann hätten wenigsten zwei von uns mitmachen können", meinte der älteste der Gruppe, „aber wo man für die Verteidigung des Vaterlands als längst reif genug erachtet wird, wo man alt genug wäre, anderen den Kopf wegzuknallen, da langt's für eine Wahlentscheidung halt noch lange nicht! Aber die Arschlöcher da drinnen, die ihr bisschen Verstand längst weggesoffen haben, die lässt man an die Urnen!"

„Das mit den langen Haaren fällt bei euch tatsächlich auf", meinte Max auf dem Heimweg nach Füssen. „Klar, jetzt haben immer mehr junge Leute lange Haare und manchmal lassen sie auch ihren Bart wachsen, das ist halt modern. Aber schon zu meinen Hohenschwangauer Zeiten ist mir aufgefallen, dass das bei euch in Füssen schon immer besonders viele gewesen sind."

Fritz erzählte daraufhin, dass sich im Gymnasium Füssen das Wachsenlassen der Haare als Protestaktion gegen die Schulleitung abgespielt hatte. „Da war ein Schüler, zwei Klassen über uns, der war mit Abstand der erste, der mit ziemlich langen Haaren, also deutlich über die Ohren gewachsen, zur Schule kam. Für den damaligen Direktor war das nicht hinnehmbar, und so wurde der Haarrevoluzzer ins Direktorat zitiert und aufgefordert, sich die Haare schneiden zu lassen oder die Schule zu verlassen. Als diese Anordnung die Runde machte, war die Empörung bei den Schülern groß. Diesen Eingriff in die Privatsphäre, so war die einhellige Meinung, könne man sich nun wirklich nicht gefallen lassen, zumal immer mehr von uns durch die entsprechenden Vorbilder aus der Musikszene sowieso daran dachten, ihren Idolen auch frisurmäßig nachzueifern.

Die Idee zum Widerstand war spontan da, und sofort beschloss eine ganze Reihe von Schülern, sich jetzt auch die Haare wachsen zu lassen. Unserem Vorkämpfer hat's zwar wenig geholfen, denn der ist bald danach sowieso weggezogen – übrigens ohne nachzugeben –, aber von da an wurden die Haare bei uns immer länger, und das Thema verschwand sang- und klanglos von der Tagesordnung des Direktors. Die Einstellung für lange Haare und Bärte ist aber geblieben, und ich kann mir beim besten Willen nicht vorstellen, dass ich jemals wieder kurze Haare trage."

„Ich hab' da eigentlich nie Probleme gehabt", meinte Max Wachsbleitter jetzt, während er seinen gelben Käfer gerade durch die Bannwaldseekurven lenkte, „ich war ja nur selten zu Hause, und bei meinen schwarzen Locken, so hat die Mutter immer gesagt, da wäre es doch schade, wenn man die immer wieder zu sehr kürzen würde. Ich habe, so glaube ich, schon immer halblange Haare getragen."

„Bei mir gab es zu Hause schon auch heftige Auseinandersetzungen", meinte nun Fritz Haksch. „Mein Vater war seit je ein Verfechter des klassischen Fassonschnitts, mit schnurgeradem Seitenscheitel, ausrasierten Ohren und hinten so kurz wie möglich. Als Kind wollte ich einmal einen Mecki haben, aber da war nicht daran zu denken. Vielleicht war's sogar besser so, denn bei unserem Hausfriseur wäre da womöglich Fürchterliches herausgekommen. Der hieß im Volksmund nicht umsonst Gröfaz – größter Friseur aller Zeiten!"

„Und was sagt dein Alter jetzt zu deiner Matte?", warf Max fragend ein.

„Eigentlich nichts mehr. Der Kampf ist vorbei, hat aber nervig lang' gedauert, das kannst du mir glauben. Am Anfang hab' ich halt zu Hause immer die Haare hinter die Ohren gekämmt, und kaum war ich zur Tür hinaus, da hab ich sie ganz schnell nach vorne über die Ohren gezogen. War bei meinen abstehenden Segelohren auch ohne Beatles dringend angesagt. Wenn der Alte dann wieder einmal etwas bemerkt hat, dann gab es einen Anschiss oder er war so lang grantig zu mir, bis ich dann halt doch nachgegeben hab. Aber mit der Zeit sind die Haare doch immer länger geworden, und seit letztem Jahr mit dem Schulprotest, habe ich mich endgültig durchgesetzt. Besonders glücklich ist der Vater aber nicht damit."

Als sie jetzt am Bannwaldsee entlangfuhren, deutete Fritz nach rechts zu einem kleinen Campingplatz: „Kennst du das kleine Häuschen da drüben mitten im Campingplatz?"

„Nein, was soll denn mit dem sein?", wollte Max wissen.

„Da wohnt die Bannwaldseehexe. Zumindest die Leute hier in der Gegend bezeichnen sie so. Das ist eine ziemlich verrückte Frau, die dir bestimmt schon mal aufgefallen ist. Sie hat so eine Art Prinz-Eisenherz-Frisur, trägt oft weite Hosen oder so zigeunerähnliche Kleider. Dazu ist sie meist auffällig geschminkt, hat knallrote Fingernägel, Glöckchen im Haar und so weiter. Man kann sie öfter in der Stadt sehen. Früher ist sie auch oft mit einem Motorrad unterwegs gewesen, in letzter Zeit nimmt sie aber den Bus. Die meisten halten sie tatsächlich für verrückt, dabei müsste sie eigentlich eine Berühmtheit sein."

„Die kenn' ich, die fährt nämlich auch per Anhalter. Ich hab' sie schon mehrmals mitgenommen. Die hat mich sogar fotografiert, mit den Königsschlössern im Hintergrund. Das würde irgendwie zusammenpassen, hat sie gemeint, die Schlösser und mein Kopf oder so. Das war irgendwie ganz lustig mit der Frau, aber wieso berühmt?"

„Na ja, das hab ich vom Gerhard Köpf, das war einer der Gründer von unserem *Ventilator* vor zwei Jahren. Der studiert jetzt in München Germanistik. Der hat mir erzählt, dass er die Bannwaldseehexe ein paar Mal besucht hat. Bei ihr in dem Häuschen da hinten haben sich nach dem Krieg deutsche Schriftsteller getroffen. 1947 wohl das erste Mal, darum spricht man jetzt ja von der ‚Gruppe 47‘."

Max war jetzt doch erstaunt: „Die ‚Gruppe 47‘ hat sich da getroffen? Ist ja Wahnsinn! Und wir sitzen da im Gymmi, hören im Deutschunterricht dauernd etwas von den Mitgliedern dieser Gruppe und keiner weiß, dass das alles grad vor unserer Haustür angefangen hat! Wie heißt sie denn, die Hexe?"

„Weiß ich nicht, Schneider oder so. Aber ich kann ja mal nachfragen. So, und jetzt lass mich hier raus, ich hab' noch vor ein Bierchen zu trinken. Gehst du noch mit?"

Max lehnte ab, da er jetzt doch schon recht müde war, ließ seinen Freund Fritz direkt vor dem Hotel „Hirsch" aussteigen, in dessen Bierstübchen noch Licht auszumachen war, und lenkte seinen VW zurück in Richtung Lechvorstadt.

*

Bald darauf lag Max Wachsbleitter in seinem Bett und dachte an die seltsame Frau vom Bannwaldsee. Von ihr war eine eigenartige Faszination ausgegangen, und er nahm sich vor, mit Fritz noch einmal darüber zu reden, ob es nicht eine Idee wäre, sie für die Schülerzeitung zu interviewen.

Er sah sich in Gedanken wieder mit der Bannwaldseehexe bei der Kolomankirche. Von Buching her kommend, war er an jenem Tag am Bannwaldsee Richtung Füssen vorbeigefahren, als sie ihn am Straßenrand winkend zum Halten aufgefordert hatte. Wo er denn hinfahre, hatte sie gefragt, und, als er Hohenschwangau als Fahrziel angegeben hatte, da meinte sie:

„Hohenschwangau ist in Ordnung. Ich wollte zwar nach Füssen, aber in Hohenschwangau hab' ich auch immer wieder mal 'was zu tun."

An der Kolomankirche musste Max dann unbedingt halten. Ob sie ein paar Fotos machen dürfe. Das Licht wäre heute ideal. Sie habe schon in allen Erdteilen der Welt geknipst, aber dieses Allgäuer Herbstlicht, die Berge und die Schlösser im Hintergrund, da müsse man einfach Bilder machen.

Und dann kam sie auf ihn zu sprechen. Sie halte nicht jeden Autofahrer an, aber er – „ich darf doch Max zu dir sagen", warf sie so nebenbei ein, nachdem sie schnell nach seinem Namen gefragt hatte –, aber er habe so eine positive Ausstrahlung, die habe sie schon von Weitem selbst im Auto bemerkt, und jetzt, bei näherer Betrachtung, da bestätige sich das. Sie müsse unbedingt seinen Kopf, sein Gesicht in die richtige Nähe zu den Schlössern da drüben bringen, und wo er denn übrigens herkomme, mit diesem markanten Gesicht, geradezu majestätisch, aus einem Adelshause vielleicht, und warum so traurig im Blick, aber jetzt bitte nicht ändern, nein, genau so, und mit ihren langen roten Fingernägeln, die klappernden riesigen goldenen Ohrringe immer in Bewegung, drehte sie seinen Kopf mal hierhin, mal dahin und redete von Licht und Schatten, von Stimmungen und Perspektiven, und ob er nicht auch schreibe oder male oder wenigstens fotografiere, sie sei sicher, dass er künstlerisch begabt sei, …

Max war mittlerweile halb eingeschlafen. Kolomankirche und Bannwaldseehexe traten in den Hintergrund, und er zoomte sich im Halbschlaf hinauf ins Schloss Neuschwanstein. Er gab sich seinen Fantasien hin, wurde zum König, der nur in die Hände zu klatschen hatte, und all seine Wünsche wurden sogleich erfüllt. Seufzend stellte er sich die Mädchen aus seiner Umgebung vor, einige aus Hohenschwangau, die eine oder andere Tirolerin und auch die neuen Bekanntschaften aus dem Füssener Gymnasium.

Sie alle waren in seinem Traum nun für ihn verfügbar. Wer gerufen wurde, wurde von einem Diener ins Zimmer geführt. Die leichtbekleideten Mädchen, in schleierartige Gewänder wie aus Tausend und einer Nacht gehüllt, umtanzten ihn, strahlten und himmelten ihn an. Aus dem Hintergrund klang Musik und auf seinen Wink hin schmiegte sich auch schon die erste junge Frau zu ihm auf den Diwan, bearbeitete seinen Körper mit der Zunge und schnellen, flinken Fingern, die diesmal auffallend rot lackierte Fingernägel hatten.

Jetzt ließ Max seinen sexuellen Fantasien freien Lauf, steigerte sich mehr und mehr hinein in schwülstig-feuchte Träume, bis sich das Ganze in einem orgiastischen Höhepunkt entlud.

Nach einem tiefen, sehnsuchtsvollen Seufzer blieb er noch eine Weile erschöpft liegen, kam mehr und mehr in der Realität an und spürte die vom Samenerguss feucht gewordene Schlafanzughose an seinen Schenkeln kleben.

In letzter Zeit war Max immer häufiger in seine Traumwelt geflüchtet, hatte fast zwanghaft immer wieder Hand an sich gelegt. Doch die Befriedigung durch das damit verbundene Onanieren hielt nie lange an. Schuldgefühle kamen auf, er war sich nicht sicher, ob solches Tun nicht doch etwas Verbotenes, etwas Schlechtes sei. Dazu kam der Ekel vor der feucht-glitschigen Schlafanzughose, vor dem klebrigen Samenerguss an seinem Körper. Auch jetzt gewann der Frust wieder einmal die Oberhand über die erfahrene Erleichterung und missmutig schälte Max sich aus seinem Bett und seiner Hose. Er musste sich im Bad mit kaltem Wasser duschen, warmes Wasser gab es zu seinem Leidwesen nur, wenn er den Ofen unter dem Warmwasserbehälter zuvor mit Holz oder Kohlen eine Zeitlang kräftig eingeheizt hatte. In diesen Momenten bedauerte er es sehr, dass er nicht mehr wie im Internat den Komfort einer jederzeit warmen Dusche genießen konnte.

*

„Wer hat für die nächste Ausgabe noch etwas mitgebracht?"

Fritz Haksch eröffnete mit dieser Frage die Redaktionssitzung der Schülerzeitung *Ventilator* und erklärte dann: „Ihr wisst ja, die nächste Ausgabe ist fast fertig. Das ist auch gut so, denn wir haben bereits morgen den Termin mit der Druckerei in Kempten. Vielleicht schaffen wir es ja einmal rechtzeitig alles zusammengestellt zu haben, so dass wir ohne eine durchgearbeitete Nacht auskommen!"

Max Wachsbleitter zog ein paar Blätter aus seiner abgewetzten Aktentasche und erklärte: „Ich hab euch doch das letzte Mal zugesagt, etwas über den Pazifismus von König Ludwig II. zu schreiben. Ich finde, das passt ganz gut in diese Ausgabe, weil wir ja als Schwerpunktthema die Kriegsdienstverweigerung haben."

„Also doch eine lange Nacht! Muss das mit dem Märchenonkel wirklich auch noch sein?", kritisierte einer der Redakteure und erntete teilweise zustimmendes, teilweise widersprechendes Gemurmel. Aber Haksch stellte sofort richtig, dass der Beitrag beim letzten Mal zugesagt worden sei, und bat seinen Freund, den Text vorzulesen.

„LUDWIG II. – NICHT NUR MÄRCHENKÖNIG

Ludwig II., der in unserer Gegend nach wie vor hochverehrte Märchenkönig, war weit mehr als der Erbauer mehrerer Schlösser, der Förderer Wagners oder der Fantast, der sich letztlich in seine Traumwelten flüchtete, dem offiziellen Politbetrieb entsagte und somit eine Haltung zeigte, die ihm schließlich das Leben kosten sollte.

Bis heute blieb einem breiten Publikum weitgehend unbekannt, dass Ludwig II. auch ein überzeugter Pazifist war. So schreibt zum Beispiel der englische Historiker Wilfried Blunt: ‚Obwohl Ludwig selbst ein guter Reiter, körperlich gewandt und voll ritterlicher Ideale war, zeigte er sich ganz und gar unmilitärisch und hasste alles, was mit modernem Kriegswesen zu tun hatte.‘

Laut Kaiserin Elisabeth von Österreich, die den König und dessen Anschauungen wohl am besten kannte, zog er es vor, wenn er schon einmal Uniform tragen musste, keinen Helm zu tragen, um seine Frisur nicht zu verderben, und bezeichnete Offiziere diesbezüglich als ‚geschorene Igelköpfe‘. Seitens der Generäle wurde immer wieder moniert, wenn auch heimlich und nicht offiziell, dass der König sich endlich die Haare schneiden lassen müsse.

Immer wieder entzog sich Ludwig auch militärischen Terminen und widmete sich stattdessen lieber der Musik, dem Theater, architektonischen Studien und Entwürfen oder zog sich auf die Roseninsel im Starnberger See oder noch lieber gleich in die bayerisch-tirolerische Bergwelt zurück.

Im Vorfeld des Krieges zwischen Preußen und Österreich von 1866 sprach sich der König immer wieder energisch für eine neutrale Haltung Bayerns aus. So meldete zum Beispiel der österreichische Gesandte in München, Graf Blome, nach Wien, dass Ludwig in seiner friedliebenden Natur jeder Krieg in tiefster Seele zuwider sei und er immer wieder beharrlich betone:‚Ich will keinen Krieg!‘

Als es dann doch zum Krieg kam, weigerte sich der König zunächst standhaft die Mobilmachung anzuordnen, sorgte sich um die Zukunft der jungen bayerischen Soldaten und erwog sogar zugunsten seines Bruders Otto abzudanken.

Nachdem Bayern doch gezwungenermaßen am Krieg teilnehmen musste, verkündete Ludwig am 27. Mai 1866 anlässlich der Thronrede zur Eröffnung des Landtages

entgegen den Erwartungen des Militärs, dass er die baye-
rischen Truppen keinesfalls persönlich in die Schlacht
führen werde, was ihm seitens der Kriegstreiber im Kabi-
nett und in der militärischen Führung nie verziehen wer-
den sollte. „Ach, dass es soweit kommen musste. Wehe
dem Unseligen, der die Verantwortung dieses fürchter-
lichen Krieges zu tragen hat!", schrieb er in sein Tage-
buch.

Auch vor dem Ausbruch des deutsch-französischen
Krieges im Sommer 1870 versuchte Ludwig II. erneut
alles, damit Bayern und seine Soldaten nicht in diesen
Krieg hineingezogen würden. Kabinettssekretär August
von Eisenhart berichtete nach München, dass der König
bei den entsprechenden Beratungen immer wieder geru-
fen haben soll: ‚Ja, gibt es denn keine Mittel, den Krieg
zu vermeiden!?‘

Nur die Ausweglosigkeit der politischen Situation be-
wegte ihn schließlich dazu, auch in diesem Fall gegen
seine persönliche Einstellung die Mobilisierung auszuru-
fen. Pikanterweise – es ging ja auf Seiten Preußens ge-
gen Frankreich – geschah dies in französischer Sprache.
Ludwig schrieb: ‚J'ordonne la mobilisation, informez-en
le ministre de la guerre!‘ Danach zog sich Ludwig, wie
inzwischen immer häufiger, tief verzweifelt nach Hohen-
schwangau und Linderhof zurück. Trotz zahlreicher Ver-
suche, ihn in geradezu erpresserischer Weise dazu zu
bringen, seine bayerischen Truppen im Felde zu besu-
chen, blieb Ludwig standhaft und mied auch das kriegs-
begeisterte München noch mehr als schon zuvor.

Selbst nach großen militärischen Erfolgen, wie zum
Beispiel dem deutschen Sieg bei Sedan, weigerte sich der
König an Siegesfeiern teilzunehmen. ‚Jubelgeschrei‘, so
bekundete er, ‚bereitet mir Kopfschmerzen!‘

Die aufgezeigten Beispiele belegen deutlich, dass Lud-
wig II. durchaus als Pazifist bezeichnet werden kann.
Mit dieser Haltung war er seiner Zeit weit voraus, was
schließlich dazu führte, dass ihm auch in dieser Einstel-

lung weitgehend Unverständnis und Ablehnung entge-
gengebracht wurde.

Wenn Ludwig heute leben würde, dann fänden wir ihn
sicher auf der Seite der Kriegsgegner, auf der Seite der
Anti-Vietnam-Demonstranten und auf der Seite derjeni-
gen, die nach wie vor ein unwürdiges und beschämendes
Verfahren über sich ergehen lassen müssen, wenn sie den
Dienst an der Waffe verweigern und sich stattdessen für
den Zivildienst bewerben.
M. W."

Nachdem Max seinen Text verlesen hatte, herrschte zunächst
lange Ruhe. Die Teilnehmer an der Redaktionskonferenz widmeten sich ausnahmslos ihrem Zigarettenkonsum. Da beendete Fritz Haksch die auffallende Stille, indem er anfing, laut in
die Hände zu klatschen und dreimal „Bravo! Bravo! Bravo!"
rief.

Damit war die Diskussion eröffnet und es zeichneten sich
sehr schnell zwei Lager ab, die sich heftig argumentierend ineinander verbissen. Die einen fanden die Verherrlichung eines
feudalen Herrschers aus vordemokratischer Zeit einfach de-
platziert, befanden, dass der ‚Märchenonkel', wie sie Ludwig
abschätzig bezeichneten, nun aber schon gar nichts für eine
fortschrittliche pazifistische Haltung getan habe, und überhaupt solle man doch endlich aufhören, diesen Spinner und
Verrückten als etwas auszugeben, was er nie war, nämlich ein
ernstzunehmender Handelnder in der Politik.

Die Gegenpartei kämpfte für ein Erscheinen des Artikels
und hielt dem bayerischen König die Stange. Man dürfe Ludwig nicht nach heutigen Maßstäben messen, sondern seine Haltung müsse im politischen Kontext der Zeit gesehen werden.
Für die damaligen Verhältnisse sei er ein wahrer Revolutionär
gewesen, und das gelte beileibe nicht nur für seinen erwiese-
nen Pazifismus. Schließlich wäre man doch auch glücklicher
in der heutigen Welt, wenn ein US-Präsident Nixon statt Krieg
zu führen Musik, Literatur und Malerei fördern würde, vom
Kampf gegen den Hunger in der Welt einmal ganz abgesehen.

Nach langem Hin und Her kam es dann zur Abstimmung. Der Artikel wurde mit klarer Mehrheit angenommen und Max konnte anschließend sogar noch zwei Gedichte einbringen, die ebenfalls für die neue Schülerzeitung abgesegnet wurden.

Die heftige Auseinandersetzung in der Redaktion hatte dazu geführt, dass jetzt bei allen irgendwie die Luft heraus war. Die noch zu behandelnden Punkte wurden rasch und zügig erledigt, und so kam es, dass die neue Ausgabe des *Ventilator* doch noch vor Mitternacht druckfertig gemacht werden konnte.

Max und Fritz sahen, als sie auf dem Heimweg waren, dass beim Hotel „Hirsch" im Bierstüble noch Licht war. Diese Chance wollten sie sich selbstverständlich nicht entgehen lassen und schon kurze Zeit später saßen die beiden am runden Erkertisch und stillten ihren Durst mit einem kühlen Bier.

Fritz bat Max, doch noch einmal seine beiden Gedichte vorzulesen, weil diese ihn nachhaltig beeindruckt hatten. Und so kramte Max Wachsbleitter noch einmal seine Manuskriptmappe heraus und begann vorzutragen:

Du sollst nicht töten

Ich soll ja sagen.
Sag ja!
Soll ich nein sagen?

Ich soll einen Beitrag leisten.
Leiste!
Soll ich leisten?

Ich soll schützen – das Volk.
Schütze!
Soll ich schützen?

Ich soll schießen – töten.
Schießen, um zu schützen, zu leisten, ja zu sagen.
Soll ich?

Nein, ich töte nicht.
Denn ich will schützen, leisten, ja sagen,
ja zum Leben.

Grau-Weiß

Truppenübung
Schüsse
Ich sehe keine Tauben
Soldaten sind grau
Soldaten schießen
Tauben sind weiß
Nicht grau-grau wie Asche
Tauben sind friedlich
Sie schießen nicht
Hast du schon einmal Tauben gesehen?
Tauben, die schießen?
Soldaten?
Ja, Soldaten schießen!
Tauben nicht
Tauben sind keine Soldaten
Sie sind weiß – nicht grau
Grau wie Asche
      Und der Tod.

„Des isch sauguat!", verfiel Fritz jetzt in seinen Allgäuer Dialekt. „Mensch, Max, unsere Zeitung kriegt durch deine Beiträge eine ganz andere Qualität. Ich bin sicher, du hast das Zeug zu Größerem. Wenn einer von uns es einmal in künstlerischer Hinsicht zu was bringt, dann bist du das!"

Max wurde ob dieser Lobeshymne eher kleinlaut, nahm verlegen einige kräftige Schlucke aus dem Bierglas und entgegnete leise: „Ich weiß nicht so recht. Manchmal träum ich schon davon, ein Schriftsteller zu sein, aber ich glaub' nicht so recht daran, dass ich das auch einmal schaffen werde."

„Nix da!", rief jetzt sein Freund dazwischen. „Ich hab ein Gespür dafür, dass du ganz 'was Besonderes bist. Du musst weiter so schreiben, dich vielleicht auch mal an etwas Längeres heranwagen, einen Roman vielleicht. Ich versprech' dir, ich werd' mich für dich hineinhauen, Werbung machen, Verlage suchen, Geld beschaffen und so weiter. Das ist's, was ich beitragen kann, und glaub' mir, wenn ich, dein Freund Fritz, einmal so etwas anfange, dann wird auch etwas daraus! Nur schreiben, das kannst du viel besser, also fang an damit!"

Eine zweite Halbe Bier wurde jetzt bestellt und die beiden Freunde verstiegen sich mehr und mehr in die großen Möglichkeiten, die sie – mittlerweile vor allem alkoholbedingt – im Literaturbetrieb für den jungen hoffnungsvollen Schriftsteller und Dichter Max Wachsbleitter sahen.

„Vielleicht sollte ich einen historischen Roman schreiben, mit den Geschehnissen um den Tod von König Ludwig im Mittelpunkt", sinnierte jetzt Max und fixierte dabei das Bild an der Wirtshauswand gegenüber. Es war ein goldgerahmtes Gemälde des Märchenkönigs aus seinen späteren Jahren. Der König hatte da einen schwarzen Hut auf, unter dem das lockige, schwarze Haar teilweise ungebändigt hervorschaute. Das Gesicht war bereits etwas aufgedunsen und der Blick eher starr als verträumt. Man konnte ihm bei entsprechendem Hintergrundwissen nicht nur den Welt-, sondern auch den Zahnschmerz geradezu ansehen.

„Ich mag das Bild", bekundete Max jetzt. „Ich mag es schon deswegen, weil es keine Schönmalerei ist, sondern den baldigen Tod des Königs ahnen lässt."

„Wenn es dir so gut gefällt, dann schenk ich es dir!"

Fritz Haksch rief zunächst den Kellner herbei und bezahlte die Zeche. Kaum war der Ober wieder hinter dem Tresen verschwunden, um gelangweilt Gläser zu putzen, bis auch die wenigen weiteren Gäste endlich nach Hause gehen würden, da stand Fritz auf, ging zur gegenüberliegenden Wirtshauswand und nahm das Bild mit dem König herunter. Auf einem kleinen Tischchen unter dem Gemälde waren bereits die frischen Tischdecken für den nächsten Tag aufgestapelt. Eine davon nahm Fritz, wickelte damit das doch recht großformatige Bild ein und winkte Max zu.

„Los, auf geht's! Und mach kein so deppertes Gesicht. Das bemerkt kein Mensch, wenn nur wir uns einfach nichts anmerken lassen."

„Servus bis morgen!", rief er jetzt zum Schanktisch hinüber. Der Ober antwortete mit nur halb zugewandtem Gesicht: „Kommts gut heim und bald wieder einmal!", um dann weiter seinem Geschäft mit den Gläsern nachzugehen.

Das Bild unter dem Arm liefen die beiden Freunde jetzt durch die Reichenstraße, den Lechberg beim Kloster St. Mang hinunter und über die alte Lechbrücke, um kurz danach das Häuschen von Max zu betreten.

In der Küche fand sich eine Stelle an der Wand, die, wie Fritz ausrief, sich sagenhaft für ein Königsbild eigne, ja geradezu nur darauf gewartet habe, um endlich mit unserem Ludwig geschmückt zu werden.

Bald darauf war das Gemälde aufgehängt und zur Feier des gelungenen Diebstahls zauberte Max noch eine Flasche Sekt hervor.

„Für besondere Anlässe habe ich immer eine Flasche Krimsekt im Kühlschrank! Die staube ich bei meiner Mutter in Reutte ab, wobei ich mir sicher bin, dass sie genau weiß, wo der Sekt immer hinverschwindet. Eigentlich hab' ich ja gehofft, die Flasche bei einer weiblichen Eroberung einsetzen zu können, aber der König da ist mir schon genauso recht."

Fritz merkte inzwischen doch den reichlich genossenen Alkohol und meinte, es wäre besser, wenn er in seinem Zustand gleich hier bei Max nächtigen würde. Und so kam es, dass Max, nachdem der letzte Schluck getrunken war, seinem Freund einen dicken Bundeswehrschlafsack auf dem Boden ausrollte.

Fritz schlief auf der Stelle leise vor sich hin schnarchend ein, während Max doch noch lange seinen Gedanken nachhing. Das mit den weiblichen Eroberungen war zuvor so lässig hingeworfen worden, doch jetzt bohrte der Gedanke weiter in Max' Hirnwindungen. So richtig hatte er sich eigentlich nie rangetraut an ein Mädchen, auch wenn ihm einmal eine ganz gut gefiel. Auch in seiner jetzigen Klasse gefiel ihm eine Mitschülerin sehr, und sie sah nicht nur hübsch aus, sondern war auch stets gut gelaunt und für jeden Spaß zu haben. Manchmal glaubte er auch zu erkennen, dass das Mädchen sich für ihn interessierte, aber Max hatte bislang nie versucht, mehr als eine gute Schulfreundschaft daraus werden zu lassen. Mit Abstand am besten aber verstand er sich mit Fritz, der da am Fußboden schlief, aber der war ein Mann und keine Frau. Und plötzlich war jetzt der Gedanke da: Ja, wenn der Fritz ein Mädchen wäre, dann wüsste er sofort, wer seine Freundin sein sollte. Das wäre die Lösung seines Problems! Max erschrak über diesen seltsamen Gedankengang, versuchte ihn wieder zu verdrängen, und hatte urplötzlich ein schlechtes Gewissen, weil er in diesem Zusammenhang auf einmal eine männliche Figur ins Spiel gebracht hatte.

Und doch blieb der Wunsch nach einem geschlechtsumgewandelten Fritz, wenn auch zurückgedrängt, als verboten qualifiziert, in die hinterste Schublade gesperrt und diese zweimal mit dem Schlüssel zugesperrt, gegenwärtig. Der Gedanke war gedacht und damit in die Welt gesetzt. „Was ist nur los mit mir?", grübelte der jetzt ziemlich verwirrte Max und versuchte das Durcheinander in seinem Denken auf den zu viel genossenen Alkohol zu schieben, obgleich er tief im Inneren wusste, dass diese Erklärung viel zu einfach war, und glitt allmählich doch hinüber in einen sehr unruhigen und albtraumdurchsetzten Schlaf.

*

Anfang Dezember fuhr die 12 b des Gymnasiums Füssen mit dem Chemielehrer Honigsüß nach Ingolstadt zu einer Industrieerkundung. Er hatte dazu bei der Füssener Firma Kehle einen Bus gechartert, und in aller Frühe war man von der Schule aus abgefahren. Bei der Hinfahrt ging noch alles recht gesittet zu und auch die erste Betriebserkundung bei der Firma Audi verlief ohne besondere Vorkommnisse.

Zum Mittagessen war man dann in einer Raffinerie eingeladen, die im Anschluss an die Mahlzeit noch besichtigt werden sollte. Mit Staunen sahen die Schüler, dass die Firmenleitung nicht mit Geld für diesen Besuch geknausert hatte. Nach einem üppigen Mahl in einer kleinen Kantine, die sicher nicht für den einfachen Arbeiter vorgesehen war, traf man sich zunächst in einem einer Hotelhalle durchaus ähnlichen Vorraum. Hier standen mehrere Stehtische, die geradezu überquollen von Zigaretten-, Zigarillo- und Zigarrenangeboten. Dazu wurde, so wie zum Essen schon, erneut auch Bier bereitgestellt, was vor allem von der Mehrzahl der Buben, aber durchaus auch von dem einen oder anderen Mädchen dankend in Anspruch genommen wurde.

In dichten Qualm eingehüllt und immer wieder alkoholbedingt durch Gekichere und Geschwätz gestört, hörte die Besuchergruppe jetzt hier einen einführenden Vortrag für die anstehende Betriebsbesichtigung.

Zum Großteil wenig interessiert, ließ man die zweistündige Führung über sich ergehen, von einigen wenigen, vor allem aber dem Chemielehrer abgesehen, der vor lauter Wissbegierde und Detailinteresse nichts von der allgemeinen Unlust mitbekam oder aber seine Anteilnahme nur geschickt vorspielte, um das teilweise recht peinliche Verhalten der Schüler zu verdecken.

Zum Schluss bedienten sich die meisten der Gymnasiasten noch einmal kräftig bei den Rauchwaren im Foyer, wozu sie der Betriebsführer, möglicherweise auch ironisch intendiert, aufgefordert hatte.

Bei einigen Mitgliedern die Taschen prall gefüllt mit Rauchwaren, begab sich die Besuchergruppe nun zum Bus, um die Heimreise anzutreten. Die Raucher versammelten sich im hinteren Bereich und nach nur wenigen Kilometern war der Bus so zugequalmt, dass der vorne sitzende Lehrer wohl kaum noch bis zur Hälfte des Omnibusses nach hinten schauen konnte.

Das war der Moment für einen Schüler, ein ganz anderes Rauchvergnügen ins Spiel zu bringen. Genüsslich packte er ein paar Gramm Haschisch, das er in einem Silberpapier aufbewahrt hatte, aus. Mit einem Feuerzeug erwärmte er zunächst die paar Brösel des Stoffes, um sie dann zusammen mit etwas Tabak, den er stets griffbereit in seinem Parka hatte, gekonnt mit drei zusammengeklebten Zigarettenpapieren zu einer „Wundertüte", wie er stolz verkündete, zu verarbeiten.

Kaum war das Werk vollendet, kreiste auch schon der Joint durch die hinteren Reihen und ein süßlicher Geruch mischte sich nun in den bereits vorhandenen Tabakqualm. Plötzlich stand der Chemielehrer im Gang bei den Kiffern und fragte: „Na, was raucht denn ihr hier alles zusammen? Man kann ja kaum noch etwas sehen vor lauter Qualm!"

Schlagfertig kam die Antwort: „Selbstgezüchtetes Kraut aus dem Garten, feinste Ware. Wollen Sie auch mal was Ordentliches probieren?" Unter allgemeinem Gelächter lehnte der Lehrer dankend ab und begab sich wieder nach vorne zu seinem Sitz neben dem Busfahrer.

„Hoffentlich hat der nichts bemerkt", meinte nun einer der Raucher. Doch die anderen beruhigten ihn mit dem Hinweis, dass die Pauker nun wirklich keine Ahnung hätten, was da in letzter Zeit in und um die Schule so zusammengeraucht werde. Schließlich könne man am Boden im Lichtschacht zwischen Alt- und Neubau schon einen ganzen Haufen verdächtiger Kippen sehen und trotzdem passiere nichts. Und so rauchte man in aller Ruhe den Rest des Joints zu Ende, kicherte und lachte über mehr oder weniger gelungene Witze und Wortspiele und döste bald dem nahenden Allgäu entgegen.

Als die Schüler in Füssen dem Bus entstiegen, bemerkte Fritz Haksch gegenüber Max Wachsbleitter: „Wieso hast du eigentlich nicht mitgekifft?"

Max erwiderte: „Zwischendurch mal einen Zug finde ich ganz in Ordnung, aber mir war das da drinnen einfach zu kindisch. Außerdem muss ich in Stimmung sein, muss in Traumwelten flüchten wollen. Und wer weiß, was für ein Zeug der da mitgebracht hat. Ich bin sehr vorsichtig geworden. Manche übertreiben es mit dem Shit viel zu sehr und steigen dann auf härtere Sachen um, und das ist nun wirklich nicht mein Ding."

„Hast Recht", stimmte Fritz zu, „aber auf ein Bier im ‚Hirschen' wirst du schon noch mitkommen wollen!?"

Ein eisiger Wind wehte jetzt durch die Stadt und trieb einige wenige Schneeflocken vor sich her. Fritz, der an solchen Tagen dankbar für das warme Innenfutter seines Parkas war, fand, durch die Kälte daran erinnert, endlich einmal die passenden Worte, um seinen Freund auf dessen auffällige Wintergarderobe anzusprechen. „Wo hast du eigentlich immer deine warmen Winterklamotten her? Von uns anderen läuft ja eigentlich kaum einer so herum wie du. Sind das noch Sachen aus dem Familienbesitz, von Vater und Großvater oder so?"

Max schüttelte den Kopf. „Da hätte ich eher Trachtenanzüge, Trachtenmäntel und womöglich auch noch einen entsprechenden Hut mit Gamsbart. Nein, ich versorge mich in einem Trödelladen hinten in der Schrannengasse. Du kennst den Laden sicher, weil man dort im Fasching auch Kostüme ausleihen kann. Die kaufen bei Sterbefällen die Nachlässe auf, und da finde ich dann genau die Sachen, die mir am besten gefallen, und das noch meist in hervorragender Qualität und dazu spottbillig." Nach einer kurzen Pause ergänzte er seine Erklärung noch: „Ich steh nun mal auf lange schwarze Mäntel, wenn es geht auch noch mit Pelzkragen. Auch schwarze Jacken, Westen oder lange Schals gibt es da, und nicht zuletzt auch ganz ausgefallene Hüte, so wie den, den ich heute dabei hab'."

Fritz betrachtete jetzt seinen Freund von der Seite und machte eine überraschende Entdeckung. Es war inzwischen schon ziemlich dunkel geworden, und das leichte Schneetreiben tat das Übrige für eine ziemlich schlechte Sicht. Der Freund ähnelte jetzt in verblüffender Weise Bildern des bayerischen Märchenkönigs, vor allem solchen aus seinen späteren Jahren, als er sich oft und gerne bürgerlich kleidete. Vom Alter einmal abgesehen, sah Max in seinem Mantel, mit dem zweimal um den Hals gebundenen Schal und dem Hut, alle drei in schwarz gehalten, jetzt tatsächlich wie der König aus, dem Bild verblüffend ähnlich, das sie ja erst kürzlich aus dem Bierstüberl geklaut hatten.

Gerade wollte er seinen Freund auf seine Entdeckung aufmerksam machen, als dieser das Gespräch in eine ganz andere Richtung lenkte. „Für warme Klamotten ist also gesorgt. Da kann von mir aus ein richtig langer Winter kommen. Aber eine warme Wohnung sollte ich schon auch haben, und da sieht es weniger gut aus. Ich weiß nicht, ob mein Holz wenigstens bis ins neue Jahr hinein langt."

Fritz Haksch entwickelte wenig später bei einem Weizenbier einen Lösungsplan für die Versorgung seines Freundes mit Brennmaterial, ohne diesen aber gleich mitzuteilen.

„Max, ein Bier muss heute reichen. Ich hab noch einiges zu tun und verzieh mich jetzt. Aber dein Heizproblem hab ich im Kopf schon gelöst. Wart' es nur ab. Am besten, du nimmst dir für dieses Wochenende nichts vor und hältst dich für Samstag und Sonntagabend bereit."

Fritz stand auf, zahlte im Vorbeigehen an der Theke sein Bier und verließ das Wirtshaus. Dann wendete er sich den nahegelegenen Fabrikhäusern zu, wo seine Familie in einer der Werkswohnungen der Hanfwerke zur Miete wohnte.

*

Am Samstagabend gegen 19 Uhr klopfte Fritz Haksch ungeduldig am Küchenfenster von Max Wachsbleitter. Kaum hatte der seinen Kopf zur Haustüre hinausgestreckt, um nachzusehen, wer da zu Besuch käme, hetzte ihn Fritz zurück in die Wohnung und forderte ihn auf, sich so warm wie möglich anzuziehen, man habe schließlich noch einige Stunden im Freien zu arbeiten.

Draußen auf der Straße fand Max dann einen VW-Pritschenwagen einer Baufirma vor. Am Steuer saß ein ehemaliger Mitschüler von Fritz, dessen Eltern in einem nahegelegenen Dorf eine Baufirma betrieben.

„Rein mit euch zwei!", rief der Fahrer, und kaum hatten die beiden auf der breiten Vorderbank des Autos Platz genommen, raste der als Wolfi vorgestellte Chauffeur auch schon mit quietschenden Reifen davon.

Eine halbe Stunde später bog der Pritschenwagen von der Landstraße zwischen den Dörfern Prem und Lechbruck ab und hielt, immer in östlicher Richtung einen Feldweg nutzend, auf ein Torfabbaugebiet zu. Das Premer Filz war von seinem Besitzer, dem staatlichen Forstamt, in viele kleine Parzellen aufgeteilt und verpachtet worden. Seit Jahren unterhielten die Pächter aus den umliegenden Gemeinden auf ihren Anteilen Torfstiche, wo man in mühsamer sommerlicher Arbeit ein gutes Brennmaterial für Herde und Öfen herstellen konnte. Auf den meisten Parzellen standen Holzhütten, in denen das wertvolle, heizwertreiche Brennmaterial gelagert wurde, sei es, weil man noch nicht alles nach Hause hatte transportieren können oder weil man so viele sogenannte Wäsen hergestellt hatte, dass die häusliche Lagerkapazität nicht alles aufnehmen konnte.

Wolfi hielt mit seinem Pritschenwagen auf eine der Hütten zu, stellte kurz davor den Motor ab, ließ aber das Licht brennen, damit man bei der anstehenden Arbeit genug sehen konnte. Jetzt sprang der Fahrer aus der Kabine, überquerte eine kleine Brücke, die den Bach zwischen Hütte und Fahrweg trennte und rüttelte am Tor. Krachend brach eine Holzlatte und verurteilte damit ein vorhandenes Vorhängeschloss zur Bedeutungslosigkeit.

„Auf geht's!", rief Wolfi jetzt seinen beiden Begleitern zu. „Da drinnen hat es Wäsenkörbe und jede Menge Wäsen. Damit haben wir schon eine halbe Fuhre, würd' ich meinen!"

Nachdem man noch eine weitere Hütte aufgebrochen und sich zum Teil von ihrem Inhalt bedient hatte, war die Ladefläche voll mit den braunen Torfstücken. Mit einer großen Plane wurde die Ladung nun abgedeckt und gesichert. Kurze Zeit später fuhr man bereits wieder auf der Landstraße Richtung Füssen zu.

Dort angekommen trugen Wolfi und Max das Diebesgut vom Pritschenwagen zur Holzhütte, wo Fritz das Brennmaterial fachgerecht zu Beigen aufschichtete.

Seinem Freund hatte er auf dem Rückweg Produktion und Verwendung der Wäsen erklärt und versichert, dass er damit einen Wintervorrat habe, der in seinem Brennwert wesentlich wertvoller als Holz sei. Das wisse er ganz genau, da auch in seiner Familie bis vor wenigen Jahren noch das Wäsenstechen in einem Torfstich praktiziert worden sei.

Kaum war die Ladung gelöscht und in der Holzhütte verstaut, drängte Wolfi noch zu einer weiteren Beschaffungsfahrt.

„Deine Holzhütte machen wir am besten noch heute ganz voll, dann reicht's sicher für den Winter. Nur zum Anzünden brauchst du dann noch Kleinholz."

Erneut fuhr man in den schon einmal heimgesuchten Torfstich, entnahm noch aus mehreren Hütten Brennmaterial, aber nie zu viel, in der Hoffnung, dass der Diebstahl dann nicht so leicht bemerkt werden würde. Selbst die beschädigten Tore reparierte der Wolfi noch, soweit es ging, lieferte auch die zweite Fuhre in die Füssener Lechvorstadt, und als es allmählich heller wurde, war diese auch im Holzschuppen von Max aufgestapelt.

„Nix wie heim und ins Bett!", rief der Wolfi den beiden anderen jetzt zu, startete den Pritschenwagen, schrie noch zum Wagenfenster hinaus „und wenn's nicht reichen sollte, dann holts mich halt noch einmal. Hat Spaß gemacht!", und fuhr mit quietschenden Reifen davon Richtung Baugeschäft.

*

„Was machst du an Weihnachten?", fragte Fritz seinen Freund Max, als beide am letzten Schultag vor den Weihnachtsferien die Schule verließen.

„Weiß noch nicht! Meine Mutter ist über die Feiertage in den Süden gefahren, weil sie unser kaltes Klima nicht mehr so gut verträgt. Jetzt bleibt sie ein paar Wochen auf Korfu in unserem dortigen Ferienhaus, und ich bin mir selbst überlassen. Wahrscheinlich werde ich viel lesen und Musik hören, vielleicht auch mal Skifahren, wenn das Wetter mitspielt."

„Wenn du willst, nehm' ich dich zu einer Weihnachtsfeier der besonderen Art mit. Ich feiere zuerst ganz normal, wie jedes Jahr zuhause, aber so gegen neun oder halb Zehn verkrümel' ich mich dann. Schon seit zwei Jahren treffe ich mich um diese Zeit mit ein paar Kumpeln beim Spring Luggi. Das ist ein Arbeiter von den Hanfwerken, der manchmal auch mit meinem Vater in der gleichen Schicht zusammenarbeitet. Der ist froh, wenn er an Weihnachten nicht allein zu Hause herumsitzt. Du wirst sehen, das wird eine riesen Gaudi!"

Am 24. Dezember stapften Fritz und Max um halb Zehn abends durch den frisch gefallenen, tiefen Neuschnee zur Wohnung von Ludwig Spring. Der lebte schon seit einigen Jahren allein, weil ihn seine Frau verlassen hatte. Normalerweise verbrachte er seine Tage mit möglichst viel Arbeiten, wobei ihm keine Überstunde, keine Nacht- oder Sonntagsschicht und auch keine Schwarzarbeit zu viel waren. Er galt allgemein als zuverlässiges und kaum zu bremsendes Arbeitstier.

Die Freizeit nutzte er fast ausschließlich zu Wirtshausbesuchen, wobei es weniger der Alkohol war, der ihn dorthin trieb als seine ungebremste Leidenschaft für das Kartenspielen. Vor allem das Schafkopfen, aber, wenn da keine Runde zusammenging, durchaus auch das Watten oder das Grasobern, hatten es ihm angetan. Darüber hinaus war er einer der wenigen in der Gegend, der auch jederzeit als Skatspieler zur Verfügung stand, was allerdings im Vergleich zu den bayerischen Kartenspielen nur selten zustande kam.

Vom Kartenspielen her kannte auch Fritz den Luggi, denn beide sahen sich immer mal wieder in einem Altstadtcafé, das als Treffpunkt der Schafkopfprofis galt.

Am Weihnachtsabend allerdings gab es für Ludwig Spring kein Kartenvergnügen. Er selbst hätte auch an diesem Termin keinerlei Probleme gehabt ins Wirtshaus zu gehen, zu Hause gab es schließlich niemanden, der auf seine Anwesenheit Wert gelegt hätte, aber die anderen Kartenfreunde waren nicht verfügbar und auch die Gaststuben blieben bis auf wenige Ausnahmen am Heiligen Abend zugesperrt.

So war der Abend des 24. Dezembers einer der wenigen Abende im Jahr, die der Luggi bei sich zu Hause verbrachte. Als sich das vor zwei Jahren bei seinen Karten- und Stammtischfreunden herumgesprochen hatte, beschlossen einige von ihnen spontan, den Luggi zu besuchen. Jeder hatte noch schnell ein Geschenk gekauft, passenderweise, denn diese Vorliebe war allen bekannt, handelte es sich doch im Wesentlichen um Schnaps, Bier und Zigaretten. Bald wurde den Geschenken auch ausführlich zugesprochen. Diese erste Weihnachtsfeier beim Luggi hatte sich dann sehr schnell in eine kleine Sauforgie verwandelt, bei der schließlich, der Gastgeber vorneweg und alle Besucher in Reih' und Glied hinterher, die Hände dabei jeweils auf den Schultern des Vordermannes, zum ersten Mal die sogenannte Füssener Springprozession als Entenmarsch um einen erstaunlicherweise vorhandenen und sogar sehr geschmackvoll geschmückten Christbaum herum stattgefunden hat. Das dabei vorgetragene Liedgut hatte allerdings nur noch sehr wenig mit den traditionellen Allgäuer Weihnachtsliedern zu tun.

Und jetzt nahm also Fritz seinen neuen Freund Max mit zu Ludwig Spring.

Als sie die kleine Wohnung in einem der Fabrikhäuser betraten, war die Feier schon eine ganze Zeitlang im Gange. Auf dem niedrigen Wohnzimmertisch standen jede Menge Flaschen, Bier, Wein und Schnaps, und auch die eine oder andere Flasche Sekt war darunter. Hinzu kamen zwei bereits mit Kippen übervolle Aschenbecher und ein großer Pappteller, mit weihnachtlichen Motiven bedruckt, der eine bunte Mischung an Plätzchen und einige Scheiben Christstollen enthielt. Gegessen hatte davon so gut wie niemand etwas, aber die zahlreichen leeren und halbvollen Flaschen zeigten, dass schon viel Flüssiges seinen Weg in die Mägen der anwesenden Gäste gefunden hatte.

An der Stirnseite des Tisches, in einem Ledersessel mit Armlehnen, eine Bierflasche in der einen Hand, eine Zigarette in der anderen, saß, nein, thronte der Gastgeber, Luggi Spring.

Mit großem Hallo wurden die beiden Neuankömmlinge begrüßt. Man wünschte sich „Frohe Weihnachten", Luggi nahm von Max eine Flasche Krimsekt und von Fritz eine Zweiliterpulle Lambrusco als Geschenke freudig in Empfang und forderte die bereits Anwesenden auf, doch gleich noch einmal das spanische Weihnachtslied zum Besten zu geben, das noch vor wenigen Minuten schon einmal zur allgemeinen Erheiterung herhalten hatte müssen. Und so sangen jetzt Luggi Spring und seine Weihnachtsgäste lauthals und ziemlich schräg nach einer bekannten spanischen Melodie „Advent, Advent, ein Lichtlein brennt. Erst eins, dann zwei, dann drei, dann vier, dann steht das Christkind vor der Tür" und schlossen das Gesangsstück mit einem kräftig gebrüllten „Olé!" ab, worauf sich ein vielstimmiges und vieltönendes Gelächter erhob, das erst durch ein befehlendes „Prost!" des Gastgebers zu Ende kam.

Die Gesellschaft setzte sich ausschließlich aus jungen Burschen zusammen, der größte Teil davon Gymnasiasten oder Studenten. Spring spielte in der Folge den Quizmaster, weil seiner Meinung nach so viel Intelligenz von ihm, einem einfachen Arbeiter, der nur eine Allgäuer Volksschule von innen gesehen, aber nie eine weiterführende Schule oder gar eine Universität betreten hatte, auf Wissenslücken getestet werden müsse.

Wenn auch die immer wieder betonte einfache Schulkarriere des Luggi Spring durchaus der Realität entsprach, so zeigte doch ein Blick auf den riesigen eichenen Bücherschrank, der die gesamte Längsseite des Wohnzimmers vereinnahmte, und der von unten bis oben vollgestopft war mit Büchern jeglicher Art, dass hier ein Vielleser zu Hause war, wobei seine Besucher immer wieder überlegten, wann denn dieser Ludwig Spring seine Bücher las, wo er doch eigentlich immer in der Fabrik beim Arbeiten oder aber in verschiedenen Wirtshäusern beim Kartenspielen, aber, von Weihnachten einmal abgesehen, so gut wie nie zu Hause und damit auch nicht bei seinen Büchern anzutreffen war.

Wenn Spring dann einen seiner Gäste bei einer schweren Wissenslücke ertappte, stellte sich regelmäßig ein breites Grinsen in seinem aufgedunsenen Gesicht mit der rotgeäderten, breiten Nase ein. Zufrieden strich er einen Büschel seiner glatten, fettig-schwarzen Haare aus der Stirn, warf den Kopf zurück, zwinkerte mit seinen kleinen, listigen, unter dicken Augenbrauen liegenden Augen und verteilte dann deftige Zensuren, die er meist noch in mehr oder weniger holprige Reime zu fassen wusste.

Als einmal – es war wohl auch beim legendären ersten Weihnachtsfest beim Luggi gewesen – einer der Zechkumpane die Hauptstadt von Nepal nicht wusste, entstand so ein in später in Fritzens Freundeskreis geflügeltes Wort für das Nichtwissen eines an sich bekannten Begriffes, nämlich „Katmandu, du Deppen du!"

Max sah dem Treiben im weihnachtlich geschmückten Wohnzimmer von Luggi Spring einerseits amüsiert, andererseits aber doch mit einer deutlichen Zurückhaltung, was das Trinken der verschiedensten Alkoholika betraf, zu. Hinter dem Sessel des Gastgebers stand eine halbhohe Fichte, die Spring mit roten Kugeln, roten Kerzen und allerlei Figuren geschmückt hatte. Auch die Christbaumspitze und die zahlreichen Kerzen waren in dunklem Rot gehalten, und über und über war der Baum mit Lametta behängt, das er, wie er immer wieder einmal im Verlauf des Abends betonte, nicht in Büscheln, sondern einzeln, Streifen für Streifen, in stundenlanger Arbeit platziert habe. Nur so käme die faszinierende Wirkung von Lametta wirklich zur Geltung.

Es ging nun schon auf Mitternacht zu und die ersten Gäste wollten sich auf den Heimweg machen. So leicht wollte aber der Gastgeber, der inzwischen seine Zunge nur noch schwer unter Kontrolle halten konnte, keinen gehen lassen. Er sprang von seinem Sessel auf und hob zu einer, wie er jetzt ankündigte, großen Rede an: „Bevor jetzt das allgemeine Aufbrechen losgeht, möchte ich mich bei euch allen betrinken, äh, bedanken, dass ihr mich am heutigen Tag nicht … Also, was ich sagen will, ihr müsst nächstes Jahr, nächstes Weihnachten … Also ich lade euch alle, ihr wisst schon … Was soll jetzt das ganze Gerede? Also Männer: Proscht!"

Das letzte Wort brüllte Spring mit seiner rauen, kehligen Stimme in den Raum, riss dabei sein volles Weinglas in die Höhe, wollte wohl stramm stehen, überzog aber alkoholbedingt die damit verbundene Aufwärtsbewegung, was ihn über seinen Wohnzimmersessel stolpern, den Glasinhalt in hohem

Bogen nach hinten verschütten und schließlich mitsamt dem Möbel rückwärts kippen ließ. Beide, Sessel und Spring, landeten zielsicher im Christbaum, der nun ebenfalls umstürzte, wobei die meisten Christbaumkugeln zu Bruch gingen.

Zunächst etwas verdutzt, dann aber schnell wieder Fassung gewinnend, rappelte sich der Luggi nun etwas mühsam wieder auf, strich sich einige Lamettastreifen von Kopf und Schulter, fing zunächst mehrere Minuten lang immer lauter zu lachen an, bekam dabei immer weniger Luft, bis er tief schnaufend und ziemlich leise befahl: „Schluss für heute, Kameraden! Bringt mich ins Bett! Herr Ludwig Spring kann nicht mehr!"

Kaum hatte er das letzte Wort gesprochen, ließ er sich in den von Fritz gerade wieder zurechtgestellten Sessel fallen, schloss die Augen und keine zwei Minuten später zeigte ein tiefes Schnarchen an, dass mit dem Luggi heute wirklich nichts mehr anzufangen und somit das Weihnachtsfest im Hause Spring für beendet anzusehen war. Luggi wurde daraufhin von vier Gästen gepackt und in sein Schlafzimmer getragen, wo man ihm lediglich seine Lederstiefel, die er auch zu Hause meist trug, von den Füßen zog. In der Zwischenzeit hatten die anderen den Christbaum, dessen Kerzen bei dem Vorfall Gott sei Dank nicht angezündet gewesen waren, wieder aufgerichtet, die Scherben zusammengekehrt und in den Abfalleimer geworfen und mehr schlecht als recht im Wohnzimmer etwas aufgeräumt und Gläser und Flaschen in die Küche getragen.

*

Große Aufregung herrschte Anfang Februar in den beiden zwölften Klassen. Das Skilager dieser Klassenstufe stand auf dem Programm. Für eine Woche sollten die Schüler mit einigen Lehrern ins Kleine Walsertal auf die Schwarzwasserhütte fahren, um dort, eingeteilt in drei Leistungsgruppen, ihr Können im alpinen Skilauf zu verbessern.

Der Wintersport hatte für das Gymnasium Füssen einen besonders hohen Stellenwert. Da gab es zunächst einmal an erster Stelle die Schulmannschaft im Eishockey. Schon von der ersten Gymnasialklasse an wurde im Winter der Sportunterricht oftmals im Eisstadion abgehalten und Unterstufe und Mittelstufe hatten jeweils ein Eishockeyteam. Besonders stolz aber war man auf die Oberstufenmannschaft, die vor allem davon profitierte, dass das Füssener Land die Eishockeyhochburg in der deutschen Sportlandschaft darstellte. Jeder Ort hatte seine Eishockeymannschaft und es herrschte ein recht umfangreicher Spielbetrieb. Aus diesem Reservoir an gut ausgebildeten und spielerfahrenen Sportlern konnte das Gymnasium Füssen immer wieder schöpfen und eine Schulmannschaft in dieser Sportart stellen, die in ihrem Kern von aktiven Spielern des EV Füssen gebildet wurde und sogar auch immer wieder aktuelle Nationalspieler in ihren Reihen aufweisen konnte. Die Spielstärke dieses Schulteams führte dazu, dass man kaum noch echte Gegner bei anderen Schulen fand, von wenigen Ausnahmen einmal abgesehen. So stellte Ende der 60er Jahre der traditionelle Vergleichskampf gegen das Gymnasium Bad Tölz, dessen Umfeld ähnlich gute Voraussetzungen für Eishockey bot, jeweils den Höhepunkt im Wintersport des Gymnasiums dar. So wie die beiden Vereinsmannschaften sich gegenseitig die Deutsche Meisterschaft streitig machten, so spielte man mehr oder weniger offiziell zwischen den beiden Schulmannschaften dieser Städte die deutsche Schulmeisterschaft im Eishockey aus. Für das jährliche Auswärtsspiel in Bad Tölz gab es für interessierte Schüler jeweils unterrichtsfrei, und diesen Schlachtenbummlern wurden selbstverständlich kostenlose Busse bereitgestellt.

An zweiter Stelle in der Rangordnung der Wintersportarten kam dann schon das Skifahren. Auch hier gab es eine enge Zusammenarbeit mit den zahlreichen Skivereinen der Umgebung. Jährlich wurden am Galgenbichl oder auch im benachbarten Pfronten die Schulskimeisterschaften ausgetragen, wobei man dieses Ereignis auch gerne mit einem Vergleichskampf gegen benachbarte Gymnasien, wie zum Beispiel die aus Hohenschwangau oder Schongau, verband.

Auch hier war man, wie im Eishockey, sehr stolz auf seine Sportler und daher auch kooperationsbereit mit den Vereinen und dem Skiverband. Unterrichtsbefreiungen der Wintersportler für Training oder für Wettkampfphasen waren selbstverständlich, und so stand nicht selten gegen Mittag ein Kleinbus des Deutschen Skiverbandes vor dem Eingang des Füssener Gymnasiums, der die hoffnungsvollen Talente direkt von der Schule zum täglichen Training abholte, darunter durchaus auch spätere Weltmeisterinnen oder Olympiasieger.

Als es nun in der Klasse 12 b daran ging, die Vorbereitungen für das Skilager anzugehen, eröffneten Fritz Haksch und Max Wachsbleitter ihren enttäuschten Mitschülern, dass sie nicht teilnehmen, sondern zu Hause bleiben würden. Alle Überredungskünste waren vergeblich, beide blieben bei ihrer Entscheidung.

Nach der Schule saßen die beiden Skilagerverweigerer drüben im Bierstüberl des Hirschen.

„Ich versteh' nicht", eröffnete Max das Gespräch, „warum du nicht mit den anderen zusammen ins Skilager willst. So ein Supersportler wie du, der müsste doch ganz wild sein auf so eine Woche. Und außerdem hättest du da endlich mal die Gelegenheit, dich etwas mehr um die Mädchen zu kümmern. Es wäre wirklich an der Zeit, dass du dir mal eine feste Freundin zulegst."

Lange stierte Fritz vor sich hin, ehe er ziemlich leise und gehemmt davon berichtete, dass die Mädchen in der Klasse nicht unbedingt sein Fall wären. Er trauere vielmehr immer noch der verpassten Gelegenheit nach, die ihm der Tanzkurs vor einem Jahr eigentlich geboten hätte. Seine Tanzpartnerin, so berichtete er seinem Freund, die hätte er schon gerne zur Freundin gehabt, aber für eine engere Bindung war er wohl zu schüchtern gewesen, obwohl er schon das Gefühl hatte, dass das Mädchen auch ihn ganz gern hatte.

„Na ja, und dann hatte ich nach dem Tanzkurs auch keine Zeit – oder wollte mir keine nehmen. Du weißt schon: Fußball, Schülerzeitung, Schulsprecher und so weiter. Jetzt hat sie einen festen Freund und ich akzeptiere das schweren Herzens. Manchmal hoffe ich, dass das mit den beiden wieder auseinandergeht, aber es sieht nicht danach aus."

„Ja dann wär' es doch besonders wichtig, dass du mal eine Woche mit unseren Zwölftklassmädels zusammen wärst. Da sind doch auch ein paar ganz nette dabei, und, wer weiß, vielleicht funkt es ja dann und du kannst deine heimliche Liebe vergessen!"

„Lass bleiben, Max, dazu gibt es sicher noch andere Gelegenheiten. Das mit dem Skilager wird so oder so nichts!"

Jetzt erklärte Fritz die Hintergründe seines Entschlusses. Er schilderte die ziemlich knappe finanzielle Situation bei sich zu Hause. Das Geld für die Woche auf der Hütte hätte man schon noch zusammenbringen können, aber damit wäre es ja nicht getan gewesen. Fritz beziehungsweise seine Eltern hätten zusätzlich eine ganze Ausrüstung kaufen müssen. Die alten Ski und vor allem die Skischuhe waren ihm schon im letzten Winter zu klein geworden, und auch ein neuer Skianorak, eine Skihose und die Handschuhe wären fällig gewesen.

Für einen Arbeiterhaushalt mit entsprechend geringen Lohnzahlungen wären diese Anschaffungen eine große finanzielle Belastung gewesen. Vor Weihnachten hatte es dazu Gespräche mit den Eltern gegeben, die angeboten hatten, die Skikleidung für das anstehende Skilager als Weihnachtsgeschenke einzuplanen. Die Schuhe und die Ski hätte Fritz sich dann ausleihen sollen, während der Vater die Unterbringungskosten übernommen hätte. Fritz aber wollte das nicht. Einerseits wusste er ganz genau, wie hoch die Belastung der Familienfinanzen durch das Skilager geworden wäre, und andererseits hätte er sich wohl auch geschämt, die Ausrüstung über die Schule ausleihen zu müssen. Nachdem er bereits im Jahr zuvor aus diesen Gründen nicht mehr an den Schulskimeisterschaften teilgenommen hatte, war für ihn das Skifahren grundsätzlich gestorben, auch wenn es ihm manchmal doch leidtat, vor allem dann, wenn sich die anderen aus der Klasse oder aus dem Freundeskreis manchmal am Wochenende zum Skilaufen in Pfronten oder Nesselwang verabredet hatten.

„So, jetzt weißt du, warum das mit dem Skifahren bei mir nichts mehr wird, aber nun bist du dran: Warum gehst du nicht mit ins Skilager?"

Jetzt war es an Max, seine Ablehnungsgründe offenzulegen. Finanziell hatte er selbstverständlich nichts vorzubringen. Er verfügte über eine recht passable Ausrüstung und auch in Kleiderfragen gab es keinerlei Sorgen. Diesbezügliche Wünsche wären von seiner Mutter selbstverständlich befriedigt worden. Wenn er an Wochenenden oder in den Weihnachtsferien zu Hause in Reutte gewesen war, dann gab es auch nie ein Problem mit Liftkarten für den Hahnenkamm, denn auch diese wurden von der Mutter regelmäßig bezahlt.

Max hatte ein ganz anderes Problem mit dem Skilager. So sehr er die neue Klassengemeinschaft schätzte, und so sehr er sich auch zu einer Mitschülerin hingezogen fühlte, er konnte sich beim besten Willen nicht vorstellen, zusammen mit mehr als dreißig Leuten eine Woche lang in einer Skihütte zu verbringen. Da musste er nur zurück an das gemeinsame Essen im Hohenschwangauer Internatssaal denken. Dieser Speisesaal war ihm in den letzten Jahren immer unerträglicher geworden, und so vermied er, wo er nur konnte, das Einnehmen von Mahlzeiten in ähnlichen Einrichtungen. Dazu kam sein Gräuel vor Gemeinschaftsduschen und Gemeinschaftstoiletten und nicht zuletzt eine richtiggehende Phobie vor Schlafsälen. Im Skilager hätte er all das eine ganze Woche lang ertragen müssen, und dazu war er einfach nicht mehr bereit.

„Je älter ich werde, desto mehr entwickle ich mich zu einem Einzelgänger. Manchmal bleibe ich tagelang ganz allein bei mir zu Hause, weil ich niemanden sehen will. Für die Schule bin ich dann eben krank und im übertragenen Sinn stimmt's ja wohl auch irgendwie. Im Sommer ist es weniger schlimm, weil ich mich da in die Berge verkriechen kann. Es gibt da ein paar abgelegene Alm- oder Jagdhütten, wo man ganz für sich ist. Du weißt gar nicht, wie schön ein Sonnenaufgang im Gebirge sein kann, wie man da zu einer inneren Ruhe kommt, die einem hilft, den ganzen Alltag da unten wieder eine Zeitlang auszuhalten."

Fritz wollte gerade vorschlagen, solche Ausflüge ins Gebirge demnächst zusammen zu machen, doch schließlich zögerte er, denn irgendwie wurde ihm bewusst, dass er in diesen Lebensbereich seines Freundes nicht vorstoßen dürfe. Es gab in letzter Zeit immer wieder solche Momente, in denen er ganz klar spürte, dass da eine intime Zone bei Max war, die auch ihm verschlossen blieb.

Er wusste, dass er das akzeptieren musste, hoffte aber doch, eines Tages auch das noch zu verstehen, was ihm seinen Freund manchmal so fremd, so düster und melancholisch erscheinen ließ. Da saß Max dann oft da, schaute sturen Blickes minutenlang wie weit in die Ferne, die Stirn in Falten geworfen, und war eine geraume Zeit lang nicht mehr für ein Gespräch zu erreichen. Fragte man danach, worüber er denn gerade so intensiv nachgedacht habe, dann wurde der Freund oft unwirsch oder er seufzte und behauptete, nur gedankenverloren gewesen zu sein. Mit Sorge hatte Fritz bemerkt, dass sich diese Phasen der Schwermut in letzter Zeit häuften. So beschloss er jetzt, seinen Vorschlag besser für sich zu behalten. Dafür war es Max, der nun seinerseits wenigstens für die Zeit des Skilagers einen erstaunlichen Vorschlag unterbreitete.

Die beiden Nichtskifahrer sollten in der Woche des Skilagers den Unterricht einer elften Klasse besuchen, da man sie nicht für diese Zeit vom Unterricht befreien konnte. Das „schmeckte" den beiden aber gar nicht, auch wenn der Klassenlehrer ernsthaft zu bedenken gab, dass man in dem einen oder anderen Fach durchaus genug Lücken habe, die zu schließen im Hinblick auf ein gutes Abitur gar nicht so schlecht wäre. Darüber hinaus versprach er sich ganz eigennützig eine Bereicherung für das Fach Sozialkunde, das er selbst in einer der beiden elften Klassen unterrichtete, denn er schätzte die engagierte und fachkundige Mitarbeit der beiden in den gesellschaftspolitischen Fächern sehr. Auch die beiden Religionslehrer wollten die Woche gleich dazu nutzen, zusammen mit Max und Fritz ein Projekt „Schulgottesdienst" anzugehen, das noch vor den Osterferien umgesetzt werden sollte.

Die beiden beschlossen daraufhin, wenigstens teilweise am Unterricht teilzunehmen, wollten sich aber doch eine insgesamt ruhige Woche genehmigen. Und da war ja noch der überraschende Vorschlag von Max Wachsbleitter.

Max hatte Fritz zu verstehen gegeben, dass es da ein Geheimnis gäbe, in das er seinen Freund mit einbeziehen wolle. Viel mehr verriet er im Vorfeld nicht und bestellte seinen Freund nur für den Sonntagabend, an dem die Mitschüler zu Hause mit dem Packen für das Skilager ausreichend beschäftigt waren, zu sich in sein Häuschen am Lech. „Zieh dich warm an, und bring eine Taschenlampe mit", hatte er noch geheimnisvoll angeordnet. Von Füssen aus fuhren die beiden Freunde dann in Max' gelbem Käfer über Alterschrofen nach Hohenschwangau, wo der Wagen gleich neben dem Souvenirkiosk abgestellt wurde. Max lief nun Richtung Alpsee und bog dann gegenüber dem Hotel Lisl in den Fußweg ein, der sich zum Schloss Hohenschwangau hinaufschlängelte. Im Winter war das Schloss nicht für Besichtigungen geöffnet, aber dieser Weg war trotzdem mehr schlecht als recht vom Schnee geräumt, da er wohl vom Hausmeister und sonstigem Personal genutzt wurde. Zwischen den Nebengebäuden und dem eigentlichen Schloss bog Max plötzlich vom Weg ab, stapfte um eine Gehölzgruppe herum, um dann an der Schlossmauer entlangzugehen. Nach kurzer Zeit kamen sie an einer groben Holztür an. Max langte in die Innentasche seines langen, schwarzen Wintermantels, beförderte den passenden Schlüssel für diese Tür hervor, schloss auf und zog seinen Freund Fritz in einen dunklen Gang hinein. Zwei Taschenlampen erleuchteten jetzt den Weg, der über mehrere Stufen bergauf ging und schließlich an einer weiteren Holztür endete. Auch hier passte der Schlüssel und schon standen die beiden Freunde in einer Art Keller- oder Vorratsraum. Max legte den Zeigefinger auf den Mund und befahl Fritz somit zu schweigen. Erneut führte er seinen mehr und mehr erstaunten Begleiter eine Treppe hinauf, an deren Ende sie sich in einem mit schweren Teppichen belegten langen Gang befanden. Die Stuckdecke, die großen goldgerahmten Gemälde zwischen den Fenstern und vor allem der Blick hinaus auf das am Berghang gegenüber liegende und mit Scheinwerfern beleuchtete Schloss Neuschwanstein machten Fritz schlagartig klar, wo sie sich jetzt befanden. Sie waren tatsächlich im Hauptbereich des Schlosses Hohenschwangau gelandet, wie auch immer Max an den passenden Schlüssel gekommen war.

Noch einmal ermahnte ein auf die Lippen gelegter Zeigefinger daran, sich absolut still zu verhalten. Die Taschenlampen konnten wieder ausgemacht werden, da ein großer heller Mond dafür sorgte, dass genug Licht durch die hohen Fenster hereindrang, um den weiteren Weg auch ohne künstliche Lichtquelle zu finden. Max öffnete nun eine prachtvolle Flügeltür und führte den staunenden Fritz in einen Saal, der ihm von einer früheren Schlossbesichtigung noch ein wenig in Erinnerung war.

„Setz dich mit mir hier auf den Boden und ja nichts anlangen", befahl Max, „die haben angefangen wertvolle Gegenstände mit Alarmanlagen zu sichern!"

Lange Zeit blieben Max und Fritz wortlos auf dem Teppich sitzen und betrachteten die wunderbaren Wand- und Deckenbilder. Im fahlen Mondlicht entwickelten die Bilder, die Szenen aus germanischen Sagen darstellten, ein faszinierendes Eigenleben, besonders dann, wenn hin und wieder eine vor dem Mond vorbeiziehende Wolke für Licht- und Schattenwechsel sorgte. Mitunter konnte man fast glauben, dass die Personen der Gemälde sich zu bewegen schienen oder ein herrschaftlicher Schwan tatsächlich über den See zu schwimmen begann. Wie lange Fritz so dagesessen, ob er mehr das Naturschauspiel von Mond und Wolken da draußen oder die fantastische Ritterwelt der Gemälde betrachtet hatte, wusste er später nicht mehr. Es war wie in einem wunderlichen Traum oder wie in einer intensiven Drogenfantasie.

Es war Max, der ihn aus seiner Entrücktheit herausriss, indem er ihm auf die Schulter klopfte und signalisierte, dass es an der Zeit wäre, das Schloss wieder zu verlassen. Schweigend führte er seinen Freund durch die Gänge hinab ins Freie, sprach auch kein Wort auf dem Fußmarsch zum Auto oder auf der Fahrt hinüber nach Füssen. Erst als er Fritz vor dessen Haustür im Arbeiterviertel aussteigen ließ, bemerkte er, seinen Freund dabei eindringlich fixierend: „Kein Sterbenswort zu niemandem! Verstanden!?", und fuhr, einen immer noch staunenden Fritz zurücklassend, davon.

Am nächsten Abend hielt es Fritz Haksch nicht mehr aus. Er wollte mehr von seinem Freund über die Umstände des abenteuerlichen Schlossbesuches herausbringen, wagte aber nicht, in der Schule zu fragen, sondern wartete bis zum Abend, an dem er ihn mit einem Besuch überraschen wollte. Aber zu seiner Enttäuschung war Max da nicht zu Hause anzutreffen. Auch in den in Frage kommenden Kneipen und Lokalen suchte er vergebens. Das Spiel wiederholte sich an den nächsten beiden Tagen, erst am Donnerstag war Max abends endlich zu Hause.

Noch ehe Fritz überhaupt zum Fragen kam, erklärte Max, er sei die letzten drei Nächte jeweils drüben im Schloss gewesen, schließlich müsse man die Zeiten um den Vollmond herum ausnutzen, nur dann habe man die richtigen Lichtverhältnisse, um sich im Schloss ohne Lampe aufhalten zu können und nur dann ergäben sich auch die fantastischen Eindrücke der Wand- und Deckengemälde, die einen so weit wegführten von dem langweiligen Alltag mit seinen immer mehr nervenden Zeitgenossen. Er habe sich aber nicht mehr getraut, seinen Freund mitzunehmen, sei sich nicht sicher gewesen, ob der auch wirklich verstanden habe, was da droben im Schlosssaal mit einem vor sich gehe und ob er, Fritz, so viel Neues und Bewegendes so schnell hintereinander auch verkraften könne. Heute aber habe er Zeit, die sicher in Fritz aufdringlich wartenden Fragen wenigstens teilweise beantworten zu können, denn der Himmel sei leider bedeckt, und so wäre ein weiterer geplanter Schlossbesuch wegen des nun fehlenden Lichtes nicht möglich, denn die Taschenlampen könne man nur in den Kellergängen anmachen, droben aber, im eigentlichen Schloss, wären die viel zu gefährlich, da man ihren Schein durch die großen Fenster zu leicht auch unten im Dorf sehen könnte.

Dem nun folgenden Bericht konnte Fritz entnehmen, dass Max zu Beginn seiner Hohenschwangauer Internatszeit mit einem Sohn des damaligen Schlosshausmeisters befreundet gewesen war. Der hatte ihn eines Tages aufgefordert, das Internat heimlich in der Nacht zu verlassen und mit ihm eine Mutprobe zu bestehen. Der Hausmeistersohn, der wohl recht leicht an den notwendigen Schlüssel herankommen konnte, war dann mit Max auf dem Weg ins Schloss geschlichen, den Fritz vor ein paar Tagen ebenfalls kennengelernt hatte. Dem Hausmeistersohn wäre es dabei nur um Gruselgeschichten gegangen, er habe ständig von Geistern, Gespenstern und der Weißen Frau gesprochen, sei mit ihm vor allem in verschiedenen dunklen Kellergewölben herumgegangen, ehe sie ganz am Ende doch noch hinauf in die königlichen Gemächer gekommen seien.

Einige Jahre später habe er den Freund von damals bei einem Diebstahl in einem der Souvenirläden im Ort beobachtet. Nachdem zu jener Zeit auch mehrfach in Häusern der Umgebung des Schlosses eingebrochen worden war, und die Polizei intensiv nach einem jugendlichen Täter fahndete, dessen Beschreibung ziemlich genau auf des Hausmeisters Sohn passte, hatte Max diesen bei einem zufälligen Treffen aus einer plötzlichen Laune heraus damit konfrontiert, dass er ganz genau wisse, wer der polizeilich gesuchte Einbrecher sei.

Dieser habe dann auch sofort seine Täterschaft zugegeben und Max flehentlich gebeten nichts zu verraten, zumal er sich fest vorgenommen habe, nie mehr dergleichen zu unternehmen. Auch hätten seine Eltern im Schloss gekündigt, man ziehe schon in wenigen Wochen nach Norddeutschland, und dann könne Gras über die Sache wachsen.

Max hatte dem Dieb zugesichert, nichts in der Sache zu unternehmen und sein Wissen für sich zu behalten, aber nur unter der Bedingung, dass er noch vor der Abreise der Hausmeisterfamilie einen Zweitschlüssel für die Außentür zum Schlosskeller erhalte. Nachdem er den Burschen noch beruhigt hatte, dass er, Max, keinesfalls an einen Diebstahl oder dergleichen denke, sondern nur gelegentlich des Nachts heimlich im Schloss herumwandern wolle, hatte dieser eingewilligt und tatsächlich zwei Tage vor der umzugsbedingten Abreise im Internat einen Umschlag für Max abgegeben, in dem sich der Schlüssel befand, der ihm und Fritz ja am Sonntagabend einen entsprechenden Schlossbesuch ermöglicht hatte.

Als Max mit seiner Erzählung zu Ende kam, schärfte er Fritz noch einmal ein, dass die Schlüsselgeschichte und die damit verbundenen Schlossbesuche unter allen Umständen ein Geheimnis bleiben müssten. Das dafür notwendige Ehrenwort müsse man mit einer Flasche königlichen Rotweins und einer dazugehörigen kleinen Gemeinschaftspfeife besiegeln, was auch sogleich in die Tat umgesetzt wurde.

*

Als die Zwölftklässler aus dem Skilager zurückkehrten, mussten Max und Fritz zunächst schmerzlich feststellen, wie schnell man in so einer Klassengemeinschaft an den Rand gedrängt, ja fast schon zum Außenseiter wird, wenn man an so einem herausragenden Ereignis wie einer Woche auf einer Skihütte nicht hatte teilnehmen können. Die Gespräche drehten sich fast ausschließlich um das Skilager, um eine ganze Reihe lustiger Begebenheiten, daneben auch um den einen oder anderen Ärger mit den Lehrern, der sich zwangsläufig durch die Übertretung des Alkohol- und Nikotinverbots, mindest genauso oft aber auch durch die Missachtung der nächtliche Trennung zwischen Mädchen und Buben eingestellt hatte. Als besonderen Höhepunkt sah man allerdings die offensichtlich sich anbahnende Beziehung zwischen einer Schülerin und einem Sportlehrer an, was die Gerüchteküche und den Schulklatsch in den ersten Tagen nach dem Skilager besonders anheizte.

Wie gelegen kam es da den beiden Freunden, dass schon bald die Gestaltung eines besonderen Schulgottesdienstes zumindest beim engeren Freundeskreis von Max und Fritz zunehmend die Aufmerksamkeit in Anspruch nahm und das Skilager allmählich in den Hintergrund drängte.

In der Oberstufe des Gymnasiums war es schon seit dem letzten Schuljahr üblich, dass die katholischen und evangelischen Schüler gemeinsam in Religion unterrichtet wurden. Diese ökumenische Regelung war auf Vorschlag der Schülermitverwaltung zustande gekommen, hatte bei den beiden zuständigen Religionslehrern sofort Zustimmung gefunden und führte dazu, dass das sonst für die meisten Schüler unwichtige und langweilige Fach plötzlich einen besonders hohen Stellenwert erlangte. Das lag natürlich auch an den Inhalten, zu denen nun, immer wieder auch auf Vorschlag der Schüler, die Religionsstunden abgehalten wurden. Besonders die Themen Frieden und soziale Gerechtigkeit wurden dabei in den Vordergrund gerückt. So hatten die Schüler zusammen mit der Schülermitverwaltung an Weihnachten eine Spendenaktion in der Schule durchgeführt, deren Erlös über die Heimatzeitung besonders bedürftigen Personen zugeteilt worden war. Ein langfristiges Projekt, das ebenfalls aus den Reihen der Schüler vorgeschlagen worden war, stellte die Einrichtung eines freiwilligen Sonntagsdienstes an mehreren Krankenhäusern der Region dar, um dort dem Pflegepersonal zur Hand zu gehen und für Entlastung zu sorgen. Besonders große Resonanz gab es aber in der ganzen Schule für die Schulpartys, die vom evangelischen Religionslehrer und Schülervertretern in der Lechhalle in Lechbruck veranstaltet wurden. Hier konnte in regelmäßigen Abständen die Schulband „HCL" auftreten, die Halle war immer proppenvoll und der Erlös der Veranstaltungen kam sozialen Einrichtungen in der Umgebung zugute.

Jetzt also sollte die Religionsgruppe einen ökumenischen Gottesdienst vorbereiten, der sich auf Vorschlag der Schüler mit dem Thema Menschenrechte und Mitmenschlichkeit befassen würde.

Wochenlang wurde dazu Material gesammelt. Im Gottesdienst sollten dann verschiedene Schüler Fälle von Menschenrechtsverletzungen vorlesen und mittels eines Diaprojektors entsprechendes Bildmaterial dazu vorführen. Gezeigt werden sollten Bilder aus dem Vietnamkrieg, von verhungernden Kindern in Afrika und von Elendsvierteln in Südamerika. Auch die musikalische Gestaltung übernahmen die Schüler, was dazu führte, dass zum ersten Mal in einem Füssener Schulgottesdienst eine Rockband in der Kirche spielen sollte.

Am letzten Schultag vor Ostern war es dann soweit, und dieser besondere Schulgottesdienst fand in der evangelischen Christuskirche statt. Im Anschluss an den Gottesdienst blieben ein Großteil der Schüler und einige Lehrer noch in der Kirche beisammen, weil die Religionslehrer zusätzlich eine Diskussion über die Inhalte des Gottesdienstes angeboten hatten. Es entwickelte sich eine intensive und teilweise sehr leidenschaftliche Diskussion. Besonders heftig gingen die Schüler dabei mit der Kriegspolitik der Amerikaner in Vietnam und mit den einstigen Kolonialmächten ins Gericht, die für einen Großteil der bestehenden Unmenschlichkeit auf dieser Welt verantwortlich gemacht wurden, und vehement auch mit der politischen Klasse in der Bundesrepublik Deutschland, die als willfährige Helfershelfer der dem Elend zugrunde liegenden kapitalistischen Politik gebrandmarkt wurden. Fritz Haksch forderte am Ende der Diskussion alle Anwesenden dazu auf, sich nicht nur zu informieren und zu lamentieren. Die berechtigte Kritik der jungen Generation an den schlimmen Zuständen in der Welt und der Vorwurf an die Erwachsenenwelt, nichts aus der Geschichte gelernt zu haben und nichts oder zu wenig gegen Ungerechtigkeit und Unmenschlichkeit zu tun, müsse dazu führen, dass man selbst es besser mache. In diesem Sinne sei es dringend notwendig, sich politisch zu engagieren und sich auch mit den verschiedensten Mitteln des öffentlichen Protests gegen die herrschende Politik, die ja zu den beschriebenen Zuständen geführt habe, aufzulehnen.

Als die Schüler sich nach den Osterferien wiedersahen, gab es nur ein Thema: ein Zeitungsbericht im Füssener Blatt zum Schülergottesdienst. Die Lokaljournalistin Zündelhuber hatte darin den Gottesdienst in einer äußerst polemischen Art kritisiert, keinerlei Verständnis für die in ihren Augen nicht angebrachte Kritik gezeigt und generell die Gymnasiasten für zu unmündig erklärt, um schwierige und komplexe politische Zusammenhänge richtig interpretieren zu können. Aber auch die moderne Form der Messe mit Rockmusik und vor der Gemeinde am Altar agierenden Schülern war der Berichterstatterin ein Dorn im Auge gewesen, und so kam ein öffentlicher Totalverriss des Gottesdienstes heraus, der die beteiligten Gymnasiasten, aber auch die anderen Mitschüler auf das Äußerste empörte.

Im Mittelpunkt der aufgeregten Diskussion in der 12 b stand Fritz Haksch, der das lautstarke Durcheinander schließlich damit beenden konnte, dass er einen von ihm entworfenen Leserbrief vortrug, den er noch am gleichen Tag in der Redaktion abgeben wolle, schließlich dürfe man die zum Teil falschen und mitunter sogar ehrenrührigen Behauptungen dieser Zeitungsschmiererin nicht ohne gebührende Antwort stehen lassen.

Leserbrief zum Artikel „Gott hat nur seine Hände"
im Lokalteil der AZ vom 20. März 1970

Von einem Reporter muss erwartet werden, dass er Kommentar und Meldung trennt. Wer dies nicht kann oder aus irgendeinem Grund nicht in die Tat umsetzt, schreibt schlechten Zeitungsstil, einen Zeitungsstil, der an sich schon an vergangene Zeiten erinnert.

Zunächst scheint dieser Artikel Meldung und Kommentar zu trennen, doch dies scheint nur so. In Wirklichkeit setzt die Verfasserin diesen Gottesdienst schon im ersten Teil herunter. Die Band wird lediglich als laut bezeichnet, dass sie eine ausgezeichnete künstlerische Leistung bot, wird nicht erwähnt. Es wird verschwiegen, dass der Gottesdienst mit einer Präzision ablief, wie sie besser nicht zu gestalten gewesen wäre. Die Dokumentation darin war keineswegs nur eine Kritik an den Erwachsenen, sondern an den Menschen schlechthin, und die Sprecher bezogen sich ja selbst mehrfach in diese Kritik mit ein, übten eine Art Selbstbezichtigung.

Wie stark die jugendliche Gemeinde in den Gottesdienst einbezogen wurde, zeigte sich daran, dass zu der anschließenden Diskussion doch verhältnismäßig viele dablieben – oder wie sonst hätte man die Gemeinde besser einbeziehen können als in einer anschließenden Diskussion, zu der übrigens die Verfasserin des Artikels nur kurze Zeit blieb.

Ich frage mich also: Woher nimmt die Verfasserin das Recht, eine Veranstaltung zu kritisieren, an der sie teilweise – oder war sie schon während des Gottesdienstes selbst abwesend – nicht teilgenommen hat? Woher nimmt sie das Recht, aus der Diskussion, in der sich bis auf 2 Stimmen (in Worten: zwei!) alle positiv zum Gottesdienst äußerten, genau jene negativen Stimmen herauszunehmen, aufzubauschen und mehr hineinzustecken, als eigentlich gesagt wurde? Woher nimmt sie das Recht, sämtliche anderen Stimmen einfach zu übergehen und damit in der Öffentlichkeit ein Bild zu schaffen, das dem eigentlichen Anliegen des Gottesdienstes (zeigt Menschlichkeit!) in den Rücken fällt und die ehrliche Arbeit der Jugendlichen in aller Öffentlichkeit völlig zu Unrecht bloßstellt und womöglich noch politische Absichten unterstellt?

Solche Artikel dürften den Ruf des Füssener Blattes nur noch verschlechtern. Sollte jemand den Eindruck gewinnen, dass dieser Brief subjektiv oder indoktrinär sei, so bitte ich zu berücksichtigen, dass es sich hier um keinen Bericht handelt, sondern um eine Verteidigung ihres Gottesdienstes durch die Schülermitverwaltung des Gymnasiums Füssen.

Gez.: Fritz Haksch (Schulsprecher, Gymnasium Füssen)

Täglich warteten die Schüler nun darauf, dass der Leserbrief in der Lokalzeitung erscheinen würde, aber vergebens. Max Wachsbleitter hatte von Anfang an seine Zweifel geäußert, dass die Zeitung den Brief abdrucken würde. Die anderen aber hatten ihn nicht ernst genommen, teilweise beschimpft und niedergebrüllt. Schließlich gäbe es doch so etwas wie ein Recht auf Gegendarstellung, habe man so etwas wie einen Anspruch auf den Abdruck eines Leserbriefes, und nicht zuletzt könne man doch auch mit der Androhung von Abokündigungen Druck ausüben, wenn die da beim Füssener Blatt sich nicht fair verhalten würden.

Eine Nachfrage bei der Zeitung durch Fritz bezüglich der Veröffentlichung seines Leserbriefes führte zu nichts. Der zuständige Redakteur nahm seine Journalistin Zündelhuber vor den seiner Meinung nach unhaltbaren Angriffen und Diffamierungen durch den Leserbriefschreiber in Schutz und gab klipp und klar zu verstehen, dass er keinerlei Veranlassung sähe, dieses Pamphlet eines ungezogenen und politisch fehlgeleiteten dummen Jungen zu veröffentlichen.

Stinksauer berichtete Fritz bei der nächsten Redaktionssitzung des *Ventilators* von diesem unerfreulichen Telefongespräch. Seine Recherchen, so musste er zusätzlich aufklären, haben ergeben, dass man juristisch keinerlei Chancen habe, gegen die Lokalzeitung vorzugehen. Einen Rechtsanspruch auf Veröffentlichung eines Leserbriefes gebe es nicht und auch die Chancen zur Durchsetzung einer Gegendarstellung seien in diesem Fall äußerst gering, da ja keine falschen Fakten, sondern die persönliche Beurteilung und Meinung der Journalistin Gegenstand des Artikels gewesen seien. Die nun einsetzende Kritik an der Presse im Allgemeinen und an der Lokalzeitung im Besonderen führte schon bald zu immer heftigeren Vorschlägen, wie man es denen da von der Zeitung schon noch zeigen werde. Von einer Demonstration vor der Redaktion bis hin zu einer Redaktionsbesetzung gab es jede Menge von Aktionen, die ins Spiel gebracht wurden.

Am weitesten gingen die Fantasien des Widerstandes aber, nachdem man am Abend mit reichlich Alkoholgenuss bei Max zusammensaß. Ein besonders forsches Mitglied der Clique, die im Kern von der *Ventilator*-Truppe gebildet wurde, zu der aber eine ganze Reihe weiterer Schüler, darüber hinaus auch einige Realschüler oder bereits Berufstätige zählten, agitierte dahingehend, dass man die Kapitalistenschweine und ihre Helfershelfer in den Redaktionsstuben nur mit gewalttätigen Aktionen in die Schranken weisen könne. Was bundesweit die Springerpresse sei, das wäre eben hier im Allgäu die Lokalzeitung, und auch hier wäre Gewalt zumindest gegen Sachen längst ein legitimes Mittel des gebotenen Widerstandes. Er wisse da auch schon einen gangbaren Weg, kenne da eine junge Wilde, die sich mit Sprengstoffen und dem Basteln von Rohrbomben bestens auskenne. Die habe immerhin bei einer Neujahrsfete in Nesselwang während des allgemeinen Raketenschießens und Böllerns die Gunst der lauten Stunde genutzt, und mittels zweier zuvor minutiös vorbereiteter und ausgeklügelt platzierter Rohrbomben einen Fußgängersteg in die Luft gejagt. Diese Lilo genannte Expertin müsse man sicherlich nicht lange überreden, denn auch sie sei politisch voll auf der richtigen Linie, und dann werde man diesem Journalistenpack schon so einheizen, dass ihnen die Fetzen um die Ohren fliegen.

Dieser flammende Appell für den bewaffneten revolutionären Widerstand in Sachen Lokalzeitung fand aber nicht nur Zustimmung, sondern löste eine heftige Diskussion über die Berechtigung des Einsatzes von Gewalt zur Erreichung politischer Ziele hervor. Den Verweisen auf den fehlenden Widerstand im Dritten Reich und auf das im Grundgesetz verankerte Widerstandsrecht auf der einen Seite standen die pazifistischen Ansätze und der Hinweis, dass man schließlich immer noch in einem demokratischen System lebe, entgegen.

Max als Gastgeber hatte bald genug von der immer heftiger werdenden Auseinandersetzung und fürchtete nicht zu Unrecht, dass die Diskussion über Gewalt bald zum Anwenden von Gewalt übergehen könnte, und das in seinem Wohnzimmer unter dem Bildnis des pazifistischen Königs Ludwig.

„Gewalt erzeugt nur Gegengewalt!", rief er lauthals in die Runde und verkündete dann, dass in seinem Haus jedenfalls Bombenleger und Steinewerfer keine Gastfreundschaft genössen. „Und jetzt ist endlich Schluss für heute. Ich bin müde und will meine Ruhe haben. Raus mit euch! Die Debatte ist beendet!"

So eindeutig wie bei Max war die Meinungsbildung bei Fritz Haksch nicht ausgefallen. Vor allem aber interessierte ihn die angebliche Bombenbauerin Lilo, und so besuchte er diese bereits am nächsten Nachmittag, um mehr über sie herauszubekommen. Lilos Eltern betrieben ein Eisen- und Haushaltswarengeschäft am Stadtrand. Zum Anwesen gehörte auch eine umfangreiche Werkstatt, die man über einen verwinkelten Hinterhof erreichen konnte. Dort fand Fritz die Bastlerin beim Hantieren mit selbst hergestelltem Schwarzpulver. Lilo faszinierte Fritz sofort. Sie hatte einen Blaumann an, darunter einen groben selbstgestrickten Pullover aus brauner Schafwolle. Aus den viel zu weiten, ausgeleierten Ärmeln ragten kräftige Hände mit dunkelrandigen Fingernägeln hervor. Dichte, schulterlange schwarze Locken rahmten ein rundes, recht dunkel getöntes Gesicht ein, das von einer breiten Nase dominiert wurde. Mit freundlichen dunklen Augen grinste Lilo den Besucher an und hieß ihn einen Augenblick warten, da sie gerade beim „Brennstoffmachen" sei, bis sie ihn schließlich mit in die Hüften gestemmten Händen erwartungsvoll anblickte.

Das Schwarzpulver war zum Trocknen auf Zeitungspapier ausgebreitet, das Lilo auf einen großen, alten Eisenherd gelegt hatte, in dem, wie Fritz erstaunt feststellte, noch ein kleines Feuer brannte. Als er daher fragte, ob das denn nicht gefährlich sei, immerhin sei der Herd ja noch geschürt und damit recht heiß, lachte die Bastlerin nur. „Kein Problem, die Entzündungstemperatur erreichen wir hier nie, und ich brauch das Zeug dringend, also muss es schnell gehen. Du musst also keine Angst haben, es handelt sich schließlich nicht um Nitroglycerin."

Im Anschluss daran erhielt Fritz einen Grundkurs über Sprengstofftechnik, Molotowcocktails und Raketenantriebe. Vorsichtig tastete sich Fritz in Richtung Bombenbau vor und fragte schließlich nach, ob es denn stimme, dass Lilo gegebenenfalls auch eine kleine Rohrbombe für politische Aktionen bauen und einsetzen würde.

„Bauen könnte ich so Dinger schon. Na ja, es wäre kein Problem, irgendwo mal was hochgehen zu lassen, und es gäbe auch ein paar Stellen, wo ich das durchaus für angebracht hielte. Aber ich hab' zumindest zur Zeit keine Lust auf solche Aktionen. Mir reicht es eigentlich mit den Rohrbomben, vor allem seit ich vor einigen Wochen beinahe selbst dabei hops gegangen wäre." Dieser Aussage folgte ein glucksendes, lautes Lachen, das Fritz an diesem Nachmittag noch mehrmals zu hören bekommen sollte. Diese Bombenbauerin, das wurde ihm sofort klar, war kein Kind von Traurigkeit.

Und nun erzählte Lilo von ihrer letzten großen Rohrbombe, Gusseisen, zwanzig Zentimeter lang, Durchmesser zwölf Zentimeter, hinten verschweißt, prall gefüllt mit Schwarzpulver und Unkrautex, mit einem Holzkeil bombenfest verschlossen, aber das Zündloch für die Zündschnur dummerweise vergessen.

Die nachträglich am Schraubstock der Werkbankdurchgeführte Bohrung in das Objekt hatte zur Folge, dass der Inhalt sich so weit erhitzte, dass die Bombe in der Werkstatt hochging. Immer wieder von unwiderstehlichen Lachsalven unterbrochen, schilderte die Bombenbastlerin nun, wie ihr die Eisenfetzen nur so um die Ohren geflogen seien. Ein größeres Stück habe sogar das Hallendach durchschlagen, und auch sonst sei bei der Detonation einiges in der Werkstatt zu Bruch gegangen. Aber ihr Schutzengel habe wieder einmal auf sie aufgepasst, was ihr als ehemaliger Klosterschülerin aber auch zustehe. Und jetzt solle ihr das eine Lehre sein. Mit Bombenbasteln sei nun endgültig Schluss.

Als Fritz nun aber wissen wollte, warum Lilo dann trotzdem größere Mengen an Schwarzpulver herstelle, berichtete sie, dass sie eigentlich immer schon viel mehr an Raketenantrieben interessiert gewesen sei. Lilo langte nun in die Hosentasche, förderte einen Tabakbeutel und Zigarettenpapier hervor und machte es sich auf der großen Werkbank, die Beine, die in klobigen Holzclogs steckten, baumeln lassend, bequem.

„Komm, setz dich her, jetzt rauchen wir erst mal eine. Ich hab da eine sagenhafte Mischung mit gutem selbstgebautem Gras. Das turnt gut an, aber auch nicht zu viel. Sonst würd' ich womöglich wieder einmal Quatsch machen und die Werksatt in die Luft jagen!“

So schnell, dass Fritz kaum mit Schauen mitkam, hatte Lilo nun einen dicken Joint gebaut. Sie zündete an und nahm einen tiefen Zug, ehe sie die Tüte an Fritz weiterreichte.

Im Laufe des folgenden Gesprächs erfuhr Fritz von Lilos Raketenträumen. Sie wollte mit ihren selbstgebastelten Raketen Hanfsamen in größerem Umfang in die Umwelt befördern. Jede Lichtung, jeder Waldrand sollte so von oben besät werden und damit die Grundlage geschaffen werden für eine ausreichende Ernte. So wie die Leute jetzt zum Schwammerlsuchen in den Wald gingen, so sollten in Zukunft die Menschen Hanfblätter und Hanfblüten sammeln, und das ganz legal. Schließlich dürfe man doch das mit nach Hause nehmen, was die Natur einem noch dazu kostenlos anbiete. Immer weiter verlor sich Lilo in ihre Traumwelt, immer wieder unterbrochen von immer länger werdenden Lachsalven.

„Die Welt wird eine glücklichere sein, wenn jeder sein Recht auf freien Zugriff zu meinen Hanfanpflanzungen hat. Das sieht man doch schon an uns beiden", strahlte Lilo, umarmte Fritz und drückte ihm einen kräftigen Kuss auf die Nase.

„So, und jetzt muss ich wieder weiterarbeiten. Ich brauch schließlich jede Menge Treibstoff für mein Weltbeglückungsprogramm.

Ach ja, deine Revolution in allen Ehren, aber ich steh nicht zur Verfügung. Aber wenn du willst, dann komm wieder. Morgen Nachmittag teste ich drüben am Galgenbichl eine neue Rakete. Geplante Flughöhe: 300 Meter, Nutzlast: 1,5 Kilo, wär' nett, wenn du um halb Drei da wärst."

Ziemlich benebelt verließ Fritz die Werkstatt und machte sich auf den Weg durch die Altstadt nach Hause. Er war sich sicher, dass er da eine neue Freundin gefunden hatte. Lilos unbekümmertes Wesen hatte mächtig Eindruck auf ihn gemacht. Er selbst war eigentlich kaum zu Wort gekommen, aber das machte jetzt auch nichts mehr. Immerhin wusste er nun bestimmt, dass zumindest mit Lilo keine gewalttätige Aktion gegen die Lokalzeitung zu machen war, und so sehr er auch klammheimlich mit dem Gedanken gespielt hatte, wusste er doch, dass es der falsche Weg gewesen wäre und war irgendwie froh, dass damit das Thema Bombenanschlag vom Tisch war.

Beim nächsten Treffen der Clique redete man sich zwar noch einmal die Köpfe heiß, aber bei den meisten war das Thema Lokalzeitung schon nicht mehr ganz so wichtig, und schließlich beließ man es im Wesentlichen beim Schimpfen auf die „scheiß Presse". Letztlich blieb nur der konkrete Vorschlag übrig, den Leserbrief wenigstens über die Schülerzeitung zu veröffentlichen und das Vorgehen der Lokalzeitung zu brandmarken. Einige wenige waren damit nicht zufrieden zu stellen und sie steckten die Köpfe zusammen, um wenigstens kleinere Protestaktionen zu beraten.

In den darauffolgenden Tagen beschwerten sich in Füssen immer wieder empörte Abonnenten bei der Lokalzeitung, dass das Füssener Blatt nicht zugestellt worden sei. Schnell zeigte sich, dass immer wieder die Briefkästen ganzer Straßenzüge, manchmal sogar eines ganzen Viertels betroffen waren. Bald war daher klar, dass es sich wohl um eine Protestaktion handeln musste. Trotz verschärfter Polizeikontrollen und einem Aufruf an die Bevölkerung zur Mitarbeit, konnten aber keine entsprechenden Beobachtungen gemeldet werden. Die ganze Aktion, deren Täter nie bekannt werden sollten, schlief vielmehr ganz von selbst wieder ein. Das regelmäßige frühe Aufstehen, um die Zeitungen aus den Briefkästen einzusammeln, wurde den Tätern wohl schnell zu anstrengend, und bald kam es nur noch sporadisch zu Zeitungsdiebstählen dieser Art.

Auch bei Fritz Haksch zu Hause war die Zeitungsaktion selbstverständlich Thema bei den immer häufigeren und kontroverseren politischen Diskussionen, die zwischen Fritz und seinem Vater, manchmal auch unter Beteiligung seiner Freunde geführt wurden. Da stritt man sich über die Ostpolitik der neuen Bundesregierung, über die Berechtigung des Vietnamkrieges, über die Forderung nach früherer Volljährigkeit. Am meisten störte Fritz die emotionale Verbundenheit des Vaters mit den Hanfwerken. Für seinen Vater war diese Fabrik so etwas wie eine Familie, auf die man zwar intern durchaus schimpfen durfte, vor allem wegen der Belastungen der Schichtarbeit und den niedrigen Löhnen, auf die man aber nach außen nichts kommen ließ. Wehe, Fritz versuchte bei einer Diskussion mit seinem Vater seine generelle Kapitalismuskritik mit praktischen Beispielen aus der Füssener Fabrik zu untermauern. Sofort war dann höchste Erregung beim Familienoberhaupt angesagt, die Stirnadern schwollen bedenklich an und Fritz' Vater, der an sich ein meist recht ruhiger Zeitgenosse war, tobte, wischte alle sachlichen Argumente beiseite und verbat sich solche Angriffe in seinem Haus, das ja gar nicht seines, sondern eine Werkswohnung der gerade kritisierten Hanffabrik war.

Für Fritz wurde bei solchen Auseinandersetzungen immer klarer, dass er es zu Hause nicht mehr lange aushalten würde. Ein Jahr noch, dann hätte er sein Abitur in der Tasche und damit auch die Möglichkeit, der häuslichen Enge und der väterlichen Engstirnigkeit zu entfliehen.

Wenn er die Bilder von Demonstrationen, Sit-Ins oder ähnlichen Protesten der Studentenbewegung im Fernsehen sah, dann übte das gezeigte Geschehen auf ihn eine unwiderstehliche Faszination aus. Für ihn war jetzt schon klar, dass er nach dem Abitur Politik und Soziologie, eventuell auch Zeitungswissenschaften studieren würde, und er konnte es kaum erwarten, endlich selbst in einer Universitätsstadt am studentischen Protest gegen die bestehenden politischen Verhältnisse teilzunehmen. Mit großem Interesse hörte er auch zu, wenn ehemalige Schüler, die jetzt in München, Frankfurt, Berlin oder Würzburg studierten, an den Wochenenden oder in den Semesterferien zurück in ihre Heimatorte im Füssener Land kamen und von ihrem faszinierenden Studentenleben berichteten.

Da wurde ihm schnell bewusst, dass er hier aus Füssen weg musste, weg von der verschlafenen Provinzstadt, dahin, wo sich seiner Meinung nach das wirkliche Leben abspielte.

*

In den folgenden Wochen hatte Fritz wenig Kontakt zu seinem Freund Max. Man traf sich zwar noch in der Schule und selbstverständlich nach dem Unterricht beim Hirschen oder in der Eisdiele, aber da beide den Unterricht doch recht häufig schwänzten, wurden auch diese Begegnungen weniger. Fritz verbrachte bei schönem Wetter zahlreiche Nachmittage draußen beim Galgenbichel oder in der Umgebung des Allatsees, wo er Lilo bei ihren Raketenversuchen behilflich war. Die Unkompliziertheit seiner neuen Freundin hatte Fritz doch sehr in den Bann geschlagen. Nach erfolgreichen oder auch fehlgeschlagenen Experimenten lagen sie oft im hohen Gras am Waldrand, rauchten einen Joint und ließen sich die Sonne auf den Pelz scheinen. Lilo hatte dabei keine Probleme, sich ihrer Kleidung zu entledigen, und bald hatte sich auch Fritz daran gewöhnt, es ihr gleichzutun. Dabei kam es aber nie zu Zärtlichkeiten oder Intimitäten. Zwischen den beiden gab es eine Art unausgesprochener Abmachung, die Grenze körperlicher Annäherung nicht zu überschreiten. So betrachtete Fritz durchaus mit heimlichen Sehnsüchten die verlockenden Körperrundungen von Lilo, insbesondere deren kräftige Brüste, und es kam dabei durchaus auch vor, dass er sich dabei sexuell erregte, was auch Lilo nicht verborgen blieb. Schnell gab sie ihm dann einen schmatzenden Kuss, wie immer auf die Nase, und verkündete, dass es nun Zeit zum Aufbruch wäre. Nach solchen Nachmittagen lag Fritz oft abends im Bett, dachte über Lilo nach und wusste seine Gefühle nicht so recht einzuordnen. Er gierte inzwischen geradezu nach sexuellen Erfahrungen, wollte endlich einmal so richtig mit einer Frau schlafen, respektierte andererseits aber die von Lilo gezogene Abgrenzung, einerseits, weil er Lilo zwar mochte, aber sich ziemlich sicher war, dass sie nicht die große Liebe war, die er sich in seinen Träumen wünschte, andererseits weil er keinerlei Erfahrungen hatte und daher ganz froh war, wenn es mit dem ersten Geschlechtsverkehr doch noch nichts wurde.

Dabei war Lilo immer wieder für eine Überraschung gut, und ihre spontanen Einfälle führten häufig zu großer Verwirrung bei Fritz.

Als Fritz einmal eines nachmittags bei Lilo war, um ein paar LPs aufzulegen und dazu ein Pfeifchen zu rauchen, hatte diese ihn eine Zeitlang allein gelassen. Grinsend war sie dann nackt ins Zimmer gekommen, hatte Fritz bei den Händen genommen und ins Badezimmer gezogen. „So, jetzt wird's Zeit für ein Erholungsbad!", hatte sie gekichert und den verdutzten Freund mit zu sich in die bereits gefüllte Wanne befohlen.

Kaum waren die beiden sich aber gegenüber gesessen und hatten eine Art Schaumschlacht begonnen, als die Türe aufging und die entsetzte Mutter von Lilo dastand. Für Lilos Mutter, eine streng katholische Frau, die nicht nur sonntags, sondern auch unter der Woche am Abend regelmäßig die Messe oder Rosenkränze besuchte, brach eine Welt zusammen. Nachdem die entsetzte Frau die Türe wieder zugeschlagen hatte, wollte Fritz sich schleunigst aus dem Staub machen, aber Lilo hielt ihn zurück.

„Einmal in der Woche muss ein Vollbad sein, und wo wir jetzt schon einmal dabei sind, führen wir das auch zu Ende." Und schon begann sie Fritz abwechselnd lachend und dann wieder singend einzuseifen und mit Shampoo zu traktieren.

Nach gut einer halben Stunde Körperpflege schlich sich Fritz vorsichtig und mit denkbar schlechtem Gewissen aus dem Haus, um ja Lilos Mutter nicht zu begegnen.

Einige Tage später kam es dann in der Wohnküche zu einer Aussprache, bei der Lilo ihrer Mutter klipp und klar zu verstehen gab, dass sie nicht gewillt sei, sich an die althergebrachten und engstirnigen Verhaltensregeln hier im Hause zu halten. Im Übrigen könne sie sicher sein, dass es zu keinerlei sexuellen Kontakten gekommen sei. Der Fritz sei ein guter Freund, mehr sei nicht dabei bei dieser Beziehung, und übrigens habe Gott sie beide nun einmal so erschaffen, wie sie sind, jeder wisse, wie Männlein und Weiblein beschaffen seien, in ihren Unterschieden und in ihren Gemeinsamkeiten, und da sei dann auch nichts Besonderes dabei, wenn man einmal miteinander bade. Der staunend und wortlos am Tisch sitzende Fritz hörte sich das alles an, versuchte den fragenden Blicken der Mutter zu entgehen und war heilfroh, als Lilo das Gespräch für beendet erklärte. Sie stand jetzt auf, nahm Fritz bei der Hand und rief: „Bei so einem schönen Wetter sollte man keinesfalls in einer dunklen, muffigen Küche sitzen. Komm Fritz, wir gehen in den Garten zum Sonnenbaden."

Als Fritz nach längerer Zeit wieder einmal einen Abend bei Max verbrachte, berichtete er diesem auch von den Erlebnissen mit Lilo.

Auch Max konnte über einige neue Erfahrungen mit Mädchen berichten. Auf einer Fete bei einem Klassenkameraden hatte ihn dessen Freundin im Gang vor dem Partykeller, wo es bereits hoch herging, ohne jede Ankündigung umschlungen und mit einer leidenschaftlichen Knutscherei angefangen. Die Frage nach ihrem Freund beantwortete sie nur mit einem lapidaren „der ist Zigaretten holen gefahren", um anschließend umso fordernder mit ihrer Zunge mit schnellen Bewegungen in der Mundhöhle von Max herumzufuhrwerken. Max berichtete, dass er das durchaus als angenehm empfand und mehr und mehr mitmachte. Dann habe das Mädchen seine Hand genommen, unter ihren Minirock geschoben und ihm ohne Umschweife deutlich gemacht, wie und was er jetzt mit seinen Fingern dort zu tun habe. Erst als sie die Schritte ihres Freundes auf der Treppe gehört habe, legte sie ihm schnell noch ihren Zeigefinger auf den Mund, gab ihm einen letzten Kuss und wandte sich dem Ankömmling zu, den sie ebenfalls sofort liebevoll umschlang und an dem verdutzten Max vorbei in den Partykeller zog.

„Mich verwirren diese sexsüchtigen Weiber", erklärte Max, „zuerst saufen oder kiffen die sich ordentlich zu und dann werfen sie sich dem Nächstbesten an den Hals, und am nächsten Tag wissen sie dann nichts mehr davon und kennen dich gar nicht mehr. Ich will aber keinen schnellen Sex, sondern eine richtige Freundin. Allmählich habe ich den begründeten Verdacht, dass ich auf den Partys hier in und um Füssen herum wohl kaum das finde, was ich suche. Zur Zeit sauf' ich mich da auch am liebsten schnell zu, dann lässt man einen wenigstens weitgehend in Ruhe."

Fritz versuchte seinen Freund aufzumuntern und erzählte ihm davon, dass da eine Gruppe Gymnasiasten sei, die sich einen Spaß daraus machten, ungeladen auf Partys aufzutauchen und diese massiv zu stören.

„Das wär' doch mal was, wenn wir so eine Fete sprengen würden, oder? Dann könntest du deinen Partyfrust einmal anders ausleben, als dich ins Koma zu saufen!"

Schon am nächsten Wochenende ergab sich die erste Gelegenheit, das Vorhaben in die Tat umzusetzen. Fritz hatte erfahren, dass die Partysprenger eine Fete in Füssen aufs Korn genommen hatten. In einer großen Villa am Stadtrand sollte bei stinkreichen Leuten eine Geburtstagsparty stattfinden. Die Eltern seien auf Reisen und die Tochter, die siebzehn Jahre alt werde, habe eine ganze Reihe Leute eingeladen, um das Haus einmal richtig voll zu haben. Das wäre wohl eine einmalige Gelegenheit, den neuen Freizeitspaß einmal selbst auszuprobieren.

Am späteren Samstagabend, so gegen zehn Uhr, schlossen sich die beiden der besagten Clique an, deren meiste Mitglieder sie schon mehr oder weniger kannten. An der Villa angekommen, wurden sie auch problemlos eingelassen und mit großem Hallo empfangen. Die Fete war schon voll im Gange, laute Musik füllte die Räume, überall in Küche, Ess- und Wohnzimmer standen Wein-, Sekt- und Bierflaschen herum, Aschenbecher quollen über, bestimmt zwanzig, dreißig Leute bevölkerten die Räume, und gelegentlich sah man auch ein Pärchen nach oben verschwinden.

Zunächst reihten sich die neuen Gäste unauffällig ein, versorgten sich mit Getränken und Zigaretten, um sich dann in der Küche beim Kühlschrank zu treffen. Der war zu ihrer Freude noch recht voll, was aber ziemlich schnell ins Gegenteil verkehrt wurde. Nachdem der Kühlschrank restlos geplündert worden war, forschte man im Keller des Hauses nach weiteren Verpflegungsmöglichkeiten. Als erstes entdeckte man einen gut bestückten Weinkeller, aus dem sich jeder der Clique ziemlich wahllos bediente, um sich dann im Nachbarraum, einem Vorratskeller, über die dort vorhandenen Lebensmittel herzumachen. Insbesondere eine große Auswahl an Konservendosen hatte es den Plünderern angetan. Aus der Küche holte man die notwendigen Dosenöffner und schon bald waren Ananas, Mandarinen, Champignons, Essiggurken, eingelegte Paprika, Leipziger Allerlei und auch diverse Wurst- und Fleischdosen geöffnet. In einem weiteren Regal entdeckte einer dann auch noch Einweckgläser mit Apfel- und Birnenkompott, und binnen kurzer Zeit stapelten sich leere Dosen und Gläser, Flaschen und Zigarettenstummel und auch zahlreiche Essenreste auf dem Boden des Raumes.

Fritz war zunächst so eifrig am Geschehen beteiligt, dass er gar nicht bemerkte, dass Max längst über die Kellertreppe in den Garten hinauf verschwunden war. Als er ihn jetzt suchte und dabei ebenfalls die Treppe hinaufkam, bot sich ihm ein im Vollmondlicht traumhaft surrealistisches Bild.

Max hatte sich mit diversen Konserven und sonstigen Vorräten eingedeckt und gestaltete nun mit deren Inhalt das Gartengelände. Er huschte von Bäumchen zu Bäumchen und dekorierte diese dabei mit Ananasringen, Salzbrezeln und einem Dutzend Landjägern. Unter den Stämmen pflanzte er im Kreis und als Verbindungsstraßen von Baum zu Baum Dosenchampignons, unterbrochen von Mandarinen und Silberzwiebeln. Fritz besorgte sich schnell noch im Keller eine Flasche Sekt, lehnte sich gegen die Hauswand und sah dem fantastischen Treiben seines Freundes staunend zu, der, wie ein irrwitziger Schamane Lieder singend, im fahlen Licht von Baum zu Baum hüpfte, um sein Werk zu vollenden.

Als er mit seinem Kunstwerk fertig war, hob Max die Hände zum Himmel und rief: „Es ist vollbracht!"

Ohne sich noch um die immer chaotischer werdende Party im Haus zu kümmern, stieg er nun über den Gartenzaun und trollte sich Richtung Innenstadt davon.

Fritz ließ ihn gewähren und begab sich über die Kellertreppe zurück in die Villa. Im Keller bot sich ihm ein unbeschreibliches Bild der Verwüstung. Die Vandalen hatten den Ort ihres Exzesses bereits Richtung Parterre verlassen, wobei sie mit den an ihren Schuhen klebenden Essensresten eine Spur markiert hatten, die auch noch auf dem Teppichboden des Wohnzimmers deutlich zu sehen war. Gerade als Fritz oben angekommen war, hatte das Geburtstagskind die Sauerei entdeckt. Das Mädchen kreischte und heulte abwechselnd und trommelte so ihre Freundinnen und Freunde zusammen und wollte gerade versuchen die ungebetenen Besucher wieder loszuwerden, als mit einem lauten Knall ein Sektkorken von einer Flasche flog, geradewegs auf die große, kreisrunde Glasschale der Wohn-zimmerleuchte zuschoss und diese klirrend in tausend Scher-ben zerbrechen ließ.

Für die Clique war das dann doch das Zeichen zum Auf-bruch und lachend und herumpöbelnd verließen sie jetzt das Haus, selbstverständlich mit einigen Flaschen aus dem Wein-keller versehen, die meisten von ihnen so weit alkoholisiert, dass sie sichtbar Schwierigkeiten beim Geradeauslaufen hat-ten.

Fritz war die Angelegenheit jetzt doch etwas peinlich, zumal er befürchtete, dass das gastgebende Mädchen möglicherweise wusste, wer er war, immerhin war er durch seine verschiede-nen Aktivitäten vom Sport bis hin zur Schülerzeitung und der Schülermitverwaltung in der Stadt nicht ganz unbekannt.

So verzog er sich unauffällig über die Terrasse und den Garten, denselben Weg nutzend wie eine halbe Stunde vorher sein Freund Max. Als er gerade über den niedrigen Jägerzaun stieg, hörte er von der Kellertreppe her einen gellenden Schrei. Die Gastgeberin musste jetzt wohl auch die Verwüstungen im Wein- und im Vorratskeller entdeckt haben. „Wenn das nur kein böses Nachspiel gibt", dachte er und trollte sich schleu-nigst nach Hause.

*

Im Juni sollte von der Klasse 12 b ein Vorhaben umgesetzt werden, das dem Klassenclown Strolchi schon lange ein wich-tiges Anliegen gewesen war. Endlich hatte er für seine Idee, nämlich auf den Doppelburgruinen Freyberg und Eisenberg bei Hopferau ein großes Fest zu feiern, nicht nur Zustimmung und gutgemeintes Schulterklopfen erhalten, sondern auch ei-nige tatkräftige Mitstreiter. Die Organisationsbesprechungen für das umfangreiche Vorhaben fanden praktischerweise beim Gockelwirt im Ort Eisenberg statt, weil der Strolchi sich dort inzwischen öfter als zu Hause aufhielt, die Wirtsstube kurzer-hand zu seinem Wohnzimmer und die wöchentlich angesetz-ten Treffen zum 12 b-Stammtisch erklärt hatte.

Gewöhnlich saß er da, sein geliebtes Weizenbier vor sich, und genoss die Anwesenheit seines Organisationsteams, in dem er huldvoll einmal diesem und einmal jenem Teilnehmer ein Weizen oder eine Portion Pommes spendierte. Die inhaltliche Arbeit überließ er weitgehend den anderen, spielte den gutmütigen und verständnisvollen Padrone, gab auch hier und da eine seiner berühmten Lachsalven zum Besten und war im Übrigen nur dann aus seiner Ruhe zu bringen, wenn eine Bierbestellung einmal zu lange auf sich warten ließ.

Dann konnte es schon passieren, dass er wütend aufsprang, sein schulterlanges, schwarzes Haar wie wild hin und her schüttelte und lautstark nach der Bedienung brüllte. Im Sommer hatte er bei so einer Gelegenheit im Biergarten schon einmal einer jungen Aushilfskellnerin Handgreiflichkeiten angedroht, war dann tatsächlich auf das erschrockene Ding zugesprungen und der nun entsetzt flüchtenden Bedienung brüllend hinterhergelaufen. Als das Serviermädchen, das beim Gockelwirt gelegentlich sein Taschengeld aufbesserte und an sich eine gute Bekannte Strolchis und diesem auch durchaus zugeneigt war, schreiend um das Hauseck herum in Richtung einer Scheune geflohen war, hatte der im Verfolgungswahn und Bierrausch versunkene Strolchi im Vorbeilaufen nach einem in einem Hackstock steckenden Beil gegriffen, und dieses der enteilenden Bedienung mit voller Wucht hinterher geworfen. Das Werkzeug hatte aber sein Ziel, wenn auch bedenklich knapp, verfehlt und sich zentimetertief in den Brettermantel der Scheune gebohrt, wo es auch jetzt noch als drohendes Mahnmal für säumige Bedienungen steckte.

Jetzt saß also die fast komplette 12 b des Gymnasiums Füssen, Fritz Haksch und Max Wachsbleitter darunter, beim Gockelwirt und plante die Versorgung für das anstehende Burgruinenfest. Die meisten Besucher, in erster Linie Schüler des Gymnasiums, aber auch die eine oder andere Clique aus der Stadt und einige Jugendliche aus den umliegenden Dörfern würden ihre Getränke, Brotzeiten und Rauchwaren schon selbst mitbringen. Andererseits sollte der große Wunsch des Strolchi in die Tat umgesetzt werden und zur Feier des Tages auch ein Bierfass droben auf dem Berg angezapft werden. Das nötige Geld für das Bier war kein Problem. Max hatte sich sofort bereit erklärt, das Fass zu bezahlen und auch so weit wie möglich mit seinem Auto den Berg hinauf zu bringen, aber etwa auf halber Höhe ging auch der günstigste Feldweg am Südwesthang in einen schmalen Wanderpfad über, der ein Weiterfahren mit dem postgelben VW-Käfer unmöglich machte.

Jetzt war Pioniergeist angesagt, und so traf man sich wie ausgemacht am Nachmittag des 13. Juni zu den notwendigen Vorbereitungen auf das Fest, in erster Linie auch, um besagtes Bierfass hinauf auf die Anhöhe zur Ruine Freyberg zu transportieren. Mit vereinten Kräften – immerhin hatte die 12 b fünfzehn mehr oder weniger sportliche Mannsbilder aufzuweisen, und auch das eine oder andere sportliche Mädchen aus den beiden zwölften Klassen sprang hilfreich bei der Bewältigung der schwierigen Aufgabe mit ein – rollte man das Fass den Berg hinauf.

Nach mehr als zwei Stunden anstrengender Schufterei war es dann endlich geschafft, wobei einmal, schon recht kurz vor dem Ziel, nämlich bei einer kleinen Wiese am Fuße der südlichen Burgmauer, das Fass sich beinahe wieder verselbständigt und so die ganze Schinderei nutzlos gemacht hätte, denn den steilen Hang hinab wäre es wohl unausweichlich an einem Felsen oder Baumstamm zerschellt. Das Bierfass, der Mittelpunkt der geplanten Fete, war oben angekommen und stand mitten auf der Burgwiese. Die ersten Schüler wollten sich auch gleich zur Belohnung für das erfolgreiche Transportunternehmen eine Maß genehmigen, aber das wusste der sachkundige Strolchi gerade noch rechtzeitig zu unterbinden.

„Ihr spinnts wohl!", wies er sie zurecht und riss ihnen das Zapfzeug aus den Händen. „Erst muss sich das Bier wieder beruhigen, so wie wir es da herauf durchgeschüttelt haben. Jetzt käme doch bloß Schaum heraus!"

Während dieser Auseinandersetzung hatte sich Max in den angrenzenden Fichtenwald begeben und angefangen Holz zu sammeln. Bald konnte er auch die anderen 12 b-ler davon überzeugen, dass es nicht mit einem kleinen Lagerfeuer getan sei. Er wollte in der Nacht ganz oben auf den Resten des Bergfrieds der Burgruine ein großes Feuer in Gang setzen, um gebührend an den heutigen Todestag von König Ludwig dem Zweiten zu erinnern.

Max erklärte den anderen, dass es seit einiger Zeit unter den Anhängern des Märchenkönigs entsprechende Pläne gäbe, an dessen Geburts- oder Todestag durch Gipfelfeuer an ihn zu erinnern. Landauf und landab gründeten sich dazu entsprechende König-Ludwig-Vereine, und die Königstreuen im Füssener Land und im angrenzenden Werdenfels überlegten sogar, eine politische Partei zu gründen, um die Wiedereinführung der Monarchie in Bayern zu erreichen. Man habe dazu auch schon Kontakte mit dem Hause Wittelsbach verbundenen Kreisen in München aufgenommen, darunter ein versierter Rechtsanwalt. Er, Max, wisse das alles, weil er in letzter Zeit immer mal wieder zu Gast bei einer Art Geheimbund gewesen sei, der sich die Wiederbelebung der bayerischen Monarchie und die Pflege des Erbes der bayerischen Könige zur Aufgabe gemacht habe. Näheres dazu könne und wolle er aber nicht sagen, schließlich sei die ganze Angelegenheit streng geheim.

Von der Gründung einer Partei, so führte Max weiter aus, halte er zwar wenig, wenn er auch einer konstitutionellen Monarchie durchaus einiges abgewinnen könnte, aber die Erinnerungsarbeit insbesondere an Ludwig II. wolle er tatkräftig unterstützen. Ein Erinnerungsfeuer an den nach wie vor im Volk hochverehrten König sollte sich als Brauch durchsetzen lassen, und heute wäre ja die passende Gelegenheit, hier oben auf der Burg ein weithin sichtbares Zeichen in diesem Sinne zu setzen.

Ein Teil der Klasse verbuchte den geradezu missionarisch vorgetragenen Vorschlag von Max unter dem Motto „Na, ja, jeder hat so seine Schrulle – warum dann nicht auch der Max mit seinem Ludwigfimmel?" und widmete sich in fröhlicher Runde, zumal es schon gegen Abend ging, den mitgebrachten Genussmitteln zu. Einige andere aber machten sich tatsächlich an die Arbeit, darunter auffällig viele Mädchen, um zusammen mit dem wieder einmal im bürgerlichen Ludwigoutfit erschienenen Max bei der Vorbereitung seines Ludwigfeuers zu helfen.

Als dann später die Dunkelheit die Ruinenlandschaft auf Freyberg und Eisenberg allmählich einhüllte, stand Max mit seinem langen schwarzen Mantel hoch oben auf der Südmauer der Ruine, die dunklen Locken flatterten unter seinem Hut hervor, und er blickte unverwandt in die hoch auflodernden Flammen seines Ludwigfeuers. Unterhalb der Ruine spielte sich eines der üblichen Schülerfeste ab: Es wurde geraucht und getrunken, geratscht und gesungen, und da und dort fanden sich auch mehr oder weniger geeignete Pärchen zusammen.

Die beeindruckende Silhouette des Märchenkönigverehrers oben auf der Burgmauer veranlasste den Schüler Bobby dazu, seine von Bob Dylan, Leonard Cohen, Donovan und Franz-Josef Degenhardt bestimmte Lagerfeuermusik mit dem König-Ludwig-Lied zu ergänzen, und überraschenderweise stimmten eine ganze Reihe der Anwesenden textkundig mit ein.

Als Fritz gegen Morgen hinauf auf die Ruine kletterte, um seinen Freund Max zur Heimfahrt zu bewegen, stand er, um einen Ecke biegend, plötzlich vor Lilo. Sie war zunächst eine ganze Zeitlang bei Fritz am Lagerfeuer gesessen, dann aber, ohne dass er sich groß Gedanken gemacht hätte, schon seit längerer Zeit verschwunden gewesen. Jetzt stand sie auf einem ausgesetzten Mauervorsprung, die Hände wie zum Fliegen ausgebreitet und schaute in die Tiefe.

„Mensch Lilo!", rief Fritz. „Was machst denn du da?"

„Ich werde jetzt da hinunter springen. Vorhin war es noch ziemlich tief, aber ich zwinge die Erde Kraft meiner Gedanken dazu sich anzuheben. Gleich ist es soweit und der Sprung in die Tiefe wird zu einem kleinen Hüpferle, der mir dann nichts mehr anhaben kann. Das ist genial, wenn man mit seinen Gedanken die Dinge beeinflussen kann. Es wird nur ein kleiner Schritt für meinen Körper sein, aber ein großer Schritt für mein Bewusstsein!"

Gerade noch rechtzeitig konnte Fritz die schon absprungbereite Lilo an den Schultern fassen und von der Mauer herunterziehen. Er war sicher, dass Lilo ihm jetzt eine fürchterliche Szene machen würde, aber nichts dergleichen geschah. Sie ließ sich von ihm hinunter auf die Wiese mit dem nahezu verloschenen Lagerfeuer bringen, setzte sich nieder und erklärte dann: „Macht nix, ich weiß jetzt, dass es geht. Beim nächsten Mal spring' ich noch viel tiefer, vielleicht von der Marienbrücke am Schloss Neuschwanstein oder gleich von der Geiselsteinnordwand!" Und schon hallte ihr kullerndes Lachen über die Berghänge hin und warf ein ebenso kullerndes Echo zurück.

Der Steigenberger Charly schaltete sich jetzt ein und meinte, man müsse beim nächsten Fest doch besser aufpassen, dass da nicht zu viele Fremde mit dabei seien. Die schleusen alles Mögliche an Pillen und Drogen herein und am Ende könne keiner mehr kontrollieren, was da für ein Scheiß dabei entstehen kann. Sprach's und erhob sich, um grantelnd die Festwiese in Richtung seines Heimatortes Pfronten marschierend zu verlassen.

Auch Fritz und der inzwischen wieder dazugestoßene Max machten sich nun so wie alle anderen auf den Heimweg. Sie nahmen Lilo mit, die bald darauf auf dem Rücksitz des gelben VW ihren Drogentrip mit einem von lautem Schnarchen begleiteten Tiefschlaf beendete.

Max erzählte auf dem Weg nach Füssen, wie sehr ihn die beiden Burgruinen gerade im Feuerschein seines Ludwigfeuers beeindruckt und inspiriert hätten.

„Ich verstehe jetzt auch, dass der König Ludwig da drüben bei Pfronten auf der Burgruine Falkenstein ein weiteres Schloss im mittelalterlichen Stil hat bauen wollen. Ich hätte allerdings Freyberg-Eisenberg vorgezogen", erklärte er, „denn hier ist viel mehr Ausstrahlung vorhanden. Da oben spüre ich so viel positive Energie, die mir Kraft und Fantasie gibt."

Und jetzt erzählte Max, wie er beim stundenlangen Starren in das große Feuer auf einmal das Klirren von Schwertern, Hufegetrampel und mittelalterliche Musik vernommen habe. Mit der Zeit seien dann auch Bilder dazugekommen und immer deutlicher habe er ein großes Volksfest mit Verkaufsbuden, einer Theaterbühne und bunt bevölkerten Brotzeitbänken gesehen. Da waren Gaukler, Jongleure und Stelzengänger, und ganze Ochsen drehten sich am Spieß.

Auf dem Sattel zwischen den Burgruinen habe er schließlich eine Arena für ein mittelalterliches Turnier gesehen. Zunächst seien da Bogenschützen zum Wettkampf angetreten. Der mit lauten Fanfarenklängen angekündigte Höhepunkt des Festes sei aber ein richtiges Pferdeturnier gewesen, mit lanzen- und schildbewehrten Rittern in prächtigen Rüstungen auf schnaubenden Rössern. „Es war wie in einem Historienfilm. Mensch, Fritz, stell dir vor, wir hätten genug Geld, um so eine Idee in die Tat umzusetzen!" Das Freyberg-Eisenberger Ritterturnier! Ich bin mir sicher, das wäre die Touristenattraktion schlechthin, und wir hätten für immer ausgesorgt!"

‚Seltsame Träume hat der Max', dachte sich Fritz, ‚aber eigentlich wäre das keine so schlechte Geschäftsidee. Man müsste nur jemanden finden, der die nötige Kohle dafür mitbringen würde – aber woher nehmen und nicht stehlen?'

*

Ende Juni fuhr fast die Hälfte der Schüler aus den beiden zwölften Klassen für eine Woche nach Bonn zu einem politischen Seminar der Konrad Adenauer Stiftung. Fritz Haksch hatte die Fahrt organisiert. Eigentlich hatte er ja nur eine Einladung für ein kostenloses Seminar für Schulsprecher erhalten. Er wollte die Gelegenheit selbstverständlich nutzen, aber wenn möglich nicht allein. Ein Anruf bei der Parteistiftung brachte die erfreuliche Tatsache zu Tage, dass man dort um jeden Gymnasiasten froh sei, der so ein Seminar besuchte. Erfahrungsgemäß, so wurde ihm erklärt, würden sich zu diesen Schulsprecherseminaren weit weniger Personen anmelden als Plätze zur Verfügung stünden. So sei man auch durchaus bereit, die Kosten für mehrere Personen aus ein und demselben Gymnasium zu übernehmen.

Als Fritz dann in den beiden zwölften Klassen gefragt hatte, wer denn Lust hätte, zum Nulltarif mit der Bahn nach Bonn beziehungsweise nach Bad Godesberg zu einem Parlamentsseminar der Konrad Adenauer Stiftung zu fahren, hatte er zunächst ungläubiges Staunen geerntet. Nachdem er aber die entsprechenden Prospekte verteilt und die äußerst aussichtsreiche Telefonauskunft erläutert hatte, meldeten sich binnen weniger Tage zwölf Schüler an.

Als einzige zu überwindende Hürde für die Reise nach Bonn erwies sich zunächst der Direktor des Gymnasiums. Die Fahrt sollte selbstverständlich während der Schulzeit stattfinden, durchaus mögliche Ferientermine hatten die Zwölftklässler einstimmig als schülerunfreundlich verworfen. Direktor Trittrasen wollte nicht glauben, dass so viele Schüler gleichzeitig zu so einem Seminar eingeladen werden. Doch Fritz lieferte ihm innerhalb einer Woche die Anmeldebestätigung für die ganze Reisegruppe, argumentierte mit dem hohen Wert der politischen Bildung in einer Demokratie und der einmaligen Chance, kostenlos ein Dutzend Schüler an einem Höhepunkt dieser politischen Bildung teilhaben zu lassen. Trittrasen ließ sich durch diese Argumente, wenn auch recht widerstrebend, zur notwendigen Schulbefreiung für die ganze Truppe bewegen, und Fritz Haksch wurde anschließend mit lautem Hallo ob der guten Nachricht von seinen zukünftigen Mitreisenden gefeiert.

In Bad Godesberg wohnten sie in einem Heim der Konrad Adenauer Stiftung. Auf dem Programm standen jeweils vormittags Seminare zur politischen Bildung, nachmittags Besuche im Bundestag und einmal auch eine Schifffahrt flussaufwärts bis nach Linz am Rhein.

Die Abende waren frei, und schon am ersten Tag hatte die Allgäuer Schülergruppe mit der Godesburg, die nicht weit vom Quartier gelegen war, einen idealen Ort für deren Gestaltung gefunden. Unter den Teilnehmern des Seminars befanden sich überraschenderweise zwei weitere Allgäuer aus Kaufbeuren, die sich gerne ihren Landsleuten anschlossen. Rechtzeitig vor Ladenschluss deckte man sich mit den notwendigen Getränken und Rauchwaren ein. Das ideale Wetter spielte auch mit und präsentierte laue Sommernächte, die man, die üblichen Zweiliterpullen Lambrusco in größerer Zahl genießend, ratschend, lachend und blödelnd auf der Burg verbrachte.

Die lange Nacht beziehungsweise das späte Zubettgehen führte schon am zweiten Tag dazu, dass Fritz als Verantwortlicher der Allgäuer Gruppe zu einem Gespräch mit dem Leiter des Hauses gebeten wurde. Man erklärte ihm dabei, dass man schon erwarte, dass die Teilnehmer am Parlamentsseminar auch am Vormittag in den Seminarräumen zu den Veranstaltungen erscheinen. Es gehe auf keinen Fall, dass das Reinigungspersonal nach dem Frühstück nicht in die Zimmer könne, weil dort noch vom nächtlichen Treiben Geschädigte ihren Schlaf nachholen müssten.

Fritz versprach Besserung, wohl wissend, dass man die verbleibenden zwei Tage schon noch über die Runden bringen würde. Er kümmerte sich aber zusammen mit Max energisch darum, dass die Zimmer ab neun Uhr vormittags geräumt waren, was zwar einerseits die Putzfrauen beschwichtigte, andererseits aber dazu führte, dass sichtbar müde und verkaterte Seminarteilnehmer den Vorträgen über die repräsentative Demokratie, das Wahlsystem oder das Parteienspektrum der Bundesrepublik Deutschland zu folgen versuchten, ohne die Referenten allzu sehr zu stören.

Die schienen allerdings durchaus an solche Zuhörer gewöhnt zu sein, sahen über den doch bei einigen Schülern recht erbarmungswürdigen Zustand großzügig hinweg und spulten ihr Programm routiniert ab. Als einer der Allgäuer dann doch besonders auffiel, weil er, die linke Wange in die Hand geschmiegt und mit seinem Ellenbogen auf dem Tisch abgestützt, tief schlafend über die Tischkante hinaus abgerutscht war und nun krachend vom Stuhl in den Seitengang stürzte, meinte der geistesgegenwärtige Vortragende in einem so ganz nebenbei eingeschobenen Nebensatz, „und der erste Teilnehmer verabschiedet sich Richtung Heizkörper", um dann emotionslos weiter die Entstehung der CDU nach dem Zweiten Weltkrieg zu behandeln.

Am Donnerstagabend stand eine Diskussionsrunde mit dem Bonner Korrespondenten der Süddeutschen Zeitung auf dem Programm. Zunächst hatten die Allgäuer ernsthaft erwogen, auch diesen Abend auf der Godesburg zu verbringen und den offiziellen Programmpunkt einfach zu ignorieren. Doch Fritz und Max, beide seit Langem Leser der SZ, konnten die anderen, wenn auch recht mühsam, doch davon überzeugen, dass eine bayerische Schülergruppe schon die Pflicht habe, einem Korrespondenten einer bayerischen Zeitung, noch dazu keinesfalls einer konservativen Zeitung, hier in Bonn bei der Konrad Adenauer Stiftung die Ehre zu erweisen.

Die Diskussion beschäftigte sich mit der Bildungspolitik und vor allem den angestrebten Universitätsreformen, in denen Fritz nichts weiter sah als Versuche, die politisch aktive Studentenschaft zu disziplinieren, insbesondere durch die Aberkennung eines allgemeinpolitischen Mandats.

„Wir dürfen es nicht zulassen, dass man den Studenten und deren gewählten Vertretungen das Recht auf Demonstrationen und sonstige öffentliche Meinungskundgebungen abspricht! Studentenvertretungen müssen auch ein allgemeinpolitisches Mandat haben!", ereiferte er sich in der Diskussion, erntete dabei aber heftigen Widerspruch aus den Reihen der anderen Teilnehmer, die zwar aus dem gesamten Bundesgebiet angereist waren, aber doch nahezu alle, wie sich nicht unerwartet schon am ersten Tag herausgestellt hatte, der CDU/CSU bzw. der Jungen Union zuzurechnen waren. Bald entwickelte sich ein immer heftiger werdender Streit, den der Zeitungsvertreter aber souverän und abgeklärt zu moderieren wusste.

Nachdem die Emotionen sich mit der Zeit doch stark aufgeschaukelt hatten, bildete sich neben dem inhaltlichen auch ein landsmannschaftlich ausgerichteter Zweifrontenkrieg. Schließlich stritt man nicht mehr um die Bildungspolitik, sondern es ging um die Nachteile oder Vorteile, die ein Abiturient in den einzelnen Bundesländern durch die Einführung des Numerus Clausus und den zugehörigem Bonus- oder Malussystemen für die einzelnen Länder habe.

Die Bayern verwiesen einhellig auf ihr bekanntermaßen bundesweit schwerstes Abitur und beklagten entsprechende Nachteile bei der Suche von Studienplätzen, wobei sie gleichzeitig durchaus ihren Stolz ins Spiel brachten, dieses schwere Abitur zu meistern und damit allen anderen überlegen zu sein.

Die Teilnehmer aus anderen Bundesländern wollten das natürlich nicht auf sich sitzen lassen. Eine Schülerin aus dem Saarland warf der Allgäuer Truppe in diesem Zusammenhang gar pauschal vor, von deren überlegener Bildung wäre hier aber kaum etwas zu bemerken – ja, sie stelle vielmehr starke Defizite im Gebrauch der deutschen Sprache fest, was es ihr mitunter sehr schwer mache, der Argumentation, die schon inhaltlich meist nicht nachvollziehbar wäre, auch nur rein akustisch zu folgen. Da platzte dem Steigenberger Karl aus Pfronten endgültig der Kragen.

„Jetzt reicht's aber!", brüllte er aufspringend in die Runde. In bemühtem Hochdeutsch, aber trotzdem stark von seinem heimatlichen Idiom gekennzeichnet, erklärte er dann: „Hiermit stelle ich fest, dass ich mit Stolz ein Bayer, mit noch mehr Stolz ein Allgäuer und mit größtem Stolz ein Pfrontener bin. Für alle, die diesen herrlichen Flecken Heimat nicht kennen: Pfronten ist ein Ort im Füssener Land, bestehend aus dreizehn Dörfern. Ich spreche mit Stolz meinen Heimatdialekt, bin Mitglied im Trachtenverein und spiele die Ziehharmonika. Im Fach Deutsch haben wir Pfrontener manchmal Probleme, ich hab' da leider nur einen Dreier, was in manch anderem Bundesland aber mindestens ein Zweier wäre, habe aber dafür in Mathe und Physik einen Einser.

So, jetzt wisst ihr Bescheid, und darüber hinaus habe ich keine Lust mehr, mich hier von Leuten beleidigen zu lassen, die gewiss auch nichts Besseres sind als wir Allgäuer hier, ja, einige davon sicher mit deutlich weniger schulischem Niveau!"

Der Vertreter der Süddeutschen Zeitung, der schon den ganzen Abend seine Sympathie für seine Landsleute nicht ganz hatte verbergen können, nahm diesen mit so viel Pathos vorgetragenen Beitrag des Steigenberger Karl zum willkommenen Anlass, die ohnehin schon sehr zerfahrene Diskussion für beendet zu erklären. Anschließend lud er die ganze Allgäuer Truppe noch in einen Nebenraum zu einer Bierrunde ein und freute sich dort sichtlich, einmal mit so vielen bayerischen jungen Leuten zwanglos plaudern zu können.

Zum Leidwesen von Fritz hatte sich auch ein Mitarbeiter des Hauses zu der Runde gesellt, ein Student der Frankfurter Universität, der hier in den Semesterferien ein Praktikum absolvierte und dessen Aufgaben im Wesentlichen in der Betreuung der Gäste und in der Organisation des Besuchs- und Ausflugsprogramms bestanden. Schon in den Tagen zuvor hatte Fritz bemerkt, dass sich der Student doch recht auffällig an eine Mitschülerin aus der 12 b herangemacht hatte. Der berichtete nun über die Auseinandersetzungen zwischen Studenten und Professoren an der Universität in Frankfurt, wo er Politik und Soziologie studiere, und wurde in seinen Schilderungen von Bier zu Bier mehr und mehr zum Helden des studentischen Widerstands gegen eine verkrustete und autoritäre Unibürokratie und eine stockkonservative Professorenschaft. Die Lisa-Marie aus Nesselwang, die Fritz eigentlich schon seit der Grundstufe im Gymnasium recht gern gemocht hatte, und der er auf dieser Fahrt, so hatte er es sich im Voraus ausgemalt, bei einer sich bestimmt ergebenden Gelegenheit näherzukommen hoffte, himmelte nun diesen Frankfurter Studenten an. Schon in den Tagen zuvor war sie ihm kaum noch von der Seite gewichen, und jetzt lehnte ihr Kopf mit dem langen blonden Haar auch schon an seiner Schulter, ihre Finger suchten die seinen, zwei Hände verschränkten sich und bald darauf verließen beide unter den missbilligenden, zornigen Blicken von Fritz Haksch den Raum. Ein langes intensives Gespräch mit dem Redakteur lenkte Fritz anschließend von dieser für ihn so schmerzlichen Niederlage ab. Er ärgerte sich, dass er nicht schon vor der Bonnfahrt den Mut besessen hatte, sich gegenüber der Lisa-Marie zu erklären und sie um ihre Freundschaft zu bitten, und verstand nicht, warum er, der sonst so forsch und bestimmt in der Schule und auch in politischen Diskussionen aufzutreten pflegte, gegenüber den Mädchen immer so schüchtern und unsicher war, dass das mit einer richtigen Freundin wohl nie etwas werden würde.

Später, auf dem Zimmer, fraß er seinen Groll, unterstützt durch den Genuss einiger Gläser Rotwein, in sich hinein, gab seinen Kameraden, die schon bald bemerkt hatten, dass er auf einmal in eine sehr depressive Stimmung verfallen war, keinerlei Auskunft auf deren besorgte Fragen, stierte noch eine halbe Stunde ein Loch in die Zimmerwand, um dann, ohne die anderen noch einmal zu beachten und den Kopf voll mit Weltschmerz, einzuschlafen.

*

Fritz saß ganz vorne am Bug eines Rheinschiffes, das flussaufwärts nach Linz unterwegs war. Diese Rheinfahrt sollte der touristische Höhepunkt der Seminarwoche werden. Das Wetter spielte mit und unter einem strahlend blauen Himmel saß die Allgäuer Truppe auf dem Sonnendeck und konnte sich an der Landschaft des Rheintals einfach nicht sattsehen. „Fascht so schön, wia bei uns im Allgäu", stellte der Steigenberger fest, um dann doch erschrocken über diesen schon fast an Landesverrat grenzenden Gefühlsausbruch sofort hinzuzufügen: „Aber bloß fascht! Dahoim isch es allaweil no viel schönr!"

Auch Max Wachsbleitter war mitten in der Gruppe, hatte sich von der allgemeinen Begeisterung mitreißen lassen und daher lange Zeit nicht bemerkt, dass Fritz fehlte.

Als ihm dessen Fehlen dann doch einmal aufgefallen war, ging er ihn suchen und fand ihn ganz allein sitzend und mit starrem Blick in die beiden Bugwellen blickend. Er setzte sich zu seinem Freund und versuchte ihn aufzumuntern und aus seiner elenden Stimmung herauszuholen.

„Geh, Fritz, lass dir doch diesen wunderschönen Tag nicht versauen. Was ist denn eigentlich los mit dir? Du bist schon seit gestern Abend so komisch und keiner weiß, warum. Jetzt sag halt schon, was mit dir los ist!"

Lange blieb Fritz stumm. Es fiel ihm schwer, über seine Probleme zu reden, obwohl er mit seinem Freund Max eigentlich über fast alles reden konnte.

Endlich brachte er doch den Mund auf und berichtete von seinem Ärger über den Frankfurter Studenten und den noch viel größeren Ärger über seine Schüchternheit gegenüber den Mädchen.

„Weißt du, ich komm mit den Mädchen in der Klasse oder in der Clique prima klar. Da gibt's eigentlich keine Probleme. Das beste Beispiel ist da die Lilo. Wir mögen uns, verstehen uns saugut, machen auch viel miteinander und haben dabei jede Menge Spaß. Und so ist es mehr oder weniger mit fast allen Mädchen. Aber wenn ich einmal mehr will von einer, wenn ich an eine weitergehende, feste Beziehung denke, dann beißt's bei mir aus. Mir wär' natürlich auch nicht jede recht, und darum kommt da halt selten eine in Frage. Die aber wollen sicher nichts von mir wissen, da sehen andere eben doch viel besser aus und stellen mehr dar als so ein mickriges Arbeiterkind wie ich. Es ist einfach zum Kotzen! Aber am liebsten würd' ich jetzt da ins Wasser hineinspringen, damit endlich eine Ruhe wär' damit!"

„Du redest einen richtigen Schmarren, Fritz, einen richtigen Bockmist faselst du da zusammen. Ich hab' schon gemerkt, dass du es auf die Lisa-Marie abgesehen hattest, aber dass das nichts wird, war mir schon von vornherein klar. Erstens passt die nun wirklich nicht zu dir, wenn sie auch super aussieht, und so auch ganz in Ordnung ist. Aber dass sie jetzt mit diesem Aufschneider von Studenten herummacht, das sollte dir auch zeigen, dass du 'was Besseres verdient hast. Und wirst sehen, die Richtige kommt schon noch. Also Kopf hoch, wir legen in wenigen Minuten in Linz an, da lad ich dich auf ein richtig gutes Bier ein und dann schaut die Welt gleich wieder anders aus."

So ganz überzeugen konnte Max seinen Freund zwar nicht, aber es hatte ihm immerhin ganz gut getan, einmal sein Problem so deutlich anzusprechen. Und so gesellte er sich doch wieder zu seiner Gruppe, wenn auch weniger leutselig und entgegen seiner sonstigen Art doch recht still und zurückhaltend.

Am Abend, auf einer Parkbank auf der Godesburg, es war die letzte Nacht vor der Heimfahrt, gab es dann noch eine lange Unterhaltung zwischen den beiden Freunden. Der viele Wein löste auch bei Max die Zunge und bald stellten beide fest, dass sie durchaus ähnliche Probleme bei der Suche nach einer festen Freundin hatten.

„Weißt du was", stellte Max am Ende fest, „ich bin mir sicher, dass du schon irgendwann die passende Frau findest. Bei mir aber wird das sowieso nichts. Da steht schon die Familientradition dagegen. Keiner meiner männlichen Vorfahren ist ja viel älter geworden, als ich es jetzt bin. Und so wie es ausschaut, werde ich in den paar Jahren, die mir noch bleiben, keine mehr finden. Ich will eigentlich auch gar nicht. Da gibt's dann bloß wieder eine trauernde junge Witwe, womöglich wieder einmal mit einem vaterlosen Halbwaisen. Es langt schon, dass das bei mir, bei meinem Vater, Großvater und Urgroßvater so war.

Max nahm einen kräftigen Schluck aus der Lambruscoflasche, schaute dann lange hinauf zum sternklaren Himmel, um schließlich mit brüchiger Stimme weiterzureden: „Manchmal denk' ich, es wäre besser, nicht darauf zu warten, dass das Schicksal auch bei mir zuschlägt. Vielleicht wäre es besser, nicht darauf zu warten, sondern die Sache selbst in die Hand zu nehmen."

„Du spinnst!", rief nun Fritz empört dazwischen. „Was soll jetzt der Quatsch? Solche Gedanken darfst du nicht haben. Was mit deinen Vorfahren passiert ist, das ist doch schon Zufall genug. Dass das auch mit dir so kommen könnte, das ist schon von der Wahrscheinlichkeit her so gut wie ausgeschlossen."

„Lass gut sein, Fritz", meinte nun Max. „Mit Wahrscheinlichkeit oder wissenschaftlichem Denken hat das nichts zu tun. Ich fühle es doch schon so lange in mir, dass auch ich dem Familienfluch nicht entkommen kann. Und in letzter Zeit spür ich es immer fester, dass da etwas im Kommen ist. Um dich tät es mir leid, Fritz, du bist ein prima Kumpel, aber sonst seh' ich immer weniger Grund, ein langes Leben zu führen."

„Was soll jetzt auch das noch?", entrüstete sich Fritz. „Gerade heute auf dem Schiff hast du mir noch von den Schönheiten der Rheinlandschaft vorgeschwärmt und zu Hause kriegst du dich manchmal gar nicht mehr ein, so schön findest du den Königswinkel bei uns!"

„Mag ja sein, Fritz, aber es wird nicht so bleiben. Hast du gesehen, wie dreckig braun das Rheinwasser war? Und es hat gestunken wie Odel! Schau dich um bei uns. Immer mehr wird die Landschaft zugebaut, massenweise karren sie die Touristen in die Berge. Und eine Skipiste nach der anderen wird in die Bergwälder geschlagen. Die Tegelbergbahn ist so ein Fluch für die Zukunft, und bald werden sie auch noch Autobahnen entlang und in die Berge hineinbauen.

Manchmal denke ich mir, dass ich das alles gar nicht mehr mitbekommen will. Die Luft wird verpestet, das Wasser vergiftet und immer mehr Müll landet in der Landschaft. Manchmal kannst du schon kaum noch ans Lechufer gehen, weil überall der Dreck angespült wird! Und von Krieg und Folter will ich schon gar nicht mehr reden! Wer weiß, ob es da nicht gut ist, wenn man möglichst schnell und spurlos von dieser Welt verschwindet.“

Lange schwiegen die beiden Freunde jetzt. Fritz zündete sich eine Gauloise an und meinte nach ein paar tiefen Lungenzügen: „Ich mag es nicht, wenn du so daherredest. Vieles stimmt ja, aber eben nur teilweise, es gibt doch auch so etwas wie Fortschritt. Wir können politisch etwas erreichen und die Welt verbessern, und die Probleme mit Luft, Wasser und Müll kann die Menschheit sicher durch mehr Fortschritt in den Griff bekommen.“

„Ich glaub’ da nicht mehr dran, Fritz. Würdest du es noch verantworten können, in diese Welt ein Kind zu setzen? Ich könnte das nicht. Und drum wird es wohl gut sein, wenn ich gar keine Gelegenheit mehr dazu bekomme.

Ich gehe jede Wette mit dir ein, Fritz, dass ich nicht mehr lange leben werde. 25, höchstens dreißig Jahre gebe ich mir, wahrscheinlich werden es sogar deutlich weniger.“

„Jetzt hör’ doch auf mit diesem Blödsinn vom frühen Tod! Du machst mir ja noch richtig Angst. Pass auf, ich wette mit dir, dass das alles Quatsch ist. In fünfzig Jahren treffen wir uns dann auf einem Klassentreffen im Hotel Hirsch, und ich sag dir dann, was für einen Unsinn du damals in Bonn verzapft hast!“

Max stand jetzt von der Bank auf, streckte Fritz die Hand hin und erklärte: „Also gut, dann wetten wir eben. Ich sage, dass ich keine 25 Jahre alt werde, und du hältst dagegen. Wer gewinnt, der zahlt dem anderen eine Kasten Bier. O.K.?"

Fritz schlug ein und besiegelte damit die Wette, obwohl ihm dabei eigentlich nicht besonders wohl war. Erst später, kurz vor dem Einschlafen, fiel ihm ein, dass er, sollte er seine Wette verlieren, seinem Freund die Wettschuld gar nicht mehr würde ausbezahlen können.

In der Nacht schlief er schlecht, wachte mehrmals mit Sodbrennen auf, das er mit Wasser aus dem Wasserhahn am Waschbecken zu bekämpfen versuchte, und hatte schließlich einen seltsamen Traum, dessen Bilder ihn noch lange Zeit nicht in Ruhe lassen sollten.

Er sah sich im Traum in einem alten Friedhof vor einem frischen, mit Kränzen belegten Grabhügel stehen. Rechts und links ragten zwei hohe Zypressen auf, Nebelschwaden verstellten weitgehend den Blick auf die weiteren Gräber und Grabsteine und ein bleicher Mond erhellte die Szene spärlich.

Vor ihm stand ein Kasten Bier, aus dem er Flasche für Flasche entnahm und unter Tränen über das Grab seines Freundes goss. Sein Blick fiel auf das schlichte Holzkreuz mit dem schwarzen Schleier. Mit einem Reißnagel daran befestigt war ein Sterbebildchen mit einem Foto. Das Bild zeigte zunächst Max, verschwamm dann aber mehr und mehr, bewegte sich wie unter leichten Wasserwellen, wurde zwischenzeitlich wieder klarer, die Gesichtszüge veränderten sich, und jetzt sah er klar und deutlich das Bild König Ludwigs des Zweiten, genau das Portrait, das er mit Max zusammen aus der Wirtschaft in Füssen gestohlen hatte. Gerade konnte Fritz noch den Anfang des Textes unter dem Bild lesen: „Ertrunken im Starnberger See am 13. Juni 1971 …"

*

Die Rückfahrt am nächsten Tag verlief äußerst ruhig. Die meiste Zeit hingen die Allgäuer Reisenden schlafend in ihren Sitzen. Die letzte Nacht war für alle doch recht lang gewesen, einige hatten es tatsächlich geschafft bis zum Frühstück durchzumachen. Erst als man in Augsburg umsteigen musste, kam wieder etwas Leben in die Truppe. In Kaufbeuren verabschiedeten sich die Füssener überschwänglich von den beiden neu hinzugekommenen Freunden, die so hilfreich in der Auseinandersetzung mit den „Saupreußen da droben" gewesen waren, und versprach, sich gegenseitig baldmöglichst zu besuchen.

„Fortfahren ist schon schön!", rief der Steigenberger Karl, als er endlich seine geliebten Allgäuer Berge wieder am Horizont entdeckt hatte, „aber das Heimkommen ist halt doch noch viel schöner!" Und so trennte man sich bald darauf am Füssener Bahnhof. Max hatte seinen VW hinter dem Bahnhof geparkt und fuhr seinen Freund Fritz noch nach Hause, ehe er sich zu seinem Häuschen unten am Lech aufmachen wollte.

Den ganzen Tag über hatten die beiden das Thema der letzten Nacht ruhen lassen und auch die Fahrt vom Bahnhof zur Wohnung von Fritz verlief ohne Gespräch. Als Fritz mit seiner Reisetasche schon ausgestiegen war, rief er seinem Freund noch zu: „Servus, Max, und bitte, mach ja keinen Scheiß!"

*

Das Schuljahr ging allmählich seinem Ende entgegen, als erstes für die Abiturienten. Einem alten Brauch entsprechend nächtigten diese nach den letzten Prüfungen ein Wochenende lang am Füssener Sportplatz, um ungezwungen miteinander ihren Schulabschluss feiern zu können. Dabei wurden nicht nur die Schulhefte und Schreibblöcke verbrannt, sondern man unternahm auch nächtliche Ausflüge in die nahe Stadt, zunächst zu den einschlägigen Lokalen und später, wenn die Kneipen schon geschlossen hatten, auch zum Gymnasium, um dort den einen oder anderen Abiturscherz in die Tat umzusetzen.

Besonders angetan hatte es den Abiturienten aber das Denkmal des Prinzregenten Luitpold, das vor der ehemaligen Oberrealschule stand. Wie schon in den Vorjahren geschehen, zeigte sich der Regent auch nach diesem Wochenende deutlich verändert: Er trug einen schrillen Hut mit langer Pfauenfeder und bunte Frauenkleider.

Fritz und Max waren am Morgen auf dem Weg zur Schule am Denkmal vorbeigekommen, dann dort stehen geblieben und diskutierten nun die schöpferischen Fähigkeiten der diesjährigen Abgangsklassen, wobei Max allerdings grundsätzliche Bedenken gegen die seiner Meinung nach fragwürdige Behandlung eines ehemals königlich bayerischen Regenten äußerte, als sie von einem fremden jungen Mann angesprochen wurden. Nachdem sie ihm erklärt hatten, was es mit dem künstlerisch veränderten Denkmal auf sich hatte, kamen sie weiter ins Gespräch, und es stellte sich heraus, dass der Fremde zu den Mitgliedern des Falkenlagers gehörte, das alljährlich im Sommer nahe Schwangau von der Jugendorganisation der SPD für Teilnehmer aus ganz Deutschland abgehalten wurde.

Die Schule war nun überhaupt nicht mehr interessant für die beiden, vielmehr begab man sich schnurstracks in das Bierstüble des Hotels Hirsch, wo der noch mit Aufräumen und Herrichten beschäftigte Kellner es durchaus gewohnt war, dass auch schon zu so früher Stunde immer wieder einmal Schulschwänzer bei ihm hereinschauten und ein frühes Bier genossen.

Der Juso aus Nordrhein-Westfalen wurde vor allem von Fritz geradezu mit Fragen gelöchert. Ziemlich schnell waren sie dabei beim Thema Vietnamkrieg gelandet, und es zeigte sich, dass die Grundeinstellung der jungen Leute ziemlich deckungsgleich war. Jupp, so hieß der Zeltlagerjuso, erzählte schließlich, dass sie im Lagerrat schon darüber gesprochen hatten, dass es doch ganz gut wäre, auch hier in Füssen eine Demonstration mit dem Thema „Amis raus aus Vietnam!" auf die Beine zu stellen.

Fritz war sofort Feuer und Flamme für diese Idee. Endlich würde sich auch im politisch verschlafenen Füssen etwas rühren. „Ich bin sofort dabei!", rief er voller Begeisterung. „Mensch, Max, da sorgen wir über die Schülermitverwaltung dafür, dass die ganze Oberstufe aufmarschiert! Ich bin sicher, dass die meisten von unserer Schule mitmachen werden."

Er versprach Jupp, dass sie in Kontakt bleiben würden, und nur eine Woche später, nach mehreren Besprechungen im Falkenlager, stand der Termin der Demonstration mit dem ersten Freitag im Juli um 12 Uhr mittags fest. Die Organisation, insbesondere die notwendige Anmeldung der Demonstration bei der Polizei, übernahm die Leitung des Falkenlagers, Fritz und Max sollten sich darum kümmern, dass auch die Füssener Jugendlichen mitmarschieren.

Und so bat Fritz beim Direktor des Gymnasiums um ein dringendes Gespräch, das allerdings vollkommen anders verlief, als er sich das im Voraus gedacht hatte. Oberstudiendirektor Trittrasen zeigte deutlich, dass er von solchen politischen Veranstaltungen grundsätzlich nichts hielt, verbat sich eine inhaltliche Diskussion über das Thema Vietnam beziehungsweise Friedenspolitik und erklärte seinem Schülersprecher klipp und klar, dass politische Betätigung in der Schule von vorneherein nichts zu suchen habe. Keinesfalls wäre er bereit, den Demonstrationsteilnehmern schon ab der vierten Stunde schulfrei zu geben, wie Fritz es im Namen der SMV gefordert hatte. Auch das Aushängen von Plakaten oder sonstigen Aufforderungen zur Demonstrationsteilnahme werde er nicht genehmigen. Der Schulfrieden und die politische Neutralität des Gymnasiums seien hohe Ziele, die es gerade gegenüber jugendlichem Übermut und unkontrollierter Unreife zu verteidigen gelte. Eindringlich warnte er Fritz Haksch davor, diese seine Anordnungen nicht zu befolgen und wies extra noch einmal darauf hin, dass die entsprechenden Anordnungen auch für die Schülerzeitung und den SMV-Schaukasten im Eingangsbereich der Schule gelten. Besonders warnte er dann noch davor, für die Teilnahme an der Demonstration den Unterricht zu schwänzen. Er werde höchstpersönlich die Anwesenheit der Schüler kontrollieren, so kündigte er an, und jeden Verstoß gegen die Schulpflicht zumindest mit einem Schulverweis ahnden.

Vollkommen deprimiert und desillusioniert erzählte Fritz anschließend im SMV-Zimmer von seinem Gespräch mit dem Direx. „Als wir den Nationalsozialismus in der elften Klasse beim Trittrasen in Geschichte durchgenommen haben, da hagelte es große Worte von politischer Verantwortung, von Widerstandsrecht und Zivilcourage, von Verteidigung der Freiheit und von Menschenrechten! Wenn man den da so dozieren hörte, da musste man schon fast glauben, er selber wäre bei der Weißen Rose oder beim Aufstand des 20. Juli dabei gewesen! Alles nur Sonntagsreden!

Kaum kommt ein bisschen aktuelle Politik in's Spiel, dann gilt das alles nicht mehr und der Herr zieht den Schwanz ein! Der ist genauso reaktionär wie die meisten anderen hier auch und will nur seine Ruhe haben! Wie mich das alles ankotzt! Schule als politikfreier Raum, dass ich nicht lache! Wenn der Bundestagsabgeordnete von der CSU hier auftaucht und seine Parteipropaganda verbreiten darf, dann hört man nichts von politischer Neutralität! Da hocken dann alle Lehrer brav da, zwingen die Schüler mit dazu und verteilen im Voraus ein paar harmlose Fragen, damit es ja zu keinen unliebsamen Überraschungen kommt!"

Nachdem Fritz so lauthals Dampf abgelassen hatte, überlegten die Schüler, wie sie trotz der restriktiven Haltung des Direktors an der Schule Werbung für die Demo machen und natürlich auch daran teilnehmen könnten. Eine ganze Reihe erklärte sich bereit, trotz der Androhung einer Schulstrafe für die Veranstaltung den Unterricht zu schwänzen, und bei den Schülern für diese Haltung noch weitere Mitstreiter anzuwerben.

Als der Tag der Demonstration gekommen war, marschierten gut hundert Teilnehmer des Falkenlagers mit roten Fahnen und, in vorderster Front, einem Transparent mit dem Slogan „Amis raus aus Vietnam" vom Ortseingang beim Pulverturm zum Bahnhofsvorplatz, wo nach einer Ansprache ihres Organisationsleiters die Aktion ihr Ende finden sollte.

Fritz und Max waren sehr enttäuscht, dass sich aus Füssen selbst, insbesondere aus dem Gymnasium, nur wenige Mitdemonstranten dazugesellt hatten. „Mensch Max, da müsste es doch eine Stadt-SPD geben, und wenn mich nicht alles täuscht, gab es doch auch schon einmal eine Gruppe von Jungsozialisten", ereiferte sich Fritz.

„Die kannst du alle vergessen", meinte Max, „von den SPD-lern hörst du das ganze Jahr nichts, nur bei Wahlen sind die mit ihren Plakaten präsent, und die Jusos sind ein kleiner Haufen von vielleicht drei, vier Leuten. Die treffen sich mangels Masse einmal im Monat mit den etwas stärkeren Jusos von Kaufbeuren. Ich hab' gestern einen von den Stadtjusos getroffen, den Paul, aber der hat gar nichts von der Demo gewusst. Die Falken haben wohl vergessen, den Kontakt zur lokalen Politik herzustellen. Immerhin wollte er noch ein paar Leute mobilisieren, und ich glaub', ich hab ihn auch etwas weiter hinten im Zug gesehen."

„Wir dürfen auch gar nichts sagen. Vom Gymnasium sind wir, wenn ich so herumschaue, gerade mal zehn, zwölf Hansel, und das alles solche, die schon um halb zwölf aus hatten. Der Trittrasen wird sich freuen, dass er seinen Laden so unter der Fuchtel hat!"

„Ganz so groß wird die Freude nicht sein. Immerhin gibt es genug Aufgeregtheiten wegen dem Fassadenspruch über dem Haupteingang. Das war doch eine tolle Aktion. Ich möchte bloß wissen, wer das so sagenhaft hingekriegt hat!"

Der kleine Demonstrationszug hatte sich inzwischen in Bewegung gesetzt und passierte kurz darauf das Gebäude des Gymnasiums. Über dem Haupteingang, zwischen Parterre und erstem Stock, war über Nacht ein Schriftzug aufgemalt worden. „Das Verbieten ist verboten!", stand da mit knallroter Farbe deutlich zu lesen, und der auf einer Leiter stehende bedauernswerte Hausmeister versuchte gerade vergeblich, diese Ungeheuerlichkeit mit Wasser und Putzmitteln wieder verschwinden zu lassen.

„Wenn sie den erwischen, der das gemacht hat, der kann sich auf etwas gefasst machen!", meinte nun Max. „Wenn das einer von unserer Schule war, dann fliegt der hochkantig raus, das ist wohl klar."

Fritz grinste jetzt vieldeutig und erklärte seinem Freund: „Es muss ja keiner von der Schule gewesen sein. Es gibt ja auch noch außerhalb gut informierte und schlaue Leute. Wenn ich mir die perfekte Schrift so anschaue, könnte das durchaus auch ein Handwerker, zum Beispiel ein Kirchenmaler gewesen sein. Auf alle Fälle hat er die richtige Farbe, nämlich eine nichtabwaschbare genommen, und wenn ihn dabei keiner beobachtet hat, und ich bin sicher, dass das so ist, dann kommt das nie raus und der Direx ärgert sich erst recht grün und blau!"

Der Demonstrationszug hatte nun unter polizeilicher Begleitung, vielfach von am Gehsteig mitlaufenden, unbekannten Herren fotografiert und von den zufällig vorbeikommenden Passanten meist kopfschüttelnd registriert, von einigen aber auch lauthals beschimpft, seinen Bestimmungsort, den Füssener Bahnhofsvorplatz, erreicht. Über ein Megaphon wurden auch hier noch einmal die Teilnehmer mit Sprechchören wie „Amis raus aus Vietnam" und „Ho-, Ho-, Ho-Chi-Minh" animiert. Der Leiter des Zeltlagers stellte sich nun auf eine Bierkiste, übernahm das Megaphon und hielt eine kurze Ansprache, in der er zu Solidarität mit dem geschundenen Volk von Vietnam aufrief, den Einmarsch der Amerikaner in das benachbarte Kambodscha scharf verurteilte und schließlich die Versammlung für beendet erklärte.

Die Falkentruppe rollte daraufhin ihr Transparent und die roten Fahnen ein, marschierte diszipliniert die Gehsteige benutzend wieder aus der Stadt hinaus und weiter zum Zeltlager bei Hohenschwangau. Auch die wenigen lokalen Teilnehmer hatten sich bald verlaufen, und der Platz bevölkerte sich wieder mit den täglich gewohnten Schülergruppen aus Gymnasium und Realschule, die mit Bussen und der Bahn zu ihren umliegenden Wohnorten transportiert werden wollten.

*

In den letzten Wochen vor den Ferien galt es noch einmal eine Schülerzeitung herauszubringen. Fritz hatte einen Artikel über die Anti-Vietnam-Demonstration geschrieben. Er berichtete dabei zunächst über die Weigerung des Direktors, den Schülern, die daran teilnehmen wollten, schulfrei zu geben, und kritisierte dieses Verhalten der Schulleitung als autoritär und demokratiefeindlich. Nur eine offene und demokratische Schule, so argumentierte er, könne auch dem Auftrag gerecht werden, zukünftige Demokraten heranzubilden. In Schulen aber, in denen wie in Füssen politisches Engagement und demokratische Mitbestimmung verhindert und sogar mit Schulstrafen verfolgt werden, müsse man sich nicht wundern, wenn die Schüler zu Duckmäusern und angepassten Mitläufern geformt würden, die das Grundrecht auf politische Meinungsfreiheit und das Recht auf Demonstrationen allenfalls dann in Anspruch nähmen, wenn es von oben her erlaubt werde. Genüsslich zitierte Fritz hier den bekannten Spruch, nach dem ein Deutscher bei einer Revolution erst eine Bahnsteigkarte löse, ehe er den Bahnhof besetzen würde. Besonders hob er dann den Mut des Unbekannten hervor, der den Spruch „Das Verbieten ist verboten!" über dem Schuleingang angebracht hatte und sprach die Hoffnung aus, dass der oder die Täter nie bekannt würden, da sie an so einer rückständigen Einrichtung wie dem Gymnasium der Lechstadt wohl kaum mit Verständnis, sondern mit restriktiven Strafmaßnahmen zu rechnen hätten.

Fritz hatte in diesen Artikel seine ganze Wut auf Direktor Trittrasen hineingelegt und daher am Ende gefordert, dass in einer demokratischen Schule schließlich auch der Direktor von den Lehrerinnen und Lehrern und von den Schülern in geheimer Wahl gewählt werden sollte. Ein Chef wie der derzeitig amtierende, so schloss er, sollte dann keine Chance mehr haben, sein undemokratisches Unwesen an der Schule zu treiben.

Wie üblich mussten die vorgesehenen Artikel vor der Drucklegung dem sogenannten Vertrauenslehrer zur Genehmigung vorgelegt werden. Studienrat Braun hatte diese Position seit einigen Jahren inne und genoss unter den Schülern einen recht unterschiedlichen Ruf. Viele fanden ihn besonders nett, weil er sich dazu herabließ, viel mit den Gymnasiasten zu reden und zu diskutieren und die Oberstufenklassen mehrmals im Jahr in den Hirschen zu sogenannten Schülerstammtischen einlud. Einige wenige hatten ihn aber schon seit Längerem im Verdacht, dass er diese Veranstaltungen vor allem dazu nutzte, die Schüler auszuhorchen, um die vor allem unter Alkoholeinfluss reichlich fließenden Informationen später an seine Kollegen und vor allem auch an Direktor Trittrasen weiterzugeben.

Die vor Drucklegung notwendige Besprechung mit Vertrauenslehrer Braun drehte sich schon bald nur noch um ein Thema: Braun machte den anwesenden Redakteuren, darunter auch Fritz und Max, eindringlich klar, dass der Artikel über die Demonstration so auf keinen Fall im *Ventilator* erscheinen könne. Die darin erhobenen Vorwürfe an den Direktor würden den Rahmen einer Schülerzeitung eindeutig sprengen, ja, bei einem Verbreiten des Textes müsse der Autor desselben unweigerlich damit rechnen, dass die Staatsanwaltschaft eingeschaltet und ein Verfahren wegen Verleumdung, Beleidigung und Ehrabschneidung in die Wege geleitet werde. Auf den scharfen Protest von Fritz hin räumte er zwar ein, dass er persönlich den Artikel zwar heftig, aber gar nicht so problematisch sehe. Nichtsdestotrotz gehe es hier aber nicht um seine persönliche Meinung, sondern er, Braun, müsse als eine Art neutraler Schiedsrichter dafür Sorge tragen, dass der Schulfrieden gewahrt werde. Der vorliegende Text aber, den er im Übrigen schon dem Direktor zu lesen gegeben habe, würde nach dem Erscheinen fraglos das besagte hohe Gut des Schulfriedens zerstören. Direktor Trittrasen habe aber zu verstehen gegeben, dass er bei einem Zurückziehen des Artikels die ganze Angelegenheit ad acta legen und vergessen würde. Fritz Haksch solle sich diese Chance insofern gut überlegen, als er ja immerhin noch ein weiteres Jahr hier an der Schule bis hin zum Abitur verbleiben wolle. Als Fritz trotz allem darauf bestand, den Artikel im *Ventilator* zu veröffentlichen, stellte Braun klar, dass er jetzt gezwungen sei, für diesen Artikel ein Erscheinungsverbot auszusprechen.

„Dann verkaufen wir die nächste Ausgabe eben nicht in der Schule oder auf dem Schulgelände, sondern auf öffentlichem Grund, zum Beispiel auf dem Gehsteig vor dem Haupteingang!", rief Fritz nun empört.

Doch der Vertrauenslehrer Braun konnte die Redakteure davon überzeugen, dass dies das Ende der Schülerzeitung bedeuten würde, und so willigten bis auf Fritz und Max alle anderen ein, auf diesen Artikel zu verzichten, und auch den Verzicht nicht im Blatt zu thematisieren.

„Es lebe das Grundgesetz! Siehe Artikel 5: Eine Zensur findet nicht statt! Das war dann die letzte Schülerzeitung unter meiner Leitung. Ab jetzt könnt ihr den Laden ohne mich schmeißen!", rief Fritz und verließ den Raum, wobei er die Tür mit lautem Knall hinter sich zudonnerte.

„Für mich gilt das Gleiche!", erklärte nun auch Max und folgte seinem Freund.

*

Am Nachmittag desselben Tages wollte Max seinen Freund Fritz zu Hause abholen, um mit ihm zum Baden zu fahren. Als Max kam, lag Fritz in seinem Zimmer auf dem Bett, darüber hing ein großes Bild von Che Guevara, das er nach einer schwarzweißen Postervorlage selbst popartbunt nachgemalt hatte, vom Plattenspieler dröhnte Procol Harum. Nur mühsam gelang es Max, den enttäuschten Freund dazu zu überreden mitzukommen. Erst als er ihm erzählte, dass er einen ganz besonderen Platz am Alpsee gefunden habe, wo sie beide ungestört vom lauten Badebetrieb an den anderen Seen sein würden, raffte sich Fritz auf, kramte seine Badehose und ein Handtuch aus seinem Schrank hervor und folgte Max hinunter zum Auto.

In Hohenschwangau parkte Max seinen VW unterhalb des Schlosses, von wo er dann den Fußweg am westlichen Ufer des Alpsees nahm. Nach etwa zwanzig Minuten erreichten sie eine Stelle, an der der Pfad steil über dem See an einer etwa zwanzig Meter hohen Felswand verlief. An einem flachen Felsvorsprung blieb Max stehen und rief: „So, da sind wir!" Er rollte sein Badetuch aus, entledigte sich seiner Kleidung, zog die Badehose an und erklärte:

„Das ist mein Lieblingsplatz hier am Alpsee. Schau dir nur mal diese herrliche Landschaft mit dem blaugrünen See, dem Bergwald, den Felswänden da drüben am Säuling und dem sagenhaften Blick hinüber zu Schloss Neuschwanstein an. Da kann man sogar so eine saublöde Schülerzeitung schnell vergessen!"

„Bloß mit Baden wird's nix werden", grummelte Fritz und schaute vorsichtig über die Felskante zum See hinunter.

Kaum hatte er seinen Satz beendet, da sprang Max auch schon auf, lief die zwei Schritte an den Rand des Felsens und rief seinem Freund pathetisch zu: „Da unten wartet das Licht! Nur ein Schritt und wir sind frei!"

Er drehte sich dann um und sprang mit einem riesigen Satz kopfüber zum See hinunter. Staunend hatte Fritz zugesehen, wie Max plötzlich von der Bildfläche verschwunden war. Doch schon wenige Augenblicke später sah er seinen Freund einen kleinen Trampelpfad am Rande des Felsen heraufsteigen, und kurz darauf stand der grinsend wieder auf der Felsplatte.

„Ich hab' in Berichten von Zeitzeugen über Ludwig II. von einem Felsen am Alpsee gelesen, von dem der junge König zum Entsetzen seiner Begleitung immer wieder einmal in den See hinuntergesprungen sein soll. Ludwig galt ja als hervorragender Schwimmer und Taucher, was kein Wunder ist, wenn man hier von so anregenden Badeseen umgeben aufwächst. Ich hab' dann nach der beschriebenen Stelle gesucht und bin mir sicher, dass es genau diese Stelle hier gewesen sein muss. Die Felswand fällt auch unter Wasser senkrecht ab, und der See ist zig Meter tief – also kein Problem für einen Sportler wie dich!"

Vorsichtig schaute Fritz jetzt von der Kante hinunter. So ganz ohne Bedenken war er nicht, aber andererseits vertraute er seinem Freund Max. ‚Was soll's', dachte er, ‚es wird schon nichts passieren.'

Und schon überwand er sich und sprang beherzt ebenfalls kopfüber zum See hinunter. Fritz hielt dabei den Atem an und wartete auf den Aufprall an der Seeoberfläche, vor dem ihm doch ein wenig Bange war. Doch schon tauchte er kerzengerade in das Wasser ein, wurde erstaunlich schnell abgebremst und konnte mit wenigen Beinschlägen zurück an die Oberfläche schwimmen.

Fritz rannte den schmalen Weg zum Felsen hinauf, umarmte seinen Freund und rief: „Mensch, Max! Das ist ja der Wahnsinn! Das macht richtig Spaß!"

„Du musst nur aufpassen, dass du die Badehose beim Eintauchen nicht verlierst. Ist mir schon ein paar Mal passiert", entgegnete Max, griff nach dem Bund an Fritzens Hose, zog kräftig an und ließ den Gummi an den Körper seines Freundes zurückschnalzen. Ehe der sich revanchieren konnte, war Max schon wieder losgelaufen und mit einem lauten Juchzer, dessen Echo von den gegenüberliegenden Hängen zurückhallte, erneut hinunter in den See gesprungen. Jetzt gab es auch für Fritz kein Halten mehr und mit einem noch lauteren Freudenschrei folgte er seinem Freund.

Den ganzen Nachmittag blieben die beiden auf dem Sprungfelsen am Alpsee, sprangen abwechselnd hinunter, mal mit den Füßen voraus, mal kopfüber, um sich dann wieder auf der Felsplatte liegend und tief schnaufend auszuruhen. Und so war zumindest für diesen Nachmittag der Ärger um die Schülerzeitung vergessen.

*

Am letzten Schultag vor den Ferien saßen die Schüler der zwölften Klassen, wie auch schon so oft unter dem Jahr, im Biergarten beim Hotel Hirsch. Die Zeugnisse wurden verglichen, manche überraschenden Noten verwundert zur Kenntnis genommen oder auch heftigst bezüglich ihres Zustandekommens angezweifelt.

„In Deutsch könnet se bei mir nix würfle!", erklärte der Steigenberger grinsend. „Einen Sechser gebet se sowieso nie her, und Eins bis Drei isch für mi unerreichbar. Und weil's einen zweiseitigen Würfel it gibt, tipp i bei meiner Deutschnote auf ein Losverfahren mit einer Münze!"

Bald aber änderte sich der Inhalt der Gespräche. Das alte Schuljahr war vorbei, konnte abgehakt werden, zumal es keinen mit einer Wiederholung getroffen hatte. Man würde sich also im nächsten Schuljahr in der gleichen Konstellation wieder treffen und so gerieten die anstehenden Ferien immer mehr in den Blick.

Fritz erzählte der munteren Runde, dass er schon am nächsten Montag seinen großen Militärrucksack packen werde, den er im Second-Hand-Laden günstig hatte erwerben können, den ebenfalls dort eingekauften Schlafsack obendrauf, um per Anhalter nach Italien zu trampen. Leider müsse er entgegen der Planungen dieses Abenteuer alleine antreten, da Max um alles in der Welt nicht zu bewegen gewesen war bei der Sache mitzumachen. So werde er eben allein Verona, Venedig, Bologna und Florenz erkunden. Gegen Ende der Reise wolle er dann noch an die Adria trampen, wo sich eine Jugendgruppe unter der Leitung des evangelischen Lechbrucker Pfarrers dann in einem Zeltlager befände. Belustigt berichtete er, dass er deswegen auch seine Fußballschuhe einpacken und die ganze Zeit mitschleppen müsse, weil dort in Senegalia ein Fußballspiel gegen eine örtliche italienische Jugendgruppe geplant sei. Der Pfarrer hatte Fritz gebeten, so es möglich sei, seine Reise so zu legen, dass er als bekannt guter Fußballspieler die deutsche Mannschaft verstärken könne. Falls das klappen sollte, hatte er ihm für die Zeit seiner Anwesenheit in Senegalia freie Kost und Logis im Jugendzeltlager angeboten. „Klar, dass ich das Angebot annehme, wenn auch die Fußballschuhe im Rucksack kaum recht Platz haben."

Auch die anderen berichteten nun von ihren Ferienplänen, von Ferienarbeit, von Unternehmungen in der Umgebung, von geplanten Bergwanderungen und einige auch von Reisen nach Italien, Jugoslawien oder nach Frankreich. Einer, ein an den großen zusammengestellten Tisch dazugestoßener Elftklässler, erzählte sogar, dass er bis nach Griechenland reisen werde, was ihn aber gar nicht erfreue. Seine Eltern, der Vater als Arzt im nahen Rosshaupten tätig, hätten schon in den fünfziger Jahren in Mittelgriechenland am Golf von Volos ein Haus gebaut und nun müsse er schon so lange er sich erinnern könne in allen Ferien, ob Ostern-, Pfingst-, Sommer- oder Weihnachtsferien, mit in dieses Ferienhaus, was ihm allmählich zum Hals heraushinge. Auf stürmisches Nachfragen der anderen erklärte er, dass, auch wenn die Landschaft und der feine Kiesstrand noch so schön, das Meer noch so blau und zu Badevergnügen einladend sei, er trotzdem da unten fast an Langeweile sterbe, da er dort niemanden in seinem Alter habe, von den griechischen Dorfbewohnern einmal abgesehen, mit denen er aber recht wenig anfangen könne.

„Schade, dass unsere Pläne für diesen Sommer schon feststehen", meinte daraufhin Fritz, „aber im nächsten Jahr werden wir dir sicher helfen können, dass der Griechenlandurlaub sich anders entwickeln wird. Am besten, du fühlst gleich einmal bei deinen Eltern nach, ob sie 'was dagegen haben, wenn dich da unten im nächsten Jahr ein paar Kumpel besuchen. Ist zwar ziemlich weit, schätze ich, aber wir haben dann ja auch länger Ferien, wenn wir das Abitur in der Tasche haben."

Max hatte die ganze Zeit dabeigesessen, ohne sich an den aufgeregten Gesprächen zu beteiligen. Auf Nachfrage der anderen berichtete er eher wortkarg und mürrisch, dass er noch nicht so genau wisse, was er in den nächsten sechs Wochen so alles treiben werde. Seine Mutter in Reutte, so schob er noch nach, werde er wohl oder übel des Öfteren aufsuchen müssen. Vielleicht komme er auch endlich dazu, sich mehr seiner Familiengeschichte zu widmen. Da gäbe es eine ganze Menge von Ungereimtheiten aufzuklären, aber das wäre seine Privatangelegenheit, und er wolle darüber eigentlich mit niemandem reden.

„Mal schauen, ob ich da einigermaßen erfolgreich vorankomme. Wer weiß, vielleicht sieht man sich dann im neuen Schuljahr ja wieder in alter Frische." Als einige Mitschüler, jetzt doch neugierig geworden, weiterfragen wollten, was es denn mit der dubiosen Familiengeschichte auf sich habe, blickte Max zunächst durchdringend in die Ferne, bekam, wie so oft in letzter Zeit, eine ganze Reihe von Querfalten auf seiner Stirn, um dann mit ungewohnt brüchiger Stimme zu rufen: „Ein ewig Rätsel bleiben will ich mir und anderen!"

Kaum hatte er den letzten Satz beendet, da stand er schon ruckartig auf und entfernte sich eilenden Schrittes und ohne noch einmal umzuschauen in Richtung Parkplatz. Kurz darauf sahen sie Max, den Blick stur geradeaus, mit seinem gelben Käfer am Biergarten vorbei Richtung Lechbrücke fahren.

‚Hoffentlich macht der Max keinen Quatsch, wenn ich so lange weg bin', dachte sich Fritz noch, war dann aber schon wieder gedanklich damit beschäftigt seine Packliste für die Reise nach Italien durchzugehen. Immerhin sollte es ja schon in drei Tagen losgehen.

2. Jahr

Füssen, ab September 1970

Wieder einmal begann ein neues Schuljahr am Gymnasium Füssen. Für die Klasse von Fritz Haksch und Max Wachsbleitter sollte es das letzte werden.

Die beiden Freunde hatten sich die ganzen Ferien über nicht gesehen, und so schlug Max schon am ersten Schultag vor, man könnte doch am Wochenende, vorausgesetzt es gäbe schönes Wetter, gemeinsam eine Bergtour machen. Da hätten sie dann Zeit genug, ganz ausführlich über die Ferien zu reden.

Am nächsten Sonntag holte Max seinen Freund Fritz wie ausgemacht in aller Herrgottsfrühe zu Hause ab. Es war noch stockdunkel, als der gelbe VW Käfer zunächst am Bannwaldsee vorbei und dann nach dem Ort Trauchgau fuhr, kurz danach von der Hauptstraße abbog und einen ungeteerten Weg entlang der Trauchgauer Berge nahm. Durch hohe Fichtenwälder ging es nun, bergauf und bergab, zweimal mussten auch reißende Bergbäche mittels einer Furt überwunden werden. Fritz war die ersten Kilometer noch so schläfrig gewesen, dass er mehr oder weniger teilnahmslos auf dem Beifahrersitz vor sich hin döste.

Allmählich aber wurde er wacher und stellte erstaunt fest, dass sie inmitten ausgedehnter Wälder in einer Gegend herumfuhren, in der weit und breit kein menschliches Anwesen zu erblicken war.

„Wo geht's denn eigentlich hin?", wandte er sich jetzt fragend an seinen Chauffeur. „Wir sind da ja irgendwo in der einsamsten Prärie!"

„Ich will hinüber ins Graswangtal hinter Oberammergau. Da zeig' ich dir dann meinen Lieblingsplatz beim Schloss Linderhof und anschließend steigen wir auf den Brunnenkopf hinauf. Du wirst sehen, das ist eine fantastische Tour!"

„Ja, aber nach Oberammergau fährt man doch über die B 17 bis nach Steingaden und dann die B 23. Danach schaut mir dieser Feldweg aber nicht gerade aus."

„Nur keine Panik! Das ist nur eine Abkürzung, damit schneiden wir eine ganze Ecke ab. Außerdem befinden wir uns damit auf historischem Gelände, auf des Königs Spuren sozusagen. Diese Strecke nennt man im Volksmund ‚das Königssträßlein‘, weil Ludwig II. oft auf ihr, im Winter mit dem Schlitten und im Sommer mit der Kutsche, von Hohenschwangau nach Linderhof oder auch umgekehrt unterwegs war. Die Straße ist eigentlich für den allgemeinen Verkehr gesperrt, aber die Einheimischen nutzen sie trotzdem. Um diese Zeit besteht auch keine Gefahr erwischt zu werden. Sollte trotzdem ein Förster oder ein Jäger unterwegs sein, so vermutet der aufgrund des Autokennzeichens, dass wir fahrberechtigt sind. Und so ganz nebenbei, meinen gelben Flitzer kennen die sowieso schon lange. Ich bin hier schließlich recht häufig unterwegs, fast so oft wie damals der König."

Nach einiger Zeit passierten sie die wild aus einem Gebirgstal herausströmende Halbammer und kamen kurz danach am Forsthaus Unternogg vorbei. Über das kleine Bauerndorf Altenau ging es dann weiter nach Oberammergau und in das Graswangtal hinein. Beim Schloss Linderhof angekommen umkurvte Max den großen Touristenparkplatz und stellte sein Auto am Waldrand ab, um die Parkgebühren zu sparen. Die beiden Freunde nahmen ihre Rucksäcke und Max lotste Fritz über einen schmalen Waldpfad durch Gestrüpp und Unterholz zu einem Durchschlupf in das umzäunte Parkgelände des Schlosses hinein.

„Wir gehen nachher auf den Brunnenkopf", erklärte er, „aber vorher zeig' ich dir noch einen meiner liebsten Plätze hier im Tal."

Kurz darauf waren sie am Maurischen Kiosk angekommen, einer der weltberühmten Attraktionen im Park von Schloss Linderhof. So früh am Morgen war noch weit und breit kein

Mensch zu sehen. Max zog Fritz in den Kiosk hinein, der erstaunlicherweise frei zugänglich war, setzte sich vor dem Pfauenthron im Schneidersitz auf den Boden und fingerte aus seinem Rucksack ein Päckchen Tabak und Zigarettenpapier hervor.

„So, mein Freund, das wird jetzt die exakt richtige Vorbereitung für eine wunderbare Bergtour. Wir ziehen uns hier vor königlicher Kulisse einen kräftigen Joint rein, und dann nichts wie rauf in die herrliche Bergwelt! Du wirst sehen, so macht so eine Tour noch viel mehr Spaß!"

Fritz war in letzter Zeit aufgefallen, dass Max immer häufiger Hasch und Gras konsumierte. Er selbst rauchte das Zeug auch zwischendurch mit, besonders auf den Partys war das Kiffen mittlerweile fast unumgänglich, aber er hatte sich immer eine gewisse Distanz zum Drogenkonsum bewahrt.

„Ich weiß nicht, ob das jetzt so gut ist, wenn wir uns hier zuerst zudröhnen und dann auf den Berg hinaufklettern", gab er zu bedenken. Doch Max zog ihn zu sich auf den Boden hinunter, baute einen Joint zusammen, zog genüsslich den Rauch in seine Lungen und nötigte seinen Freund anschließend ebenfalls kräftig zu ziehen.

„Leider haben wir keine Wasserpfeife. Das wäre eigentlich die angemessene Art, hier in diesem Raum Shit zu rauchen", meinte jetzt Max. König Ludwig hat das hier übrigens regelmäßig so gehalten, allerdings mit Opium, soweit ich das nachlesen konnte."

Fritz war hin- und hergerissen von der sonderbaren Szene hier im Maurischen Kiosk. Draußen lösten sich gerade die letzten Nebelschwaden auf und die Herbstsonne ließ die bunte Blätterpracht der Parkbäume hell erstrahlen. Ein Sonnenstrahl fiel jetzt durch eines der bunten Fenster genau auf den Platz, wo die beiden Freunde am Boden saßen, und in seinem Licht schaukelten und tanzten die Rauchwölkchen, die die beiden Kiffer ausatmeten, nach oben.

Andererseits konnte sich Fritz nicht ganz dem Rausch hingeben und die Situation so genießen, wie sein Freund Max es offensichtlich tat. Die Bedenken gegen eine Bergtour im Rauschzustand konnte er nicht vertreiben und so versuchte er noch einmal, dem Geschehen eine Wende zu geben, indem er vorschlug, doch auf den Aufstieg zum Brunnenkopf zu verzichten und sich einen schönen Tag hier im Schlosspark zu machen.

Doch Max war nicht umzustimmen. „Nix da. Nur keine Müdigkeit vorschützen. Gerade bekifft wird die Tour zum Brunnenkopf erst doppelt interessant!", rief er aus, packte seine Sachen zusammen und stellte sich direkt vor dem Pfauenthron auf, um in Theaterpose auszurufen: „Oh, es ist notwendig, sich solche Paradiese zu schaffen, solche poetischen Zufluchtsorte, wo man auf einige Zeit die schauderhafte Epoche, in der wir leben, vergessen kann!"

Anschließend erklärte er plötzlich ganz nüchtern: „Zitat Ludwig II., mit dem er den Bau von Schloss Linderhof gegen den Vorwurf der unsinnigen Geldverschwendung rechtfertigte. Und Recht hat er wohl gehabt damit. Hier ist wahrlich eines der schönsten Plätzchen auf dieser Welt entstanden – und du wirst sehen, droben auf der Brunnenkopfhütte ist's dann der absolute Höhepunkt! Auf geht's jetzt, wir marschieren los!"

Auf dem folgenden Anstieg hatte Fritz zeitweise Mühe, dem kräftig ausschreitenden Max zu folgen. Die körperliche Anstrengung führte dazu, dass die Wirkung der Haschpfeife sich deutlich erhöhte. Sein Kopf dröhnte mehr und mehr, und er glaubte zu spüren, dass jeder Schritt sein Gehirn durchschüttelte. Fritz versuchte sich in einer Art Tunnelblick ganz auf den Weg zu konzentrieren, denn sobald er aufschaute, nahm er rechts und links am Berghang schwankende Baumriesen wahr, vor allem uralte, bemooste Bergahorne waren es, die nun lebendig wurden, mit bedächtigen Wurzelschritten auf ihn zukamen, mit besorgten faltenreichen Gesichtern ihren vielverzweigten Kopf schüttelten und ihn zur Umkehr mahnten.

Der Weg war vom Morgentau noch recht feucht und als die beiden Wanderer an Höhe gewannen, fanden sich darauf immer wieder glänzendschwarze, fast plastikartig anzusehende Bergsalamander.

Fritz liebte diese Tiere, die man im Volksmund „Bergmännle" nannte, und die ihm von zahlreichen Bergtouren her bekannt waren. Sie waren jetzt so zahlreich, dass er immer wieder aufpassen musste, auf keines der Tiere zu treten.

Der Schweiß rann ihm übers Gesicht und mehr und mehr hatte er das Gefühl, dass das Herz in seiner Brust bis zur Schmerzgrenze trommelte. Immer wieder erfasste ihn jetzt in kürzer werdenden Abständen die Angst, zusammenzubrechen und diese Tour nicht lebendig zu überstehen. Zu Beginn der ersten Panikattacken hatte er noch versucht, mit seinem voranschreitenden Freund Kontakt aufzunehmen, war auch zwei, drei Mal nahe daran ihm zuzurufen, ließ es dann aber doch bleiben, weil er sich gegenüber Max keine Blöße geben wollte. Doch mittlerweile war Fritz nur noch auf sich selbst fixiert und unfähig, aus seiner immer heftiger arbeitenden Gedankenwelt auszubrechen. Er musste an seine Eltern denken und wie in einem Albtraum sah er sie schwarz gekleidet auf dem Füssener Friedhof stehen, ein geöffnetes Grab vor sich. Sein Blick fiel in die Grube hinein und da sah er einen riesigen Bergmolch liegen, grässlich zerquetscht und dunkelrotes Blut aus dem zerrissenen Maul fließend, den anklagenden Blick starr auf ihn gerichtet.

Die Albtraumzustände wechselten mit kurzen Phasen klarer Gedanken. Fritz versuchte dann sich zu beruhigen, berechnete die noch vor ihm liegende Wegstrecke und redete sich ein, dass die Wirkung der Droge bald nachlassen müsste und er dann wieder seine normale Leistungsfähigkeit zurückerlangen würde. In diesen klaren Momenten machte er sich heftige Vorwürfe, sich überhaupt auf so ein idiotisches Abenteuer eingelassen zu haben, und er schwor sich, in Zukunft die Finger endlich ganz von der Kifferei zu lassen.

Dann aber sah er wieder die Bergsalamander auf dem Weg, versuchte sich zu konzentrieren und keinen zu verletzen oder gar ganz zu zertreten. Es krallte sich nun die fixe Idee in sein Denken, dass er nur dann heil aus dieser Geschichte wieder herauskäme, wenn es ihm gelänge, keines der Tiere zu töten. Und so stieg Fritz stolpernd und keuchend den Brunnenkopfweg hinauf, ständig darum bemüht, ja keines der Bergmännlc zu übersehen und rechtzeitig dem Getier auszuweichen. Mitunter wuchsen die Salamander vor seinen Füßen zu übernatürlicher Größe heran, versperrten ihm geifernd den Weg und fauchten ihm, ihre gespaltenen Zungen zeigend, böse zischend entgegen.

Immer lauter wurde das Gefauche und Gemurmel der aufgebrachten Tiere und bald hallte in seinem Kopf ein rosenkranzartig vorgetragener Chor der Molche wieder: „Wehe, wehe, pass auf! Tritt ja nicht auf uns drauf! Wehe, wehe, pass auf! Sonst kommst Du nie den Berg hinauf! Wehe, wehe, pass auf!"

Fritz kam es mitunter vor, als ob er schon seit Stunden gegen diesen verdammten Berg und seine schwarzen Bewohner ankämpfte. Endlich lichtete sich jetzt der dunkle Bergwald und der Pfad schlängelte sich weniger steil über eine grüne Bergwiese hinüber zu den Brunnenkopfhäusern. Zwei Berghütten standen da, eine dicht an den danach wieder steil werdenden Berghang gedrückt, die andere frei auf einer vorspringenden Kuppe stehend. Dorthin lenkte Max jetzt seine Schritte und stand wenig später auf der Veranda des Holzhauses, die Hände an der Brüstung, und genoss den herrlichen Blick hinunter ins Graswangtal.

„Mensch Fitz!", rief er seinem keuchend herankommenden Freund entgegen, „schau dir das einmal an! Im Paradies kann's nicht schöner sein!"

Fritz setzte sich auf die Holzbank an der Hüttenwand, verschnaufte erst einmal ein paar Minuten, kramte dann seine wassergefüllte Feldflasche aus dem Rucksack und leerte diese in einem Zug. Er bemerkte, dass es ihm jetzt zusehends besser ging, war sich auch ziemlich sicher, dass er den Weg hier herauf ohne Salamandermord bewältigt hatte, und spürte, wie sein Kreislauf sich allmählich auf Normalwerte reduzierte.

Ohne große Erklärungen lehnte er anschließend einen weiteren, in der Zwischenzeit von Max fabrizierten Joint ab, was dieser kopfschüttelnd, aber ohne Versuche der Überredung akzeptierte.

Als beide bald darauf in der hinteren, bewirtschafteten Hütte saßen, schaffte es Fritz bereits, die vergangenen zwei Stunden so weit zu verdrängen, dass das kühle Radler und der von Max spendierte Hüttenschmarrn ihm richtig gut schmeckten. Den Aufstieg zum Gipfel des Brunnenkopfes aber verweigerte er trotzdem und wartete lieber in der Hütte auf Max, der sich den Gipfelsturm auf alle Fälle gönnen wollte.

Der anschließende Abstieg erfolgte problemlos – so genau Fritz auch schaute, er konnte jetzt auch keine Bergsalamander mehr entdecken –, und am frühen Nachmittag waren sie bereits wieder unten im Tal angekommen. Der Parkplatz vor dem Schloss war mittlerweile voll mit Autos und Bussen, was die beiden Freunde dazu bewog, das touristenbevölkerte Schlossgelände nun zu meiden.

Über den Weg am Plansee vorbei fuhren sie jetzt Richtung Reutte, um von dort aus zurück nach Füssen zu kommen. Fritz erwähnte seinem Freund gegenüber kein Wort von der grauenvollen Horrorwanderung, die er am Morgen erlebt hatte. Er behielt die ganze Geschichte lieber für sich, schwor sich aber noch einmal, nie wieder mit diesem Zeug herumzuexperimentieren.

Als sie durch Reutte kamen, schlug Fritz vor, man könne, wenn man schon hier sei, doch auch schnell noch einen kurzen Besuch bei der Mutter von Max einlegen. Er war zwar der beste Freund von Max, aber bei ihm zu Hause war er trotz der Nähe von Füssen zu Reutte noch nie gewesen und hatte daher auch dessen Mutter noch nicht kennengelernt.

Zum Erstaunen von Fritz reagierte Max auf diesen Vorschlag äußerst barsch und schnaubte: „Das mit meiner Mutter schlag dir gleich aus dem Kopf! Ich hab keinerlei Lust darauf, dich mit ihr und meiner verqueren Familiengeschichte näher vertraut zu machen. Ich will das grundsätzlich nicht. Also akzeptiere das, so wie es ist, und fang nie mehr damit an, verstanden?!"

Fritz merkte, dass Max extrem verärgert war. So außer sich, so laut und herrisch, hatte er seinen Freund eigentlich noch nie erlebt. Er fragte sich, was wohl der Grund für diesen Zornausbruch sei. Manchmal, aber sehr, sehr selten, hatte Max von den Männern in seiner Familie erzählt, insbesondere die Tatsache thematisiert, dass alle in sehr jungen Jahren, so Mitte Zwanzig, und alle unter recht seltsamen Umständen verstorben waren. Fritz wusste auch, dass diese Tatsache seinem Freund immer wieder zu schaffen machte, dass er an manchen Tagen in melancholische Zustände fiel und dann orakelte, dass auch er wohl diese verstörende Familientradition fortsetzen werde.

Von den Frauen der Familie, auch von der jetzigen Frau Wachsbleitter, wusste Fritz eigentlich gar nichts. Max hatte zwar mitunter etwas von seiner Mutter erzählt, aber dann ging es eigentlich immer nur um aktuelle geschäftsmäßige Angelegenheiten, meist um Geldzuwendungen.

Beide sprachen bis zur Ankunft in Füssen kein Wort mehr, und wortlos bremste Max auch seinen Wagen unten an der Lechbrücke ab, hielt mit laufendem Motor an und bedeutete Fritz somit, dass er auszusteigen habe.

Nachdenklich ging Fritz über die Brücke zur Altstadt hinauf, um dann die Richtung zu den Fabrikhäusern einzuschlagen. Er wusste nicht genau, was er von der Sache halten sollte, aber eines war ihm klar: Irgendetwas stimmte nicht mit Max. Seit den Sommerferien war er, der schon zuvor oft in sich gekehrt und abweisend gewesen war, noch stiller und zurückgezogener geworden.

In den folgenden Wochen ließ Max sich oft tagelang überhaupt nicht blicken, kam auch nicht in die Schule, und wenn er dann einmal da war, nahm er kaum an den Gesprächen und Diskussionen in der Klasse Anteil. Das wunderte Fritz umso mehr, als Max bis dahin politisch hochinteressiert gewesen war, und gerade jetzt spitzten sich die politischen Ereignisse im Lande mehr und mehr zu, was sich auch in zum Teil heftigen Debatten unter den Schülern niederschlug.

Es verging kaum ein Tag, an dem nicht die Ostpolitik der Regierung Brandt, die Vietnamfrage oder die Auseinandersetzung mit der Baader-Meinhof-Bande diskutiert wurde.

Fritz war entgegen seiner Ankündigung auch weiter bei der Schülerzeitung aktiv. Unter anderem schlug er der Redaktion vor, nicht nur über die grausame Kriegsführung der USA in Vietnam unter Präsident Nixon zu berichten und eine Bilanz der auf beiden Seiten Gefallenen zu bringen, sondern auch Kontakt mit dem Vietnambüro in Berlin aufzunehmen, um eine Spendenaktion für das vietnamesische Volk anzuleiern. Er hatte bereits entsprechendes Prospektmaterial von zwei Brüdern erhalten, ehemaligen Schülern des Gymnasiums, die beide an der FU in Berlin Politikwissenschaften studierten. Weiteres Material war versprochen und die beiden Studenten hatten auch vorgeschlagen, in den nächsten Semesterferien einen Schulungskurs über Marxismus-Leninismus in ihrer Nesselwanger Wohnung durchzuführen.

Max nahm das alles regungslos zur Kenntnis und sprang Fritz auch nicht argumentativ zur Seite, als sein Vorhaben von einigen Redakteuren als zu gewagt kritisiert wurde. Sie hatten die Befürchtung, dass die Thematik und vor allem die Unterstützung einer linken Studentenaktion nur wieder dazu führen würde, dass die Schulleitung ein Veröffentlichungsverbot erlässt, ja möglicherweise den *Ventilator* ganz verbietet.

Am Ende der Diskussion einigte man sich darauf, das Thema auf das zweite Halbjahr zu verschieben und erst einmal noch mehr Material zu sammeln.

„Wenn euch die Sache zu heiß ist, dann spar' ich mir das halt für die Abiturzeitung auf! Da habt ihr Jüngeren dann sowieso nichts mehr mitzureden. Die Abizeitung mach ich, wenn es sein muss, auch ganz allein. Und das versprech ich euch: Da geht es dann klar zur Sache", so ereiferte sich Fritz am Ende noch, um dann den diesmal überraschend anwesenden Max zu fragen: „Du, Max, du machst aber doch sicher bei der Sache mit, oder?"

Doch Max schüttelte zunächst nur den Kopf und brauchte dann eine Ewigkeit, bis er endlich den Mund aufbrachte: „Ich weiß nicht so recht, ich glaub' nicht, dass mich das dann noch so sehr interessieren wird. Ich muss da zuerst noch mit wichtigeren Dingen für mich klarkommen. Sorry, Fritz."

Er grummelte noch ein paar unverständliche Worte in seinen mittlerweile kräftig gewachsenen Vollbart, setzte den inzwischen schon zu seinem Markenzeichen gewordenen schwarzen Boilerhut auf, warf sich, ohne in die Ärmel zu schlüpfen, den langen schwarzen Mantel locker über die Schultern, und verließ immer noch vor sich hin murmelnd die Konferenz.

„Unser König Ludwig zieht sich wohl wieder einmal in seine geliebten Berge zurück", witzelte einer der in diesem Jahr neu dazugekommenen Jungredakteure und zog sich damit einen scharfen und missbilligenden Blick von Fritz zu.

„Arschloch!", zischte ihm Fritz giftig zu, verließ jetzt ebenfalls den Kellerraum, in dem die Redaktion eingerichtet war und rannte die Treppe hinauf zum Hauptausgang der Schule, aber Max war nicht mehr zu sehen.

*

Die bevorstehenden Landtagswahlen, die in Bayern für den 22. November angesetzt worden waren, beflügelten die politischen Diskussionen auch am Gymnasium in Füssen. Nachdem im Sommer das Wahlalter in der Bundesrepublik durch eine Grundgesetzänderung von 21 auf 18 Jahre herabgesetzt worden war, durften sich nun auch die Schüler der Abiturklasse zum ersten Mal an einer politischen Wahl beteiligen. Heftig wurde über das Wahlrecht, die verschiedenen Möglichkeiten bei der Stimmabgabe und über das zu erwartende Ergebnis debattiert.

Auch der Sozialkundeunterricht widmete sich der Wahlthematik und am Ende dieser Sequenz wurde eine Probewahl in den beiden Abiturklassen durchgeführt. Das Ergebnis wich von allen Wahlprognosen erheblich ab. Klarer Sieger wurde die SPD mit deutlich über 40 Prozent der Stimmen, gefolgt von der KPD, die der CSU und der FDP knapp den zweiten Platz streitig machen konnte. Die NPD ging leer aus, während die Bayernpartei wenigstens eine Stimme verbuchen konnte.

„Schön wär' es ja", kommentierte Fritz nach der Schule drüben im Bierstüberl beim Hirschen dieses Ergebnis, „aber so wie ich diese verknöcherte und engstirnige Gesellschaft hier in Bayern einschätze, wird halt doch wieder die CSU die Regierung stellen. Da machen die aufgeklärteren Jungwähler auch nicht so viel Unterschied aus, und unter denen sind zudem jede Menge Konservative, wie man ja auch in unserer Klasse sehen konnte. Wie kann man bloß CSU wählen? Wenn ich daran denke, wie die sich gegen die Ostpolitik wehren! Und dann dieser Strauß! Wenn ich den schon sehe, dann kommt mir das große Kotzen!"

„Strauß kommt nach Füssen zu einer Wahlveranstaltung!", rief jetzt ein Schüler dazwischen. „Ich weiß das von meinem Vater, der ist als Bürgermeister ja auch in der CSU. In der Partei sind alle schon ganz nervös und aufgeregt. Am 2. November soll der Strauß im Eisstadion sprechen und man will alle in der Partei mobilisieren, damit das Stadion voll mit eigenen Leuten ist. Irgendwie haben die wohl Schiss, dass es zu Störungen durch die Linke kommen könnte."

„Eigentlich ist es der Fettsack ja gar nicht wert, dass man zu ihm hingeht", meinte nun Fritz, „ aber vielleicht ist das mit den linken Störern gar keine so schlechte Idee. Mensch, Kinder, da machen wir ein Polithappening daraus. Wenn wir genug Leute auf die Beine bringen, dann kann sich der Strauß auf etwas gefasst machen!"

Am 2. November 1970 war das Füssener Eisstadion bis auf den letzten Platz gefüllt. Vor dem Stadion standen zahlreiche Busse, mit denen die Parteianhänger aus der Region herangekarrt worden waren, um dem Parteivorsitzenden der CSU einen großen Rahmen für seine Wahlkampfkundgebung zu gewährleisten. Auf der sogenannten Waldtribüne, wo im Gegensatz zur Haupttribüne nur stufenförmig in den steilen Hang getretene Stehplätze vorhanden waren, fand sich auch ein größerer Haufen Jugendlicher ein, deren Aussehen mit langen Haaren, olivgrünen Parkas und ausgeleierten Wollpullovern in starkem Kontrast zu dem ansonsten recht gediegenen Auftreten der restlichen Besucher stand, bei denen Trachten und Loden klar dominierten. Mitten in der auffälligen Gruppe befanden sich auch Fritz und Max.

„Weniger von uns, als ich gedacht hatte", meinte Max, der zur Freude seiner Kumpel endlich wieder einmal bei einer Aktion der Clique aufgetaucht war.

„Es wären schon mehr geworden", erwiderte Fritz, „aber der Strauß fährt nach der Kundgebung hier gleich noch weiter nach Kaufbeuren, wo er einen weiteren Wahlkampfauftritt hat. Ich hab' vorgestern noch mit den Kaufbeurern Kontakt aufgenommen. Die wollen vor dem dortigen Eisstadion eine Demonstration aufziehen und, wenn es geht, den Strauß am Einzug hindern. Auf die Idee hätten wir eigentlich auch kommen können, aber um da noch etwas mit Transparenten und Fahnen zu organisieren, ist es leider schon zu spät gewesen."

Strolchi, der neben den beiden stand, hatte gerade noch einen kräftigen Schluck aus seiner Bierflasche genommen und mischte sich jetzt nach einem mit „Hoppala" kommentierten kräftigen Rülpser in das Gespräch ein.

„Immerhin, so an die vierzig, fünfzig sind wir hier auch. Und nicht vergessen: Das ist wie ein Heimspiel für uns. Schließlich sind wir hier auf unserem Stammplatz und haben bei den Eishockeyspielen schon oft genug gezeigt, dass wir das Stadion zubrüllen können."

Und schon schrie er aus vollem Leib: „Strauß raus! Strauß raus!", wodurch die ganze Truppe sofort missbilligende und feindselige Blicke auf sich zog.

„Halt die Klappe", zischte jetzt ein anderer. „Spar dir deine Stimme für später. Nicht dass die Ordner, die da drüben stehen, uns schon vorher rausschmeißen!"

In diesem Augenblick drängelten sich noch acht Schüler aus den neunten Klassen nach oben zu den Straußgegnern. In diesem Schuljahr waren sie zur Schülerzeitungsredaktion dazugestoßen und wollten für den *Ventilator* von der Wahlkampfkundgebung berichten. Sie hatten sich dazu ganz offiziell als Pressevertreter bei der Stadt-CSU angemeldet und daher auch nummerierte Sitzplätze auf der Haupttribüne erhalten.

Stinksauer berichteten sie jetzt, dass ihre Plätze drüben schon besetzt gewesen waren. Das Vorzeigen der Platzkarten hatte ebenso wenig etwas bewirkt wie eine Beschwerde bei den zahlreich eingesetzten Ordnern im Stadion. Man habe dann die Vertreter der örtlichen CSU auf die Sachlage aufmerksam gemacht, aber auch dies ohne Erfolg.

„Die Affen sind einfach nicht aufgestanden und haben gemeint, was wir denn überhaupt hier wollten. Das sei doch eher etwas für gestandene Leute und nicht für kleine Buben, die noch grün hinter den Ohren sind, hat einer unter dem Gelächter der anderen gerufen. Und dann hat der Ordner da drüben gemeint, für uns tät' es schon auch ein Stehplatz auf der Waldtribüne, schließlich seien wir ja bestimmt auch noch nicht wahlberechtigt!"

„Bei uns seid ihr dafür herzlich willkommen. Und acht Störstimmen mehr sind's auch!", kommentierte Strolchi, zog eine weitere Bierflasche aus seinem Parka, ließ den Verschlussbügel schnalzen und gurgelte gierig drauf los.

Der Beginn der Wahlkampfveranstaltung, die unter dem Motto „Die Bedeutung der Landtagswahlen in Bayern für Deutschland und die Welt" angekündigt worden war, hatte sich bereits um mehr als eine halbe Stunde verzögert, als endlich Bewegung in die örtliche Parteiprominenz kam, die ungeduldig am Haupteingang auf ihren Landesvorsitzenden wartete. Begleitet von Polizei und Bodyguards betrat Franz Josef Strauß unter den Klängen des über die Lautsprecheranlage eingespielten Bayerischen Defiliermarsches das Eisstadion, eifrig gefolgt von den sich nun vor Begeisterung beinahe überschlagenden Allgäuer CSU-Führern.

Der Landrat, der Bürgermeister und der Füssener Ortsvorsitzende der CSU sprachen kurze Grußworte. Letzterer betonte nicht nur die Ehre, die der Stadt Füssen und der ganzen Region mit dem Besuch des gewichtigsten deutschen Oppositionspolitikers zuteil werde, sondern äußerte auch seine Meinung, dass nur dieser Franz Josef Strauß in der Lage wäre, den Saustall in Bonn aufzuräumen und den Vaterlandsverräter Willy Brandt endlich in die Wüste zu schicken. Er beendete seine Ausführungen mit dem laut umjubelten Satz: „Meine Damen und Herren, ich trete nun zurück, was Herr Brandt schon längst hätte tun sollen, um Franz Josef Strauß Platz zu machen!"

Nachdem Strauß von einem kleinen Trachtenmädchen noch ein Blumenstrauß überreicht worden war, nahm er, vom frenetischen Jubel des Publikums begleitet, den Platz am Rednerpult ein. Als das mehrminütige Klatschen und Jubeln allmählich abebbte, waren nun aber von der Gegentribüne auch deutliche

Buhrufe zu vernehmen, was den Redner Strauß sofort in Fahrt brachte.

Leider, so rief er ins Mikrofon, gäbe es jetzt auch schon auf dem Land Anhänger der sogenannten APO. Diese Studenten, die in ihrem Leben noch nie etwas geleistet hätten und, statt ordentlich zu studieren, sich auf Kosten des Staates pöbelnd und demonstrierend auf den Straßen herumtrieben, seien die Folge einer katastrophalen sozialistischen Bildungspolitik an den Universitäten. Wem es hier in der Bundesrepublik nicht passe, der solle doch hinüber in die DDR gehen, da werde er schon sehen, wie man bei den kommunistischen Brüdern mit Faulenzern und Schmarotzern umgehe.

Inzwischen hatten die Straußgegner von der Waldtribüne, durch zahlreiche Eishockeyspiele geschult, einen gemeinsamen Schlachtruf gefunden und skandierten nun immer lauter das Schimpfwort „Bauernfänger, Bauernfänger…"

Strauß griff dieses Schlagwort sofort auf und schrie polternd in das Mikrofon: „Wenn Sie damit sagen wollen, dass unsere Bauern blöde Kerle sind, dann muss ich sagen, dass die am Hintern mehr Verstand haben als ihr im Hirn!"

Immer lauter wurde nun der Chor der „Strauß raus!"-Rufe, so dass die weiteren Ausführungen des Redners fast im Lärm untergingen.

Das kleine Häuflein der Protestierenden musste nun aber zur Kenntnis nehmen, dass man auch auf der Waldtribüne nur eine kleine Minderheit und von einer Übermacht an Strauß-Fans umzingelt war. Nach ersten verbalen Attacken gegen die Störer ging diese Mehrheit nun dazu über, die Gruppe unter wüsten Beschimpfungen und mit dem Beifall fast des ganzen Stadions schlichtweg nach unten abzudrängen. Die steile, ochsenklavierartig geformte Naturtribüne am Kobelhang tat ihr Übriges und in kürzester Zeit befanden sich die Demonstranten unten an der Bande der Eisfläche, wo sie schon von zahlreichen Ordnern und einem eilig herbeigerufenen Polizeikommando empfangen und mit durchaus offener Gewalt durch einen Seiteneingang aus dem Stadion getrieben wurden. Begleitet wurde dieser Rauswurf durch kräftigen Applaus des verbleibenden

Publikums, garniert mit Schmährufen wie „Kommunisten-pack", „langhaariges Gesindel" oder „ab ins Zuchthaus", und auch dem einen oder anderen Versuch einiger nahe Stehenden, den Protestlern während ihrer Abschiebung aus der Halle noch einen Faustschlag oder Fußtritt mitzugeben.

Draußen vor dem Eisstadion wurde die Gruppe nicht gleich freigegeben, sondern von Polizei und Ordnern noch ein gutes Stück Richtung Stadtkern bugsiert, ehe man sie mit der Ermahnung gehen ließ, sich keinesfalls zu unterstehen, erneut beim Eisstadion aufzutauchen, da man dann mit einer sofortigen Verhaftung und einer Anzeige zu rechnen habe.

Aufgeregt und zutiefst empört über die Behandlung stand die Protestgruppe jetzt am oberen Ende der Reichenstraße und diskutierte das soeben Vorgefallene und mögliche Reaktionen darauf. Die Stimmung heizte sich dabei mehr und mehr auf. Einige schlugen vor, die erfolgte Abschiebung und das Rück-kehrverbot nicht zu akzeptieren und wieder zurück zum Eis-stadion zu marschieren, um erneut gegen Strauß zu protestie-ren. Man werde dann ja sehen, wie weit die Staatsmacht gehen werde. Es gab aber auch ablehnende Meinungen, insbesondere von den Jüngeren, darunter auch die neuen Schülerzeitungs-redakteure, die für diesen Abend genug an Protesterfahrung gesammelt hatten und sich zusammen mit einigen anderen auf den Heimweg begaben. So wurde die Gruppe mit der Zeit im-mer kleiner und schließlich verwarf man schon mangels Mas-se den Plan, zum Eisstadion zurückzukehren.

Fritz schlug nun vor, man könne ja immer noch nach Kauf-beuren fahren, um sich der dortigen Protestszene anzuschlie-ßen. Dort wäre man sicher um jede Verstärkung froh.

Max war klar, dass Fritz wieder einmal ganz selbstverständ-lich davon ausging, dass er mit seinem Auto für den Trans-port nach Kaufbeuren zur Verfügung stehe. Er hatte allerdings überhaupt keine Lust auf die nächste Strauß-Veranstaltung. Eigentlich bereute er sogar, dass er hier in Füssen noch mitge-macht hatte, obwohl er auf diese Art der politischen Auseinan-dersetzung keinen besonderen Wert legte. Mehr und mehr war ihm in letzter Zeit die ständige Politisiererei im Freundeskreis auf den Geist gegangen und wenn er es recht besah, dann war es nur die tiefe Freundschaft zu Fritz, die ihn immer wieder dazu brachte, sich im Umfeld der Clique aufzuhalten.

„Jetzt hört einmal her", erklärte Max nun den Umstehenden mit lauter Stimme, „mit mir könnt ihr heute nicht mehr rechnen. Mir reicht's mit dem ewigen Politzirkus. Da hau' ich mich lieber aufs Sofa, zieh mir eine Pulle Rotwein rein und hör' Musik dazu."

Lautstark und wild gestikulierend redeten die anderen nun auf Max ein, um ihn doch noch von der dringenden Notwendigkeit des Protestes gegen Strauß zu überzeugen, doch der winkte nur ab und rief schließlich: „Schluss jetzt! Ich fahr' nicht und damit basta! Merkt ihr denn eigentlich nicht, dass der Strauß euch nur benutzt, um seine große Show abziehen zu können. Denkt doch einmal nach: Es wäre doch total langweilig, wenn seine Veranstaltungen ruhig und ungestört nur vor seinen begeisterten Anhängern ablaufen würden. Die wählen doch alle sowieso seine Partei. Aber wenn es zu Störungen kommt, dann kann er das nutzen, weil die Presse dann viel mehr darüber berichtet. Wenn man so will, dann sind wir als Störer die nützlichen Idioten, die dem Strauß die erwünschte Medienaufmerksamkeit bringen. Wenn der wirklich so schlau ist, wie immer behauptet wird, dann müsste er eigentlich schon längst auf diese Idee gekommen sein und brächte seine Störer und Krawallmacher gleich selbst mit. Ich jedenfalls hab die Schnauze voll! Macht, was ihr wollt, aber ich geh jetzt heim."

*

In der nächsten Zeit zog sich Max immer mehr von der Gruppe zurück. Er tauchte zwar noch gelegentlich an den bekannten Treffpunkten auf, trank ein oder zwei Biere, war aber sehr wortkarg und unzugänglich. Auch mit Fritz wechselte er nur noch selten ein Wort. In der Schule stürzte er sich mit bislang unbekanntem Eifer in die anfallenden Arbeiten, fehlte kaum einmal und zeigte bald in allen Fächern auffallend gute Leistungen. Fritz dagegen fehlte immer mehr, hatte stets Ausreden wie Schülerzeitung, Schülermitverwaltung, Schulmannschaft im Fußball und dergleichen parat, hielt sich leistungsmäßig aber trotzdem noch ganz ordentlich. Nach dem bestandenen Vorabitur in Englisch, das schon vorgezogen am Ende der zwölften Klasse abgelegt worden war, und den für ihn geradezu selbstverständlich guten Noten in Deutsch, Sozialkunde, Erdkunde und Geschichte, musste er nur in den naturwissenschaftlichen Fächern darauf achten, dass er den Anschluss nicht verpasste und nicht zu schlecht wurde. Und so war ihm sein Abitur schon so gut wie sicher. Notenmäßig gab es für Fritz keine besondere Zielvorgabe, da er sich mittlerweile ziemlich sicher war, nach der Schule Politik zu studieren, und da gab es keinerlei Numerus Clausus zu berücksichtigen.

Nach den Weihnachtsferien tauchte Max noch einmal überraschend auf einer Redaktionssitzung der Schülerzeitung auf. Fritz freute sich, dass Max den *Ventilator* doch noch nicht ganz aufgegeben hatte, und hoffte schon, die gute Zusammenarbeit aus dem letzten Jahr wieder aufnehmen zu können. Doch dann stellte Max eine Idee vor, die bei den anderen auf einhellige Ablehnung stieß. Er wollte im *Ventilator* einen Anstoß dazu geben, dass das Gymnasium sich ganz offiziell einen Namen geben sollte. Zahlreiche Schulen hätten so einen Namen, mit dem eine Identifikation für eine große Person oder eine Region gegeben sei. Als Beispiele nannte er dann aus München das Wittelsbacher Gymnasium, das Nymphenburg-Gymnasium oder die Ludwig-Maximilians-Universität. Nach seiner Idee sollte die Schülerzeitung einen Namenswettbewerb ausschreiben, an dem sich Schüler, Lehrer und Eltern beteiligen könnten, um einen passenden Namen für das hiesige Gymnasium zu finden. Max führte aus, dass er überzeugt sei, dass gerade hier im Königswinkel ein Gymnasium nicht einfach namenlos bleiben dürfe und die Teilnehmer am Wettbewerb angesichts der besonderen Vergangenheit dieser Region schon überzeugende Vorschläge finden würden.

Ohne diese dringend notwendige Aktion stehe zu befürchten, dass man noch in zwanzig, dreißig Jahren nur vom Gymnasium Füssen sprechen werde, ein Zustand, der gegenüber der geschichtlichen Verantwortung, die man trage, schlichtweg nicht hinnehmbar sei.

„Hör auf zu salbadern! Ich kann dieses Gewäsch nicht mehr ertragen", platzte jetzt einer dazwischen und schon ging es verbal drunter und drüber. Es war allen Redakteuren klar, dass Max mit seinem Vorschlag hoffte, seinen Traum von einem „König-Ludwig-Gymnasium" hier in Füssen verwirklichen zu können. Anfangs, als Max in die Lechstadt gezogen war und sich auch sofort bei der Schülerzeitung engagiert hatte, da sah man ihm seine Marotte mit dem König noch nach, zumal er viele gute Vorschläge und Beiträge eingebracht hatte. Doch jetzt schien Max nur noch seinen König im Kopf zu haben. Seine Kleidung, sein ganzes Aussehen, ja mitunter sogar seine verschraubte Sprache, schienen nur noch am großen Vorbild ausgerichtet zu sein, und je mehr sich dieser Persönlichkeitswandel vollzogen hatte, desto mehr schwand die Anerkennung bei den anderen. Man war schließlich nicht mehr gewillt, Max seine Eigenwilligkeiten nachzusehen, und mit dem neuerlichen Vorschlag war das Fass endgültig am Überlaufen.

Auch Fritz war in letzter Zeit kaum noch mit Max zusammengekommen. Gelegentlich hatte er ihn noch drunten am Lech besucht. Meist gingen diese Treffen aber nahezu wortlos vorüber, denn Max schien seine ganze Zeit nur damit zu verbringen auf dem Sofa zu liegen, überlaut ganz spezielle Musik zu hören – entweder Klassik, dabei bevorzugt Wagneropern, oder die sehr in Mode gekommenen Aufnahmen von Rockbands zusammen mit klassischen Orchestern –, nahezu pausenlos zu rauchen und immer wieder weißen Martini in sich hineinzuschütten. Die einzige produktive Tätigkeit, die Fritz mitunter noch beobachten konnte, war das Zeichnen. Auf großen Blättern malte Max dann mit Tusche die immer gleichen Motive, mit geschwungenen Arabesken übersäte Blätter, in deren Mitte meist ein Schwan, mitunter auch das Antlitz Ludwigs des Zweiten zu sehen war. Ganze Blätterstapel mit diesen Arbeiten lagen um den Tisch herum.

Da Fritz bei diesen Besuchen immer weniger eine Chance bekam, mit seinem Freund ins Gespräch zu kommen, waren die Abstände zwischen den gelegentlichen Treffen immer größer geworden und seit den letzten Ferien nahezu ganz zum Erliegen gekommen.

„Wenn schon, dann Ho-Chi-Minh-Gymnasium", schlug jetzt ein Redakteur grinsend vor, „nein, Lola Montez oder noch besser Sissi-Schule… Schwulenkasten, das wär's doch… Penne à la Luggi… Traumanstalt zum Luftschloss… Wittelsbachergruft" – so wurde ein Vorschlag nach dem anderen unter großem Gelächter in die Runde geworfen.

Ungläubig starrte Max zunächst vor sich hin, packte dann seine Blätter mit dem Ausschreibungstext für die Schülerzeitung in seine kleine Aktenmappe, setzte seinen Hut auf und verließ den Raum. „Das war's dann wohl", presste er im Türrahmen noch zwischen seinen Zähnen hervor und verließ die Sitzung.

Fritz Haksch überlegte kurz, ob er ihm nachlaufen sollte, zuckte dann aber mit den Schultern und dachte sich, dass es wohl keinen Sinn hätte. Irgendwie war ihm Max fremd geworden und außerdem wartete hier in der Redaktion jede Menge Arbeit. Immerhin war es schon wieder einmal kurz vor einem Drucktermin und wie üblich war das meiste noch nicht ausreichend vorbereitet worden. Und so stürzte er sich zusammen mit den anderen in die anstehende Arbeit, die erfahrungsgemäß wieder einmal die ganze Nacht in Anspruch nehmen würde. Für die seltsamen Anwandlungen von Max war da schlichtweg keine Zeit.

*

Das nächste Mal sahen sich die beiden Freunde auf dem Schulfaschingsball wieder. Im großen Saal des Schwangauer Hotels Weinbauer vergnügten sich Lehrer und Schüler in diesem Jahr unter dem Motto „Antike Götterdämmerung". Der Schulball hatte mittlerweile schon Tradition und sowohl für die Schüler der Oberstufe als auch für das Lehrerkollegium war es geradezu ein Muss, entsprechend verkleidet bei diesem Fest zu erscheinen und vor allem das Tanzbein zu schwingen.

Die meisten Teilnehmer hatten sich eingedenk des vorgegebenen Themas als römische oder griechische Gottheiten verkleidet. Eine kleinere Gruppe aus der dreizehnten Klasse, darunter auch Fritz Haksch, hatte die Idee gehabt, als Mönche zu gehen, um die heidnischen Götter zum rechten Glauben zu bekehren.

Eine braune Kutte mit Kapuze an, ein Seil um den Bauch und ein Kreuz in der Hand, so schritt man unter dem Absingen eines gregorianischen Chorals am späteren Abend, als das Fest schon voll im Gange war, in den Saal ein. Bald mischten sich Göttinnen, Götter, Mönche und diverses antikes Fußvolk und der Ball nahm mehr und mehr Fahrt auf.

Um Punkt zwölf Uhr – es war gerade eine Tanzpause angekündigt worden, die den schwitzenden und teilweise schwer atmenden Akteuren auf der Tanzfläche nicht ganz ungelegen gekommen war, immerhin hatte man gerade mehrere Rock'n Rolls und einen langen Twist hinter sich – ging die Saaltüre auf und der Märchenkönig trat auf.

Da stand er, mit schwarzen kniehohen Lederstiefeln, über der enganliegenden weißen Hose ein königsblaues, silberbeknöpftes Jackett mit reich bestickten silbernen Manschetten, linksseitig mit zwei Orden bestückt, dazu weiße Epauletten, quer über die Brust eine rote Schärpe, darüber ein ebenfalls bestickter Stehkragen. Am breiten Silbergürtel hing ein Schwert mit Goldgriff und Silberquaste, eine glitzernde, steinbesetzte Kette, von Schulter zu Schulter verlaufend, hielt den ausladend nach hinten fallenden Hermelinmantel.

Der König hob die in einem weißen Handschuh steckende rechte Hand und gebot so Ruhe im Saal. Alle Augen waren auf ihn gerichtet und starrten fasziniert auf die perfekte Erscheinung Ludwigs des Zweiten.

Mit klarer, fester Stimme sprach der König nun in den Festsaal: „Ich weiß, dass ich hier wohl um einige Jahrhunderte zu früh bin. Doch hätte ich so gern in der Antike gelebt! Der große Alexander, der leider viel zu früh verstorben, und mir im Geiste so verwandt, wäre wohl der rechte Freund für mich gewesen. Ihr werdet verstehen, dass ich eurem oberflächlichen

Tun hier, wenn überhaupt, nur wenig abgewinnen kann. So denn: Ich ziehe mich zurück an die Bar im Nebenraume. Wer eine Audienz bei seiner Majestät wünscht, der möge mir dort drüben Gesellschaft leisten."

Gemessenen Schrittes, das von schwarzen, streng gescheitelten schwarzen Locken umgebene Haupt mehrmals huldvoll zum Gruße neigend, begab sich Ludwig der Zweite nun durch einen Seitenausgang hinüber in die dort eingerichtete Bar, wo er sich, seines schweren Mantels entledigt, auf einem Barhocker am Tresen niederließ und dem Ober befahl, rasch eine gut gekühlte Flasche Krimsekt für seine Durchlaucht zu servieren.

Im Saal wurde ob dieser beeindruckenden Vorstellung noch kräftig geklatscht und bis zum Beginn der nächsten Tanzrunde beherrschte an den meisten Tischen nur eine Frage die Gespräche, nämlich die, ob diese perfekte Maskerade nicht ganz automatisch dazu führen werde, dass Max Wachsbleitter, den selbstverständlich jeder hinter der königlichen Fassade erkannt hatte, konkurrenzlos den Preis für die beste Maske des Abends erhalten werde, der traditionell um ein Uhr nach der letzten Tanzrunde vergeben wurde.

Andere dagegen vertraten die Meinung, dass die Aufmachung von Max keineswegs eine Chance bei der Preisverleihung haben dürfte, da seine Maskerade nicht dem vorgegebenen Motto der Faschingsveranstaltung entspräche, was im Übrigen auch für die Schar der Mönche gelte. Bei Max, so hieß es auch, sei sowieso die Frage, ob das noch eine Faschingsmaske oder nicht schon mehr oder weniger Ausdruck seines Normalzustandes sei, sofern man bei seinem zunehmenden Ludwigwahn überhaupt noch von normal sprechen könne.

Fritz Haksch war in der Zwischenzeit von seinem Tisch hinüber in die Bar gewechselt, sehr zum Missvergnügen einer Mitschülerin, mit der er während des Balls immerhin schon mehrmals getanzt hatte und die sich, bestätigt durch seine intensive Zuwendung an diesem Abend, durchaus Chancen ausgerechnet hatte, dass aus der bereits bestehenden guten Freundschaft jetzt noch mehr werden könnte.

Wie Fritz sofort beim Auftritt seines Freundes im Saal vermutet hatte, war der keineswegs in Faschingslaune, sondern zeigte wieder einmal einen jener depressiven Schübe, die ihm schon seit Längerem sorgenvoll aufgefallen waren und von denen er registrieren musste, dass sie auch in ihrer Häufigkeit in letzter Zeit stark zugenommen hatten. Max war dann oft stundenlang so gut wie nicht ansprechbar gewesen und so saß er auch jetzt wortlos an der Bar und starrte mit tieftraurigem Blick ein Loch in die Wand.

„Mensch Max", versuchte Fritz nun seinen Freund zu erreichen, „hör doch auf, immer nur so verloren dazusitzen. Da drüben geht es lustig zu und so fesch wie du in deiner Uniform bist, hast du heute beste Chancen bei der Damenwelt.

Doch Max reagierte nicht, auch wenn Fritz es mehrmals in ähnlicher Weise versuchte. Fast wie aus Stein gemeißelt saß er minutenlang da, löste seine Erstarrung dann jeweils mit einem tiefen Seufzer, um sich ex und hopp ein weiteres Glas Sekt zu genehmigen und dann erneut in seine Ausgangspose zurückzufallen.

Allmählich wurde Fritz sauer auf Max, zumal er schon zweimal seine an diesem Abend bevorzugte Tanzpartnerin abgewiesen hatte, die herüber in die Bar gekommen war, um ihn erneut mit auf die Tanzfläche zu bitten. Er hätte sich nur zu gerne mit dem Mädchen in das Ballvergnügen gestürzt, auch in der Hoffnung, dass sich am Ende des Balls eine Chance für ein nächtliches Abenteuer ergeben würde. Immerhin hatte die Auserwählte schon angedeutet, dass man in kleinem Kreise nach dem Ball noch bei ihr zu Hause weiterfeiern könne, wenn es sein müsse bis zu einem abschließenden Sonntagsfrühstück.

Und jetzt saß er schon fast eine Stunde neben dem unzugänglichen Königsimitator und versuchte vergeblich herauszufinden, was genau mit ihm los sei und wie er ihm helfen könne. Mittlerweile war bereits die zweite Flasche Sekt geleert, und nun stand der Bilderbuchmärchenkönig abrupt auf, schaute Fritz mit stechenden Augen an und erklärte: „Lass gut sein, Fritz, ich wollte es ja heute noch einmal versuchen. Aber ich bin für solche Vergnügungen wie da drüben im Saal nicht geschaffen. Ich spür' in mir das frühe Sterben und das lässt mich in meinen Gedanken nicht mehr los. Wer weiß, ob's nicht besser wäre, wenn ich der ganzen Sache nicht doch vorzeitig ein rasches Ende bereiten würde.

So, jetzt weißt du, was mich umtreibt. Sei bitte so nett, und wirf nachher meinen Mantel ins Auto. Hier hast du den Schlüssel. Ich geh zu Fuß heim, fahren kann ich sowieso nicht mehr und die frische Luft am Lech wird mir in meinem Zustand wohl recht gut tun."

Nur mit viel Mühe gelang es Fritz, seinem Freund beizubringen, dass er ihn jetzt auf keinen Fall allein durch die Dunkelheit nach Füssen laufen lasse. Und so kam es, dass in dieser Nacht zwei seltsame Gestalten von Schwangau aus am Ufer des Forggensees und später am Lech entlang nach Füssen gingen: ein Märchenkönig, begleitet von einem Bettelmönch.

Am Häuschen in Füssen angekommen, kam es nicht mehr zu dem klärenden Gespräch, das sich Fritz auf dem ganzen, vollkommen stumm zurückgelegten Weg erhofft hatte. Max legte sich in voller Uniform auf sein Bett, die Hände vor der Brust gefaltet, und schlief augenblicklich tief und fest ein.

Eine Zeitlang hielt sich Fritz noch in der Küche auf, rauchte dort eine Zigarette und fing an, neugierig einige Blätter durchzusehen, die er in einer aufgeschlagenen Kartonmappe auf dem Küchentisch vorgefunden hatte.

Es handelte sich offensichtlich um Entwürfe für Gedichte, manches war durchgestrichen, korrigiert, ergänzt, mit meist schneller, ungeduldiger Schrift aufs Blatt geworfen, vieles dabei für Fritz auch unleserlich.

Unter der Mappe kamen jetzt einige Seiten zum Vorschein, die wesentlich besser zu lesen waren, eine Art Reinschrift sozusagen.

Ich schreibe wirr
Die Welt ist irr
Verwirrt – verirrt
Wo bleibt der gute Hirt?

Wo bleibt der Sinn?
Wer weiß noch, wer ich bin?

Wer sich Sorgen macht
Der macht die Sorgen

Ich fühl in mir das balde sterben

um mich herum wird's frühling jetzt
die ersten zarten blüten
noch liegt der schnee auf jenen bergen
die fern am horizont ich seh
doch spürt man schon die kraft der sonne
die täglich stärker wird
jetzt da die welt sich neu belebt
wo alles voller hoffen
fühl ich in mir das balde sterben
die vögel zwitschern
mir ein abschiedslied
doch trauer kann ich nicht empfinden
ich freue mich dass hier so schön
die landschaft noch einmal sich zeigt
ich wünsche jetzt dass du bei mir
damit wir beide uns daran erfreu'n
und dass ich dir erklären kann
warum das sterben mir so leicht

Todesrätsel

Niemand weiß genau, warum sich Franz G
ein braver Bürger, der nie zu Klagen Anlass gab,
so seine Nachbarschaft,
das Leben nahm.

Er hatte eine Stellung, gut bezahlt
Familie, Auto, Urlaub jedes Jahr
so seine Frau.
Warum er sich das Leben nahm?

Er arbeitete gut, mein bester Mann
Sonderzulage und zwei Sekretärinnen sogar
So sein Chef.
Warum er sich das Leben nahm?

Franz G. kann keiner mehr fragen,
so interessant es für uns alle wäre,
Denn keiner kann sich recht erklären,
warum er sich das Leben nahm.

Franz G. schrieb keinen Abschiedsbrief
das Messer noch in seinen Händen,
so der Arzt, ein Freund des Hauses,
sah ich zum ersten Mal ihn lächeln!

————————————————

The Age of Lemings

und als er sah wohin entwicklung lief
und unaufhaltsam das ende nahte
da wollte er sein eigner richter sein
und nicht wie alle andren sterben
und noch als letztes mahnmal dachte er
vielleicht ein leuchtturm in der finsternis
ein schreckbild all den blinden andern
doch als er sich das leben nahm
da schüttelten den kopf sie nur
verstanden nicht den seher
den leuchtturm nicht und sein signal
erst als zu spät es war
die ewgen wellen tiefer see schon über sich

da dachte mancher doch zurück
an jenen ersten lemming unter ihnen

we all are lemmings
how long is now the way to our tomb
the endless sea

Unwirtlichkeit
ist diese welt
und all ihr geld
und ihr konsum
bringt uns noch um

zwietracht
ist jeder tag
und der nicht mag
der arme mann
er ist als erster dran

einsamkeit
ist jede stund
wo ist der mund
der liebe spricht
es gibt ihn nicht

dem tod
gilt alle angst
doch warum bangst
du vor dem ende
es bringt die wende

---

und als das wasser wieder fiel
die flut den letzten fels umspülte
die wellen standen bis zum knie
und höher noch

ein jeder klettert auf den nächsten
denn noah war schon viele tausend jahre tot
bis dass der letzte wasser schluckte
und sank dahin
und dann als leichnam neu geboren
den tod erst schätzen lernt
als abwurf aller ird'schen bande
und gottes rache gnade ward
das wasser das der körper braucht
es tötet nun
und spült die letzte sünde fort
erschafft den geist
der vorher nur ein schatten seiner selbst
gefangen einst
und jetzt befreit

———————————————————

Als früher ich vorm schlafengehn
den mörder unterm bett noch suchte
war dies die einz'ge sorge nur
die jeden abend ich verfluchte

der mörder sucht mich nicht mehr heim
doch andre sorgen um so mehr
ich wünsche manchmal insgeheim
dass unterm bett ein mörder wär'

———————————————————

und wieder rauschen wälder
und wieder kehrt verlorne ruhe ein
vom lärm der welt bin ich geflohen
hier möcht' ich bleiben, ewig sein

am fluss dort unter weiden
wo's wasser rauscht und trotzdem stille ist
hätt' ich den einz'gen wunsch nur
dass du jetzt bei mir bist

ein sonnenstrahl bricht durch's gehölz
ich lauf ihm nach auf eine lichtung
und such den vogel der da singt
wie oft schon in der falschen richtung

hier an dieser stelle
wo ich jetzt lieg im sonnenschein
möcht' ich auf alle fälle
einmal begraben sein

Nachdem Fritz diese Blätter durchgelesen hatte, schaute er noch einmal nach dem schlafenden Max. Der lag noch genauso da, wie er sich nach dem Heimkommen hingelegt hatte. Wie ein Toter, kam es Fritz in den Sinn. Er erinnerte sich an eine Aufnahme des in Schloss Berg aufgebahrten toten Königs Ludwig. Hier aber lag nicht der vierzigjährige Monarch, sondern der jugendliche König.

Erschrocken näherte Fritz sich seinem Freund und stellte erleichtert fest, dass der noch atmete. Er zog Max vorsichtig, um ihn ja nicht zu wecken, die Stiefel aus, deckte ihn mit dem Bettzeug zu, löschte das Licht aus und schlich auf Zehenspitzen hinaus.

Nachdem er noch einmal einen nachdenklichen Blick auf die am Küchentisch liegenden Gedichtblätter geworfen hatte, verließ er das Haus am Lech und machte sich durch die Innenstadt auf seinen Weg nach Hause in die Fabriksiedlung. In seinem Zimmer angekommen, konnte er noch lange nicht einschlafen. Der Grundtenor der Gedichte ließ ihn nicht zur Ruhe kommen. Ihm war klar, dass er auf Max besser aufpassen musste. Wer weiß, was sonst noch passieren würde.

*

Eine Folge des gemeinsamen Religionsunterrichts von katholischen und evangelischen Schülern am Gymnasium Füssen war der intensive Kontakt einiger angehender Abiturienten mit einer Jugendgruppe im ehemaligen Flößerdorf Lechbruck.

Der dortige evangelische Pfarrer unterrichtete die gemischte Religionsgruppe am Gymnasium und leitete an seinem Wohnort Lechbruck eben jene Jugendgruppe. Bald wurde es zur Selbstverständlichkeit, dass am wöchentlichen Gruppenabend auch Schüler von auswärts nach Lechbruck kamen, insbesondere dann, wenn Themenabende zu Politik und Gesellschaft auf dem Programm standen.

Noch wichtiger aber war den jungen Leuten, dass man hier mit der Lechhalle einen Veranstaltungsraum zur Verfügung hatte, der sich trefflich für Rockkonzerte nutzen ließ. So veranstaltete man gemeinsam Konzerte mit der Schulband des Gymnasiums, die unter dem Namen HCL seit einiger Zeit weit über das Gymnasium hinaus Anhänger gefunden hatte.

Am Samstag vor den Osterferien stand wieder einmal so ein Konzertabend mit HCL auf dem Programm und Fritz hatte es geschafft, seinen Freund Max dazu zu überreden, ihn nach Lechbruck zu begleiten.

Der Abend ließ sich gut an, die Halle war proppenvoll, und die Stimmung unter den jugendlichen Besuchern bestens. Direkt vor der Bühnenrampe drängte sich ein Großteil der Besucher und tanzte mehr oder weniger ekstatisch.

Wie immer, wenn die Schulband auftrat, gab es im Verlauf des Abends den Wunsch an die Band, neben den üblichen harten Rocknummern auch eine Runde mit langsameren Rockballaden zu spielen. Höhepunkt und Abschluss dieses Konzertteils war ein mittlerweile bereits zum Ritual gewordener Ablauf nach dem Song „Nights in white satin" von den Moody Blues, den die Schulband perfekt drauf hatte. Hier lief der Sänger der Band regelmäßig zur absoluten Hochform auf und seine immer zahlreicher werdenden Verehrerinnen drängten sich vor der Bühne und hingen ihrem Idol an den Lippen.

In letzter Zeit gab es bei den HCL-Konzerten auch eine begleitende Lightshow, die sich zwei Kumpel von Fritz ausgedacht hatten. Sie nutzten dazu zwei Diaprojektoren, mit denen sie auf ein weißes Bettlaken, das hinter der Band aufgespannt worden war, Bilder projizierten. Ihre „psychedelischen Lichteffekte", wie sie ihre Kunst umschrieben, kam zustande, indem sie auf die vorderen Glasplättchen der Dias zunächst verschiedene Farbklekse spritzten, dann Azeton dazugaben und diese Mischung mit einem zweiten Glasplättchen abgedeckt in einen Diarahmen klemmten. Wurden diese Präparate dann in den Projektor geschoben, entwickelte sich durch die Hitze der Projektionslampe das beigefügte Azeton zu einem Treibmittel, das die verschiedenen Farben auf der Glasplatte in Bewegung brachte. Die Farben schwammen ineinander, vermengten sich, bildeten überraschend neue Mischfarben und immer wieder platzten Farbbläschen auf. So wurde auf der Projektionsfläche eine erstaunlich gut zur Musik passende Lightshow produziert, die bei den Fans im Saal immer wieder Bewunderung hervorrief.

Die beiden Lichtkünstler experimentierten bei diesen Vorstellungen mit allen möglichen Farben und probierten verschiedene Chemikalien als Zusatz aus, um immer wieder neue Effekte zu erreichen. Als sehr hilfreich erwies sich dabei der recht einfache Zugang zu entsprechenden Mitteln, da einer der beiden aus einer Apotheke stammte. Fritz, der gelegentlich bei der Lightshow mithalf, erinnerte sich daran, wie bei einem solchen Experiment im Füssener Jugendzentrum auch schon einmal der ganze Saal für einige Zeit geräumt werden musste, weil die experimentierfreudigen Künstler damals auch mit Salzsäure gearbeitet hatten, was als Begleitteam zu einer Gruppe mit dem Bandnamen HCL ja durchaus nahelag. Da sie die Salzsäure in einem offenen Glasbehälter hatten stehen lassen, ohne sich weiter darum zu kümmern, weil sie sich längst anderen Experimenten zugewandt hatten, kam es zur Entwicklung von rauchender Salzsäure, deren Dampfschwaden binnen kurzer Zeit durch das ganze Jugendzentrum zogen. Mit roten, tränenden Augen und teilweise auch kräftigem Reizhusten liefen die Besucher aus dem Saal an die frische Luft. Ganz so schlimm, wie zunächst befürchtet, ging die Sache dann aber doch nicht aus: Durch kräftigen Durchzug bei offenen Fenstern und Türen besserte sich die Luftsituation im Jugendheim schnell, die Salzsäure war inzwischen wieder in einen geschlossenen Glasbehälter verbannt worden und schon bald konnte damals die Fete uneingeschränkt weitergehen.

Für die Lechbrucker Konzertveranstaltung hatten die beiden von der Lightshow sich etwas ganz besonderes einfallen lassen, was sie jetzt zum ersten Mal ausprobieren wollten. Als Grundplättchen, auf die die verschiedenen Farbspritzer aufgetragen werden sollten, benutzten sie diesmal keine Glasplatten, sondern einige fertige Dias. Und so sahen die Besucher der Veranstaltung, während HCL gerade „Nights in white satin" spielte, im Hintergrund das teilweise von Farbklecksen verdeckte Bild von König Ludwig II. auftauchen. Binnen kurzem erfolgten die schon beschriebenen Farbbewegungen und nach und nach wurde das Bildnis des jugendlichen Königs in seiner Gardeuniform von aufplatzenden Farbbläschen überzogen und somit mehr und mehr verfremdet.

Max hatte zu Beginn dieser künstlerischen Darbietung mit großem Erstaunen reagiert, war von der Tanzfläche ein Stück nach hinten gegangen, hatte sich dort auf einen Stuhl gesetzt und starrte nun mit großen Augen auf das sich mehr und mehr verändernde Bild hinter der Rockband. In der anschließenden Pause kam Fritz zu ihm an den Tisch und meinte voll Begeisterung: „Mensch, Max, hast du die Lightshow gesehen. Sagenhaft, was die beiden da oben hingezaubert haben!"

Erst jetzt bemerkte Fritz die Tränen, die seinem Freund über die Backen liefen. Die melancholische Musik, eines der Stücke, die er abends oft zigmal hintereinander zu hören beliebte, vor allem wenn er sich wie so oft in letzter Zeit seinem Weltschmerz hingegeben hatte, und jetzt auch noch in Kombination mit einer Bildbearbeitung seines geliebten Idols Ludwig II., das alles hatte ihn emotional tief aufgewühlt. Wieder einmal war ihm dabei seine Einsamkeit klar geworden, vor allem wenn er sah, wie sich bei dieser Musik die sonst eher als Singles Tanzenden auf der Tanzfläche zu Paaren zusammenfanden, die sich nun eng umschlungen zum Takt der Musik bewegten.

Ihm wurde wieder einmal bewusst, dass ihm solche engen Beziehungen zu Frauen versagt bleiben würden, schließlich war ihm in den letzten Wochen mehr und mehr klar geworden, warum seine sexuellen Wünsche und Träume immer weniger mit dem weiblichen Geschlecht zu tun hatten. Mittlerweile war er sich so gut wie sicher, dass das mit ihm und den Mädchen wohl nichts mehr werden konnte.

Die Tränen aber waren Max durchaus peinlich und so stand er, obwohl er seinem besten Freund am liebsten in die Arme gefallen wäre, um sich trösten zu lassen, abrupt auf, wischte sich mit dem Ärmel über's Gesicht und erklärte mit brüchiger Stimme: „Ich muss wohl etwas an die frische Luft. Ich geh' raus und mach' einen Spaziergang runter an den Lech!"

Fritz hatte zuerst überlegt, ob er sich seinem Freund anschließen sollte, war aber dann zu dem Schluss gekommen, dass der jetzt vielleicht lieber allein bleiben wollte, und außerdem war ihm doch sehr daran gelegen, zusammen mit all den anderen weiter an der tollen Fete beteiligt zu sein und nicht schon wieder einmal dieses Vergnügen den Launen seines Freundes opfern zu müssen.

Max war inzwischen von der Lechhalle, vorbei an der Schule, dem Fußballplatz und dem Eisstadion, zum wild rauschenden Lech hinuntergelaufen. Ein sternklarer Himmel mit einem prächtigen Vollmond erleichterte es ihm, den Spazierweg lechabwärts zu nehmen. Das Rauschen des Flusswassers begleitete ihn und führte allmählich dazu, dass er sich mehr und mehr beruhigte. Als er bei der Einmündung eines kleinen Bachlaufs in den Lech angekommen war, lenkte er seine Schritte wieder dem Ort zu und stand bald unterhalb des Kirchhügels. Er nahm nun den im Mondlicht gut sichtbaren Fußweg hinauf zur Kirche und wollte von dort durch den Friedhof und auf der Rückseite des Hügels wieder hinab zur Lechhalle gelangen.

Als er den Friedhof betrat, sah er zwischen den hohen Thujahecken, die die Gräberreihen in lange Gassen einteilten, eine seltsame Gestalt sich bewegen. Neugierig geworden, schlich er sich vorsichtig und immer in Deckung bleibend näher heran. Er erkannte nun eine ältere männliche Person, die unverständliche Laute murmelnd und ein Bein deutlich nachziehend von Grabstelle zu Grabstelle humpelte. Immer wieder blieb sie an den Grabsteinen stehen, packte diese mit kräftigen Armen und versuchte sie jeweils mit einem lauten „Hauruck"-Ruf umzuwerfen, was nicht immer, aber doch immer wieder einmal gelang. Der Grabschänder war jetzt am Ende einer Reihe angekommen, drehte sich um und schaute zufrieden grunzend auf sein Zerstörungswerk. Anschließend humpelte er, mit dem behinderten Bein jeweils eine deutliche Schleifspur im Wegkies zurücklassend, zurück zum Ausgangspunkt der Grabreihe, kam dabei im Abstand von gerade einmal einem halben Meter an dem den Atem anhaltenden Max vorbei, der sich blitzschnell in eine durch einen abgestorbenen Thujabaum entstandene Lücke in der Hecke gedrängt hatte, bog dann im rechten Winkel ab und verschwand durch die quietschende Eisentür an der Westseite des Friedhofs.

Max war sofort klar, was er da beobachtet hatte. Im Anschluss an die letzten beiden Konzertabende, die von der Lechbrucker Jugendgruppe in der Lechhalle veranstaltet worden waren, war es nicht nur zu Beschwerden von Anwohnern über die damit verbundenen Lärmbelästigungen gekommen, sondern auch zu mehreren Fällen von Vandalismus im nahen Friedhof. Die damals umgeworfenen oder beschädigten Grabsteine, so war man sich im Flößerdorf sofort sicher, gingen auf das Konto von Konzertbesuchern, und seitens der Gemeindeverwaltung und des Bürgermeisters war dem für die Veranstaltungen verantwortlichen evangelischen Pfarrer bereits deutlich gemacht worden, dass weitere Vorkommnisse dieser Art unweigerlich dazu führen müssten, dass solche Konzerte nicht mehr genehmigt würden, auch wenn man durchaus zu würdigen wisse, dass der Erlös jeweils für gemeinnützige Zwecke gespendet wird.

Jetzt war Max klar, dass nicht irgendwelche fehlgeleiteten Rockfans ihr Unwesen auf dem Friedhof trieben, sondern ein recht gut zu beschreibender Dorfbewohner, der offensichtlich die teilweise vorhandene Abneigung einiger Lechbrucker gegen die jugendlichen Konzertbesucher, und vor allem gegen die „langhaarigen Gammler", wie viele von ihnen wegen ihres nicht angepassten Aussehens immer wieder beschimpft wurden, dazu ausnutzte, um durch das Umwerfen von Grabsteinen seine Aggressionen loszuwerden.

Schnell rannte Max jetzt den steilen Fußweg vom Friedhof zur Lechhalle hinab und meldete den gerade beobachteten Vorfall sofort dem Pfarrer. Pfarrer Frohsinn war zwar einerseits durch die Schilderung des Vorfalls entsetzt, andererseits aber auch froh, da man nun endlich sicher sein konnte, dass seine Veranstaltungen nichts mit den Zerstörungen auf dem Friedhof zu tun hatten. Durch die von Max geschilderte auffällige Behinderung des Täters war er sogar ziemlich sicher zu wissen, wer der Täter war. Eine halbe Stunde später war dann auch schon die vom Pfarrer verständigte Polizei an der Lechhalle eingetroffen. Die Beamten nahmen die Schäden auf dem Friedhof auf und führten eine ausführliche Befragung des Zeugen Max durch.

Ein Wochenende später konnte man einem Bericht der Tageszeitung entnehmen, was im Flößerdorf bereits seit Tagen unter den Bewohnern die Runde gemacht hatte: Der Friedhofschänder sei endlich gefasst, ein Geständnis des geistig verwirrten Täters, der auch als Mesner und Totengräber beschäftigt worden war, abgelegt und die zu Unrecht verdächtigten jungen Leute als unschuldig rehabilitiert.

*

Es war nicht mehr lange hin zum Abitur und auch die Schüler am Füssener Gymnasium widmeten sich daher immer häufiger ihren schulischen Pflichten. Immerhin wollte jeder das Abitur schaffen. Einige hatten auch noch weitergehende Ziele, so zum Beispiel den Numerus Clausus für ein angestrebtes Studienfach hinzukriegen oder gar einen Notenschnitt für die Erreichung eines Stipendiums oder die Aufnahme in die Studienstiftung des Bayerischen Staates, das Maximilianeum in München, zu erreichen.

Fritz hatte bereits intensiven Kontakt zu ehemaligen Schülern aufgenommen, um Informationen über das Studium im

Allgemeinen und vor allem über die Bedingungen und Inhalte eines Politikstudiums zu erhalten. In den letzten Wochen war allmählich die Entscheidung gereift, dass er nach dem Abitur das machen sollte, was ihn am meisten interessierte. Bei seinem Vater konnte er bei so einer Entscheidung auf kein Verständnis hoffen. Der hätte es am liebsten gesehen, wenn sein Sohn nach der Schule eine Beamtenlaufbahn beim Finanzamt eingeschlagen hätte. Ein Studium versuchte er Fritz immer wieder auszureden, da sich ein Arbeiterhaushalt so etwas nicht leisten könne. Auch wenn Fritz seinem Vater längst klar gemacht hatte, dass er von seinen Eltern keinen Pfennig Unterstützung erwarte und sich sein Studium durch das staatliche BAföG und zusätzliche Ferienarbeit selbst finanzieren könne, endeten entsprechende Diskussionen im Hause Haksch stets mit Misstönen und oft tagelanger Missstimmung.

Umso mehr war Fritz klar, dass sein Vater auf das Studienfach Politikwissenschaften noch zusätzlich allergisch reagieren würde. Nicht nur, dass er sich darunter nichts vorstellen konnte und als erstes die Frage nach dem späteren Beruf und den Verdienstmöglichkeiten gestellt hätte, sondern auch die Befürchtung, dass sein Sohn, dessen radikale politische Ansichten ihm schon lange ein Dorn im Auge waren, dann in den Kreisen landen würde, die er von verschiedenen Fernsehsendungen her als „die Studentenbewegung" hinlänglich zu kennen glaubte, nährte seine Ablehnung. Für ihn waren die langhaarigen Revoluzzer, die „ungewaschenen Gammler und Hippies", eine verachtenswerte Gruppe von arbeitsscheuem Gesindel, das weg von der Straße gehörte und am besten in Arbeitslagern aufgehoben wäre. Die tägliche Lektüre der Bildzeitung, die im Brotzeitraum der Hanfwerke eifrig gelesen wurde und deren Hetzartikel bei den meisten Arbeitern auf sehr fruchtbaren Boden fielen, taten ihr Übriges dazu, dass das Verhältnis von Vater und Sohn sich sehr negativ entwickelt hatte. Fritz ging seinem Alten deswegen, so gut es ging, aus dem Weg und vermied es, sich auf irgendwelche politischen Diskussionen einzulassen.

An den Wochenenden hielt sich Fritz jetzt oft bei zwei älteren Freunden auf, die beide in München studierten, der eine an der Kunstakademie, der andere hatte Politik und Soziologie belegt. Durch diese beiden war er auch immer bestens informiert, was in München in der Studentenszene so los war. Einmal war auch er mit nach München zu einer großen Demonstration gegen den Vietnamkrieg mitgefahren und zeigte sich von diesem Ereignis immer noch schwer beeindruckt. „Ho-Ho-Ho-Tschi-Minh" rufend war er da, eingehakt in einer Kette von Protestierenden, mit über die Straßen gelaufen, hatte anschließend in einem großen Hörsaal die Reden einiger Studentenführer gehört und war geradezu euphorisiert zurück nach Füssen getrampt, wo ihm in den folgenden Tagen der Muff der Kleinstadt besonders auf den Geist gegangen war.

Die beiden Studentenfreunde hatten in München auch Kontakt zu einer Rockband aufgenommen, die unter dem Namen „Embryo" insbesondere unter Studenten einen sehr guten Ruf genoss und bereits mehrere Platten veröffentlicht hatte. Jetzt wollten die beiden ebendiese Kontakte nutzen und auch einmal draußen in der Provinz ein Musikspektakel organisieren. Fritz war für die Idee sogleich Feuer und Flamme und stellte sich in den Dienst dieser Sache.

Doch so einfach, wie die drei jungen Leute sich das vorgestellt hatten, war ein Rockkonzert nicht durchzuführen. Schon die Suche nach einem geeigneten Saal erwies sich als recht schwierig. Als unbekannter Veranstalter, noch dazu mit einem Inhalt, der auf viel Skepsis und Ablehnung stieß, hatten sie bei den meisten Ansprechpartnern, die über eine ausreichend große Halle verfügten, keine Chance. Auch die von Fritz ins Spiel gebrachte Lechhalle in Lechbruck konnten sie nicht buchen. Man sei mit den mehr oder weniger regelmäßig stattfindenden Konzerten der örtlichen evangelischen Jugendgruppe in diesem Bereich genug ausgelastet, so wurde Fritz bei seiner Anfrage beim Bürgermeister beschieden, wobei er zwischen den Zeilen ganz klar die Andeutung vernahm, dass man im Flößerdorf nicht noch mehr von diesen unangepassten Jugendlichen anlocken wolle. In ganz Füssen und Umgebung hörten sie ähnlich lautende Absagen, bis sie durch Zufall doch noch an eine ausreichend große Halle kamen, die zwar etwas entfernt im oberbayerischen Peiting lag, dafür aber alle Voraussetzungen für das geplante Großereignis mit sich brachte.

Nachdem ein Vertrag mit dem zuständigen Sportverein und eine Haftpflichtversicherung abgeschlossen worden waren, machten sich die drei Konzertveranstalter daran die Werbetrommel zu rühren. Sie hatten bei einem Eintrittspreis von zehn Mark alle Unkosten wie Saalmiete, Versicherung, Plakatdruckkosten und die Gage für die Band gegengerechnet und dann eine Mindestbesucherzahl von 500 kalkuliert, um ohne Verluste über die Runden zu kommen. Damit war klar, dass es vor allem auf eine umfangreiche Werbung ankam, um möglicherweise in die Gewinnzone zu gelangen. Zum Glück hatte Fritz seit dem Ereignis mit dem Grabschänder in Lechbruck wieder etwas mehr Zugang zu Max und konnte diesen dazu aktivieren, mit ihm in mehreren Nachtschichten übers Land zu fahren und Plakate zu kleben. Die großformatigen, bunten Plakate waren in der Kunstakademie im Siebdruckverfahren hergestellt worden und begeisterten Fritz und seinen Helferstab, den er vor allem aus seiner Schülerzeitungsredaktion rekrutiert hatte.

Von Garmisch-Partenkirchen bis nach Landsberg am Lech, von Memmingen bis nach Kempten, in weiten Teilen des Oberlandes und des angrenzenden Allgäus wurden jetzt diese Plakate geklebt. Zunächst ließ sich die Werbearbeit gut an. Als Fritz und Max aber einmal gegen Mitternacht an Kemptens Busbahnhof Plakate klebten, wurden sie dabei von einer Polizeistreife überrascht. So erfuhren die beiden, dass sie mit ihrer Aktion den Tatbestand des wilden Plakatierens erfüllten, was eine Ordnungswidrigkeit sei und durchaus mit einem Bußgeld belegt werden könne. Fritz einigte sich schließlich mit den Polizisten, dass die in Kempten bereits geklebten Plakate wieder entfernt und weitere nicht mehr in Umlauf gebracht würden.

„So eine Scheiße! Müssen da auch gerade die Bullen auftauchen!", ereiferte sich Fritz, als sie sich auf den Heimweg nach Füssen machten. Das einzig Gute war, dass sie in Kempten gerade erst mit dem Plakatieren begonnen hatten, als die Polizei aufgetaucht war, und so nur wenige Poster wieder entfernen mussten. Jetzt aber waren ihre Personalien festgestellt und notiert worden, durchaus auch mit dem Hinweis, dass bei weiteren Verstößen mit einer Anzeige zu rechnen sei.

„Eigentlich müssten wir jetzt auch in all den anderen Orten, wo wir schon waren, die Plakate wieder abreißen", meinte Max. „Ich habe keine Lust, Schwierigkeiten mit den Bullen zu bekommen. Mir langt es noch, wie die bei der Anti-Strauß-Demo mit mir umgesprungen sind."

„Quatsch!", stauchte ihn sein Freund jetzt zusammen, der innerlich geradezu kochte vor Wut, weil er das Gefühl der Ohnmacht und des Ausgeliefertseins seit dem Treffen mit der Polizeistreife in Kempten nicht mehr loswurde. Die Art, wie die beiden Polizisten ihn von oben herab behandelt hatten, ohne auch nur ansatzweise zu verhehlen, was sie von den beiden Jugendlichen hielten, nämlich gar nichts, war ihm zutiefst zuwider. Klein und schäbig hatte er sich gefühlt, als sie die Ausweise und Max' Führerschein betont langsam und übergenau untersucht und dabei nicht mit abschätzigen Andeutungen gespart hatten. Da bekam Max sein Fett schon deswegen weg, weil er ausweislich seiner Papiere aus Tirol stammte. Für beide, so wurden sie belehrt, wäre es auch besser, einer geordneten beruflichen Tätigkeit nachzugehen, als sich mit illegalen Handlungen die Nacht um die Ohren zu schlagen. Zumindest sollten sie sich aber einmal die Zeit nehmen, sich gründlich zu waschen und dann noch den Friseur aufzusuchen, da sonst die Ähnlichkeit zu Vertretern der afrikanischen Tierwelt nicht mehr zu verhindern sei.

Dass er das alles ohne sich wehren zu können über sich hatte ergehen lassen müssen, nagte und nagte an seinem Selbstwertgefühl:

„Die Plakate in den anderen Orten lassen wir hängen! Die sollen doch erst einmal nachweisen, dass wir das waren. Es sind auch noch andere unterwegs und im Fall des Falles leugnen wir, die Verursacher zu sein. In die Hose scheißen müssen wir jetzt auch nicht gleich!"

Auch Max hatte die Schnauze voll vom Plakatieren, und als Fritz ihn am nächsten Tag noch einmal zu einer Tour ins Oberbayerische Richtung Oberammergau überreden wollte, lehnte er entschieden ab.

*

Fritz fieberte dem Konzert in Peiting entgegen, und als es endlich soweit war, stand er mit seiner ganzen Schülerzeitungstruppe bereit, um beim Bühnenaufbau zu helfen. Als „Embryo" dann loslegte und tatsächlich eine fantastische Vorstellung ablieferte, war er zwar einerseits von der Musik begeistert, sah aber mit Bangen, dass die Halle weit weniger mit Zuhörern gefüllt war, als er sich das erhofft hatte. Er konnte sich nicht vorstellen, dass man mit den Einnahmen irgendwie hinkommen würde, und malte sich schon aus, wie er die nächsten Ferien wohl damit verbringen würde, das fehlende Geld für die Band in der Fabrik zu erarbeiten. Seine beiden Freunde aber beruhigten ihn. Sie berichteten, dass die Band auch mitbekommen hatte, dass der Zuspruch eher dürftig ausgefallen war, und dieses Konzert jetzt als eine Art Entwicklungshilfe für die ländliche Region betrachtete. Sie hatten von sich aus angeboten, sich mit dem zufrieden zu geben, was nach Abzug der Unkosten an Geld übrig bleiben würde.

Jetzt fiel Fritz doch ein Stein vom Herzen und er konnte den Rest des Konzerts ohne bedrückende Gedanken buchstäblich in vollen Zügen genießen – immerhin machten jetzt auch immer umfangreicher gebaute Joints in der Halle die Runde.

So wurde das große Konzert zwar für die Veranstalter finanziell ein ziemlicher Reinfall, aber für die gut hundert Zuhörer ein überragender Höhepunkt in der doch recht langweiligen Musikszene der Gegend. „Embryo" war auch überhaupt nicht anzumerken, dass sie keine Einnahmen zu erwarten hatten. Sie spielten ihre Musik mit vollem Einsatz und das Publikum geriet mehr und mehr in Stimmung, zumal die Rockband ihr Programm immer weiter ausdehnte und eine Zugabe nach der anderen spielte.

Als nach dem Ende des Konzertes das Equipment abgebaut und in einem Lieferwagen sicher verstaut war, kam die Idee auf, dass man jetzt noch lange nicht nach Hause gehen könne, sondern am besten die Nacht durchfeiern müsste. Die Musiker waren sofort Feuer und Flamme, als sie von einem kleinen, abgelegenen Moorsee hörten, wo man schon des Öfteren entsprechende Feten durchgezogen hatte.

Und so kam es, dass mitten in einer Juninacht des Jahres 1971 eine seltsame Karawane von hippyähnlichen Gestalten vom Parkplatz der ehrwürdigen Wieskirche aus den Weg zum versteckt gelegenen Klepperfilzsee nahm, wo man sich vor einer Holzhütte auf der zugehörigen Veranda zum See niederließ. Das bunte Völkchen von Musikern, Münchner Studenten und einheimischen Musikfans ließ es sich bei Bier und Wein, bei Zigaretten und anderem Rauchzeug gut gehen, wobei erstaunlich war, wo die entsprechende Verpflegung eigentlich so schnell hatte aufgetrieben werden können. Der warme Moorsee lud immer wieder zum gemeinsamen Bad ein und besonderer Beliebtheit erfreute sich ein tiefes Schlammloch neben der Hütte. Das war so tief, dass man darin versunken wäre, wenn nicht ein darüber gelegter dicker Ast als Ein- und Ausstiegshilfe dieses verhindert hätte. Und so liefen immer wieder von Kopf bis Fuß braunverschmierte Gestalten juchzend über den Holzsteg und sprangen kopfüber in den See. Im späteren Verlauf der Feier wurde es ruhiger, das kleine Lagerfeuer, das man neben der Hütte entzündet hatte, glühte nur noch vor sich hin, der letzte Gitarrenspieler stellte seine Bemühungen ein und meist paarweise zog man sich mit Schlafsäcken an den Waldrand oder auf die Veranden der kleinen Badehäuschen zurück, die hier am Ufer des Moorsees standen.

Fritz und Max saßen als letzte am Lagerfeuer, starrten in die Glut und hingen düsteren Gedanken nach. Zunächst hatten beide begeistert an der Fete teilgenommen. Insbesondere Fritz diskutierte mit einem Bandmitglied stundenlang über die politische Situation in der Bundesrepublik, über den Hintergrund der anhaltenden Studentenproteste, die Möglichkeiten, das Land freier und demokratischer zu gestalten und die Frage, inwieweit es legitim sei, zur Erreichung politischer Ziele auch Gewalt anzuwenden. Zunächst waren auch noch andere an der Diskussion beteiligt, vor allem auch ein paar Mädchen aus dem Umfeld der Füssener Schülerzeitungsclique. Als dann die Diskussionsgruppe immer kleiner wurde, sich bekannte und überraschend neue Pärchen zusammenfanden und die Feuerstelle verließen, hatte Fritz die Hoffnung gehabt, dass auch er an diesem Abend nicht allein bleiben würde. Eines der Mädchen hatte es ihm schon länger angetan. Er kannte sie eigentlich schon seit Langem, aber in letzter Zeit waren sie immer häufiger zusammengetroffen, hatten sich nachmittags in der Eisdiele oder abends im Hirschen getroffen und dabei festgestellt, dass sie in ihren politischen Ansichten und auch sonst auf der gleichen Wellenlänge schwammen. So forsch Fritz mittlerweile in politischen Diskussionen aufzutreten vermochte, so schüchtern und vorsichtig war sein Verhalten gegenüber den Mädchen. Noch immer hatte er Hemmungen, offen und direkt seine Zuneigung zu zeigen und somit eine engere, intime Freundschaft in die Wege zu leiten. Durch den Alkohol ermutigt, war er heute Abend soweit, dass er dem neben ihm am Feuer sitzenden Mädchen endlich deutlich seine Zuneigung zeigen wollte. Doch gerade als er näher zu ihr rutschen und den Arm um sie legen wollte, kam einer der Studenten dazu, mit dem das Mädchen zum Missfallen von Fritz schon in der Konzerthalle viel zusammengesessen war, nahm sie bei den Händen, zog sie nach oben und meinte: „Komm und nimm deine Schwester auch noch mit! Wir gehen zum Auto hinunter. Da ist im Kofferraum genug Platz für uns zum Schlafen."

Die jüngere Schwester des Mädchens und ein weiterer Student erhoben sich ebenfalls vom Lagerfeuer und engumschlungen begaben sich die beiden Paare auf den Weg zum Parkplatz hinunter, einen entgeistert dreinschauenden und tief enttäuschten Fritz zurücklassend.

Am liebsten hätte Fritz jetzt seinen Frust in Alkohol ertränkt, aber die mitgebrachten Vorräte waren zu Ende gegangen, und so saß er am Feuer und starrte, unbeweglich seinen trüben Gedanken nachhängend, in die Glut.

Nach längerer Zeit nahm er schließlich wahr, dass er nicht der einzige war, der so deprimiert herumsaß. Unmittelbar am Seeufer sitzend erkannte er seinen Freund Max, der sichtbar in einer vergleichbaren psychischen Verfassung war.

Fritz setzte sich zu Max, der in das dunkle Moorwasser starrte und nun leise und abgehackt zu reden begann.

„Ich könnte stundenlang ins Wasser schauen. Die verborgene Welt da unten fasziniert mich, zieht mich an. Mir ist's manchmal dabei, als wär' ich der Fischer aus dem Gedicht von Goethe, als würde ich von da unten gerufen."

Fritz suchte eine Zeitlang nach den geeigneten Worten, doch ihm wollte so recht nichts Passendes einfallen, und so war es Max, der erneut das Wort ergriff.

„Ich weiß, dass ihr das alles nicht versteht, was in mir vorgeht, auch du nicht, Fritz. Niemand bleibt mir als ich selbst. Ein einziger versteht mich, er hat mich stets verstanden, hat mich nie verlassen. Ein Einziger, und das bin ich selbst! Nur mit ihm kann ich wahrhaft reden, wie es mir ums Herz ist!"

Lange saßen die beiden jetzt schweigend da. Fritz begann es kalt zu werden und er kam zu dem Schluss, dass es an der Zeit sei, die trostlose Situation zu beenden.

„Nichts zum Saufen, nichts zum Kiffen und keine Weiber! So eine scheiß Fete! Wenn du noch fahren kannst, Max, dann bring uns jetzt nach Füssen zurück. Wir zwei haben hier sowieso nichts mehr zu suchen."

*

Das sagenhafte Konzert mit der Band „Embryo" war bei den Füssener Gymnasiasten, die den Hauptanteil der Besucher ausgemacht hatten, noch in aller Munde, als vierzehn Tage später bereits der nächste Höhepunkt in der sonst noch arg von der modernen Musik vernachlässigten Provinz auf dem Programm stand. Diesmal traten „Amon Düül II" in Weilheim auf, die deutsche Rockband, in deren Reihen auch zwei ehemalige Schüler aus Hohenschwangau und einer aus dem nicht weit entfernten Marktoberdorf mitspielten. Aufgrund der persönlichen Bekanntschaft hatte man unter den Füssener Schülern den erfolgreichen Weg dieser Gruppe mit ganz besonderem Interesse verfolgt, und es war geradezu selbstverständlich, dass die Platten der Düüls in keiner Sammlung fehlen durften, die vor den Augen der anderen Bestand haben wollte.

Als man von dem Konzert gehört hatte, waren sofort Fahrgemeinschaften gegründet worden. Wer keine solche Mitfahrgelegenheit ergattern konnte, der machte sich schließlich per Anhalter auf den Weg. Fritz hatte Aufnahme in einem alten VW-Bus gefunden, der, obwohl uralt erworben, von Nesselwang aus schon einmal den weiten Weg nach Marokko zurückgelegt hatte, rundum bunt bemalt war und im Inneren nur noch eine Rückbank aufwies, damit auf den am Boden ausgebreiteten Schlafsäcken und Schafwollfellen weit mehr als die zugelassene Anzahl von Mitfahrern Platz finden konnte.

So kam es, dass auch bei diesem recht gut besuchten Konzert ein deutlich erkennbarer Teil des Publikums aus dem Allgäu ins oberbayerische Weilheim angereist war. Schon vor dem Konzert, das in einer großen Halle vor den Toren der Stadt stattfand, in der üblicherweise die regelmäßigen Viehauktionen der Region durchgeführt wurden, konnten Fritz und Max mit den Bandmitgliedern kurz Kontakt aufnehmen und die ungebrochene Verbundenheit der Füssener zu ihrer Lieblingsgruppe übermitteln, während noch zwei Vorbands auf der Bühne standen.

In der Zwischenzeit hatten die Besucher festgestellt, dass das Konzert eigentlich eine Werbeveranstaltung eines regionalen Modehauses war. In den Pausen, während die Bühne jeweils für die nächste Band umgebaut wurde, stolzierten daher männliche und weibliche Models über einen durch die Mitte der Halle aufgebauten Laufsteg, um die neueste Jugendmode vorzustellen. Diese Modenschau wurde moderiert von einem jungen Schnösel mit Anzug und Krawatte, der in Outfit und Sprache in ein Rockkonzert passte, wie die sprichwörtliche Faust aufs Auge.

Dass das Modehaus sich in seiner Zielgruppe ganz gewaltig getäuscht hatte, wurde schnell erkennbar. Die Models auf dem

Laufsteg wurden bald gnadenlos ausgepfiffen und immer lauter hörte man, ausgehend von der Füssener Gruppe, Sprechchöre wie „Konsumterror! Konsumterror!", so dass von dem sichtlich irritierten Moderator bald kein Wort mehr zu verstehen war. Seine Versuche, über die Tontechnik mehr Saft auf sein Mikrofon zu bekommen, scheiterten in immer grelleren Pfeiftonorgien. Schließlich wurde die Show unter dem Gejohle der Rockfans abgebrochen, und endlich trat mit „Amon Düül" die Hauptgruppe auf den Plan.

Strolchi, der sich zunächst wie üblich sehr ausgiebig seinem mitgebrachten Biervorrat gewidmet hatte, war bei der Vertreibung des Modemoderators und seiner Mannequins einer der eifrigsten und lautesten gewesen. Am Ende konnte Fritz ihn nur mit Mühe davon abhalten auf den Laufsteg hinaufzuklettern und sich gewaltsam auf diesen „Sauhund von Modefuzzi" zu stürzen.

Als jetzt seine Düüls spielten, beruhigte er sich wieder, ließ sich wie alle anderen auch ganz von der Musik einfangen, kräftig unterstützt von unterschiedlichen Formen von Rauschmitteln, beim Strolchi mehr vom Alkohol, bei der Mehrheit der Besucher von den immer zahlreicher herumgereichten Joints.

Als „Amon Düül II" eine Pause einlegten, wollte der Veranstalter doch noch einen weiteren Versuch mit seiner Modenschau machen. Zwischen ihm, den Bandmitgliedern und einigen Rockfans, darunter auch Fritz, entstand eine heftige Diskussion. Die Musiker wurden praktisch vor die Wahl gestellt, entweder gleich weiterzuspielen, um so die unerträgliche Werbeschau zu verhindern, oder zusammen mit den Fans die Veranstaltung abzubrechen. Die Bandmitglieder sympathisierten klar mit den Rockfans und waren selbst nicht gerade begeistert von dem Modegehüpfe in den Pausen. Andererseits aber hatten sie einen Vertrag abgeschlossen und standen somit in der Pflicht, hier bei dieser Veranstaltung zu spielen. Bei einem Abbruch hätten sie zumindest auf einen Teil ihrer Gage verzichten müssen. Als den Vertretern des Modehauses von den Fans um Fritz aber klar gemacht wurde, dass es bei einer weiteren Modenvorführung mit Sicherheit zu Randale kommen würde und dann niemand mehr garantieren könne, inwieweit die Sache anschließend eskaliere, lenkten diese, wenn auch zähneknirschend, ein, verzichteten auf weitere Modeeinlagen und garantierten der Band trotzdem ihre vertraglich zugesicherte Gage.

Im folgenden zweiten Teil des Konzerts ging die Post dann so richtig ab, auf der Bühne und drunten bei den Rockfans, und erst nach mehreren Zugaben mit endlos variierenden Stücken, wie man es von „Amon Düül" ja gewohnt war, kam die Veranstaltung zu einem jetzt doch sehr friedlichen Ende.

Bereits im Bus auf dem Heimweg kritzelte Fritz erste Sätze für einen Schülerzeitungsbericht auf einen kleinen Block, den er für solche Gelegenheiten in letzter Zeit immer mit sich führte. „Trip to High Bavaria – oder: Düüler geht's nicht mehr" lautete die Überschrift und im folgenden Text wurden alle Ü- und I-Laute durch mehrere üüü ersetzt.

„Prima", dachte sich Fritz, „da haben wir ja schon einen ersten Superartikel für die Abiturzeitung!"

*

Am nächsten Abend besuchte Fritz seit Längerem wieder einmal Max in seinem Lechuferhäuschen. Im Gegensatz zu seinen letzten Besuchen war sein Freund in bester Laune. Er saß am Küchentisch vor einem Schreibblock, auf dem er sich schon fleißig Notizen gemacht hatte.

„Neue Gedichte?", fragte Fritz.

„Nein. Ich hab da gestern beim „Amon Düül"-Konzert so eine Idee gehabt: Die müssten sich mit einem Orchester zusammentun, London Symphonic Orchestra oder so, und dann zusammen eine Oper aufnehmen. Ich hab' das gestern im Konzertdelirium ganz genau vor mir gesehen. Die Geschichte von König Ludwig II. eignet sich doch hervorragend für so eine Produktion. Und als Höhepunkt käme der König dann in den Himmel und träfe dort im Finale auf Jimmy Hendrix, Janis Joplin und Brian Jones. Ich hab' mich gleich heute Morgen hingesetzt und eine Szenenabfolge und eine Personenliste zusammengeschrieben. Wenn ich das einigermaßen ausgearbeitet habe, dann fahre ich zu den Düüls und unterbreite ihnen meine Idee. Ich bin sicher, das wird eine Sensation!" Überhaupt ließe sich aus der tragischen Geschichte vom Märchenkönig künstlerisch so manches machen. „So gut wie ‚Hair‘ in München läuft, so gut ginge hier im Königswinkel sicher auch ein Ludwig-Musical."

„Zuerst hätte ich aber gerne, dass du mit mir den Artikel über das Konzert für die Abiturzeitung überarbeitest", sagte Fritz und legte seinen Entwurf dazu auf den Tisch.

„Moment, ich hol erst einmal für jeden ein Bier. Damit geht es sicher viel leichter", antwortete Max und verschwand in seiner kleinen Speisekammer.

Zwei Bier später war nicht nur der Artikel fertig, sondern auch das dazu passende Layout, für das Max in gekonnter Manier ein paar Tuschezeichnungen angefertigt hatte.

Nach getaner Arbeit wollte Fritz jetzt wissen, warum sich Max in letzter Zeit, von den beiden Konzerten einmal abgesehen, so gut wie nicht mehr blicken ließ. „Ich glaub'", so meinte er, „im Hirschen kennen die dich schon gar nicht mehr. Du wirst doch nicht so wie die anderen nur noch aufs Abi pauken, oder?"

Jetzt erzählte Max ausführlich, dass er sich zwar schon auch auf die Prüfungen vorbereite, dass er sich aber vor allem deshalb nicht mehr sehen lasse, weil er mit den meisten anderen einfach nichts mehr anfangen könne.

„Die verstehen mich nicht und ich versteh sie nicht. Also was soll ich da noch groß vorbeischauen? Mir langt es schon, wenn ich das Geschwafel und Getue in der Schule über mich ergehen lassen muss. Du hast es da ja gut. Du hast ständig gute Ausreden, um so wenig wie möglich im Unterricht aufzutauchen. Der Herr Schulsprecher und Schülerzeitungsredakteur führt da schon ein eigenes, privilegiertes Leben, muss ich sagen."

„Ok, ok", entgegnete Fritz, „aber mit der Abiturzeitung hilfst du mir bitte. Ich hab das Gefühl, dass die nach dem Abi alle nur noch Urlaub machen wollen. Wenn ich das richtig mitbekommen habe, dann wollen die alle zusammen nach Jugoslawien fahren. Eine gemeinsame Abifahrt, wie mir scheint. Aber ohne mich! Ich bleib hier und mach die Zeitung. Und du, so wie du drauf bist, fährst du da sicher auch nicht mit. Du könntest mir also hilfreich zur Hand gehen."

„Weiß noch nicht", brummelte Max entschuldigend vor sich hin. „Ich werd' wohl die meiste Zeit in den Bergen drinnen sein. Das mach' ich auch jetzt schon am Wochenende. Manchmal schwänz' ich auch dafür die Schule. Es gibt für mich nichts Schöneres, als ganz allein in den Oberammergauer Bergen zu verschwinden. Da find' ich noch meine Ruhe, kann sogar konzentriert lernen.

Meist gehe ich die Bleick hinauf. Vom Forsthaus Unternogg aus bin ich in gut zwei Stunden oben. Erstens hat man von der Niederen Bleick einen fantastischen Ausblick auf unsere einmalige Landschaft, auf Berge, Wälder, Flusstäler, Seen, und Kirchen, und zweitens ist zwischen den beiden Gipfeln eine Hütte, wo es sich gut aushalten lässt. Da kannst du oft tagelang ganz allein sein. Ab und zu schaut mal ein Bergfreak aus Steingaden oder Wildsteig herein oder ein Jäger oder ein Förster, aber die stören mich nicht weiter.

Wenn es mir dann wirklich einmal nach Gesellschaft ist, was aber eher selten vorkommt, dann wandere ich zum Wilden Jäger hinter. Da ist eine große Forsthütte, wo die Waldarbeiter untergebracht sind. Die sind oft froh, wenn sie einen vierten Mann zum Schafkopfen brauchen und ich schau grad vorbei. Die fragen nicht lang, labern auch keinen Stuss daher, sondern trinken ihr Bier und akzeptieren mich so, wie ich bin. Manchmal holt auch einer eine Zither oder eine Gitarre hervor, und ob du es glauben willst oder nicht, da hinten im Bergwald, da gefällt mir so eine Musik und ich pfeif auf all das bombastische Verstärkerzeugs!"

*

Ende Mai 1971 wurden wie überall im Lande so auch am Füssener Gymnasium die Abiturprüfungen abgehalten und Anfang Juni fand das Abitur seinen Abschluss mit den mündlichen Prüfungen.

Jetzt wich alle Anspannung von den Schülern, zumal aus beiden Klassen niemand durchgefallen war. Die Zeit der Abiturfeten war angebrochen: Fast jeden Abend trafen sich zumindest einige der frischgebackenen Abiturienten in Partykellern oder Wohnzimmern, um ihre Reifeprüfung zu feiern, zunächst meist von sich dezent im Hintergrund haltenden aber stolzen Eltern bewirtet und beobachtet, ehe zu späterer Stunde dann der Alkohol und auch mancher heimliche Joint die Runde machte, während die elterlichen Gastgeber in der Hoffnung, es werde schon nicht so schlimm werden, bereits lange im Bett lagen.

Max hatte das Ansinnen einiger Klassenkameraden, man könne doch auch einmal eine Abiparty drüben in Tirol in seiner Villa in Reutte feiern, brüsk zurückgewiesen. Er sei in den letzten Monaten selbst kaum noch in Reutte gewesen, habe den Kontakt zu seiner Mutter eigentlich schon so gut wie ganz abgebrochen und werde den Teufel tun, jetzt mit einer Horde wild gewordener Abiturienten dort einzufallen. Im Übrigen beschied er den anderen, dass man auf entsprechende Einladungen an ihn ruhig verzichten könne. Er habe absolut keinen Bock auf die ständigen Saufereien und bliebe da doch viel lieber zu Hause oder gehe in die Berge.

„Mit den Gämsen und Hirschen dort feiert's sich viel schöner und die Abiturfahrt nach Jugoslawien findet mit absoluter Sicherheit auch ohne mich statt, damit ihr es gleich wisst!", beschied er den anderen barsch.

Fritz hingegen nahm die Gelegenheiten zu kostenloser Verpflegung fester und flüssiger Art gerne an. Jeden Abend, den er nicht zu Hause mit den immer gleichen sinnlosen Diskussionen um seine Zukunft verbringen musste, war ihm hochwillkommen. Verächtlich, aber irgendwie doch mitunter neidisch, sah er dann allerdings, wie sich mehr und mehr die Pärchen der Abiturklassen verfestigten, wie auch da schon konkrete Zukunftspläne geschmiedet wurden, wie Vollzug bei der Suche nach einer Studentenwohnung oder bei der Planung eines

Auslandsstudiums gemeldet wurde, zumindest aber gemeinsame Reisen für den kommenden Sommer in ihrer Vorbereitung schon abgeschlossen waren.

Je länger so ein Abend dann dauerte, umso mehr zog sich Fritz zurück, saß oft stundenlang irgendwo in einer Ecke und füllte sich ab. Gelegentliche Versuche, ihn wieder mehr in die Gesellschaft der anderen einzubinden, waren vergeblich, selbst wenn sie von der einen oder anderen guten Freundin oder einem Freund kamen, die Fritz in den Reihen der Abschlussklassen durchaus hatte.

„Die haben alle schon mit der Gymnasialzeit abgeschlossen, schütteln sich einmal und schon ist alles vorbei und vergessen. Ich kann das so schnell nicht. Das nennt man dann wohl Abschiedsschmerz, und den muss ich betäuben", erklärte er dann, und goss sich demonstrativ ein weiteres Glas Bier oder Wein ex hinter die Binde.

Nur wenn die Rede von der Abiturfeier oder gar von der geplanten Abiturzeitung war, dann war Fritz sofort bei der Sache.

*

Die Abiturfeier des Jahrganges 1970/1971 sollte in feierlichem Rahmen im Rasthaus am Forggensee stattfinden. Zusammen mit den Klassensprechern der beiden Abiturklassen, den beiden Klassenlehrern und dem Direktor der Schule entwickelte man ein Konzept für diesen Festakt. Es wurde eine Tanzkapelle engagiert, damit nach den Reden und der Zeugnisübergabe Schüler, Eltern und Lehrer traditionell das große Ereignis der Reifeprüfung mit einem Abiturball in einem angemessenen gesellschaftlichen Rahmen würden feiern können.

Im Großen und Ganzen waren sich alle über den Ablauf der Festlichkeit einig, der Veranstaltungsort war gebucht, eine schon von den Tanzkursen her bewährte Kapelle engagiert und die Einladungskarten bereits verschickt.

Lediglich beim offiziellen Teil, der dem anschließenden Ball vorausgehen sollte, kam es zu erheblichen Meinungsverschiedenheiten. Die Schüler äußerten hier den Wunsch, dass die traditionelle Abiturrede in diesem Jahr nicht vom Direktor des Gymnasiums, Oberstudiendirektor Trittrasen, sondern von dessen Stellvertreter, Oberstudienrat Glock, gehalten werden sollte. Begründet wurde dieses Ansinnen damit, dass Glock viele Jahre lang in beiden Klassen unterrichtet habe, bei der B-Klasse jahrelang sogar Klassenlehrer gewesen und deshalb auch bei Klassenfahrten beteiligt war, was insgesamt zu einer sehr engen Bindung und persönlichen Verbundenheit mit den Abiturienten geführt habe.

An diesem Punkt aber stellte sich Trittrasen sogleich stur. Es sei nicht nur Tradition, sondern auch der natürliche Ausdruck einer durchaus sinnvollen Hierarchie, dass an so einem wichtigen öffentlichen Tag der Leiter einer Einrichtung das Recht habe, die entsprechende Rede zu halten. Nach draußen käme eine Änderung, wie sie die Schüler vorgeschlagen hatten, seiner Meinung nach nicht gut an. Man müsse schließlich auch beachten, dass dieses Ereignis sicherlich auch sehr großen Widerhall in der örtlichen und regionalen Presse verursachen werde. Was die öffentliche Darstellung seines Gymnasiums insbesondere in der Zeitung betreffe, könne es da keinerlei Handlungsspielraum geben.

Diese engstirnige Haltung rief bei den Schülern großes Unverständnis hervor. Tagelang wurde diskutiert. Die meisten wollten auf die Feier nicht verzichten, einige wenige riefen zum Boykott auf und schlugen eine alternative Fete ganz ohne Pauker und Eltern vor.

Die nicht mehr zu überhörende Unruhe im Haus und ein vermeintlich erfolgreicher Vermittlungsversuch von Klassleiter Stetthofen führten dann dazu, dass Trittrasen einem Kompromiss zustimmte dergestalt, dass er die Zeugnisse für die 13a und Dr. Glock die für die Klasse 13b überreichen werde.

Im Ballsaal des Rasthauses am Forggensee kam es dann aber doch anders, als es sich vor allem die Schülerinnen der 13b und Dr. Glock gedacht hatten. Der Abend wurde offiziell eröffnet von Klassen- und Schulsprecher Fritz Haksch, der zunächst die Gäste höflich begrüßte, dann mit wenigen Worten darauf hinwies, dass die sonst übliche Rede eines Abschlussschülers in diesem Jahr ausbleiben werde, da er, zunächst von seinen Mitschülern damit beauftragt, immer mehr zu dem Ergebnis gekommen sei, dass er diese Rede besser bleiben lasse.

„Meine Damen und Herren, Sie werden auch verstehen, dass ich jetzt nicht eine ausführliche Begründung dieser Entscheidung vortragen werde – da hätte ich ja gleich eine Rede halten können –, nein, ich belasse es mit dem Hinweis, dass so manches Unerfreuliche am herrschenden Schulsystem, so manches Kritikwürdige am Füssener Schulleben und nicht zuletzt auch so manches Befremdliche an den Vorbereitungen für diesen Tag dazu geführt haben, dass ich mich in Abstimmung mit beiden Abschlussklassen hier verweigere. Das Wort hat daher nun Oberstudiendirektor Trittrasen!"

Begleitet von Getuschel und Geraune an den Tischen ob der verweigerten Rede des Schulsprechers begab sich nun ein doch zunächst etwas konsternierter Direktor Trittrasen an das Rednerpult. Der Leiter des Gymnasiums fing sich aber sofort wieder und hielt nun seine große Rede, der die Zuhörer vor dem Hintergrund des zuvor Verkündeten besonders aufmerksam und kritisch folgten.

Trittrasen schlug einen Bogen von der Antike bis zum 20. Jahrhundert und versuchte, durch entsprechende Zitate großer Dichter und Denker angereichert aufzuzeigen, dass es immer schon ein Privileg der Jugend gewesen sei, das Bestehende zu hinterfragen und zu kritisieren. So gesehen habe jede Jugend das Recht zur Rebellion, und die Jugend habe dieses Recht auch immer wieder in Anspruch genommen.

Leider müsse er aber, so fuhr der Vortragende dann fort, in unserer heutigen Zeit feststellen, dass dieser an sich durchaus legitime Anspruch der Jugend in Inhalt und Form Ausmaße und leider auch Entgleisungen angenommen habe, die man seitens der natürlichen Autorität der Älteren, des Staates und auch des Bildungssystems so nicht mehr akzeptieren könne, und deren Auswüchse man ja auch an diesem Abend schon habe feststellen können.

Ziel jugendlicher Systemkritik müsse es schließlich immer sein, sich reformierend und letztlich stabilisierend in konstruktiver Art und Weise einzubringen in die Gesellschaft. Diesen Weg habe die heutige Jugend, von den Studentenprotesten und der sogenannten außerparlamentarischen Opposition angefangen bis hinein in die Schulen und somit leider auch in diese Schule hier in Füssen, längst verlassen.

Diesen Auswüchsen gelte es energisch und entschlossen einen Riegel vorzuschieben. Und so werde auch er, als verantwortlicher Direktor des Gymnasiums, keinen Schritt zurückweichen vor falschen Ansprüchen und klar erkennbaren Versuchen, die Moral zu untergraben. Trittrasen beschloss seine Rede mit dem Hinweis: „So werde ich jetzt die Zeugnisse an die Abiturienten des Jahrgangs 1970/1971 austeilen. Wer damit nicht einverstanden ist und somit eine natürliche, ja geradezu gottgegebene Rangordnung nicht akzeptieren wolle, der könne ja sitzen bleiben und sich sein dann allerdings stark anzweifelbares, angebliches Reifezeugnis in den nächsten Tagen im Sekretariat abholen."

Er verließ nun das Rednerpult auf der Bühne, nahm breitbeinig Aufstellung vor der ersten Tischreihe, rief die Namen der Abiturienten auf und überreichte den Herbeikommenden kommentarlos ihre Reifezeugnisse, wobei auf seinem an sich regungslosen Gesicht doch mitunter ein verächtliches, wenn auch kaum sichtbares Grinsen zu erkennen war.

Erstaunt hochgezogene Augenbrauen gab es dann doch, als ein Schüler der 13b die Übergabe durch demonstratives Sitzenbleiben an seinem Tisch verweigerte. „Dann eben nicht", murmelte der Direktor, als er den entsprechenden Namen zweimal vergebens wiederholt hatte, und legte das Zeugnis beiseite.

Um weiteren Verweigerungen dieser Art den Wind aus den Segeln zu nehmen, ging er die paar Schritte zum nächsten Tisch, an dem auch Max Wachsbleitter und Fritz Haksch Platz genommen hatten, warf die wenigen verbliebenen Mappen mit den Zeugnissen und Entlasspapieren darauf und zischte: „Da habt ihr's, könnts ruhig sitzen bleiben!"

In diesem Moment begann auch schon die Tanzmusik, wie vom Direktor sogleich mit energischen Gesten gefordert, zu spielen. Zögernd und etwas verlegen begaben sich die ersten

Paare auf die Tanzfläche, doch dann war der Bann gebrochen und die Entlassfeier schien ihren normalen Gang zu nehmen. Für die meisten Besucher traf das auch zu, man überspielte den soeben vorgefallenen Eklat, stolze Mütter tanzten mit ihren Söhnen, noch stolzere Väter mit ihren Töchtern und bald reihten sich auch mehr und mehr Lehrerinnen und Lehrer sowie deren jeweilige Partner in das Tanzgeschehen ein.

Einige Schüler waren allerdings beim Einsetzen der Musik abrupt aufgestanden und hatten den Festsaal demonstrativ verlassen. Diese kleine Gruppe saß jetzt in einem Nebenraum des Rasthauses, diskutierte aufgebracht das eben Vorgefallene und alle sprachen dabei kräftig dem Alkohol in Form von Bier und Schnaps zu.

Wenige Minuten nach dem Auszug aus dem Saal kam auch noch Dr. Glock zusammen mit seiner Frau kurz herein, beide bereits in Mantel und Schal, um sich zu verabschieden. Glock berichtete sichtlich betroffen, dass er leider das Zeugnis des Schülers Peter Englich nicht habe mitbringen können, da Dr. Trittrasen dieses Ansinnen entschieden abgelehnt und die Herausgabe verweigert habe. Ihnen bleibe jetzt nur die vorzeitige und enttäuschende Rückkehr nach Hause, und der gute Peter müsse sein Reifezeugnis, dessen berechtigte Verleihung er gerade am heutigen Abend beeindruckend bewiesen habe, nun leider doch unter unwürdigen Bedingungen im Sekretariat der Schule abholen.

Im weiteren Verlauf des Abends gesellten sich immer mehr Schüler zu den Abtrünnigen, gelegentlich schaute auch der eine oder andere Lehrer herein, von denen einer darüber berichtete, wie die Frau des Direktors sich geradezu keifend gegen eine Übergabe des letzten verbliebenen Zeugnisses durch Dr. Glock ausgesprochen habe. „Das geht unter keinen Umständen! Mein Mann ist schließlich der Chef!", habe sie gerufen und somit jeder weiteren Diskussion ein Ende bereitet.

„Das werde ich mir alles genau merken und aufschreiben", erklärte Fritz. „Ich versprech' euch, das wird die beste Abiturzeitung, die Füssen je gesehen hat!"

Fritz bedauerte inzwischen, dass seine Eltern nicht zur Entlassungsfeier mitgegangen waren. Er war sich auch gar nicht ganz sicher, ob sie tatsächlich nicht gewollt hatten oder ob die Begründungen wie „nichts Passendes zum Anziehen" oder „so vornehme Gesellschaft sind wir nicht gewohnt" und „wir kennen da ja gar niemanden, also wo sollten wir uns dann hinsetzen" nur vorgeschoben waren. Er zumindest hatte nichts dazu getan, um ihnen ihre Bedenken auszureden, sondern war eigentlich ganz froh gewesen, dass sie zu Hause geblieben waren. Jetzt aber dachte er: „Da hätten Sie mal gesehen, was für ein Riesenarschloch der Direx tatsächlich ist. Wenn ich über den wieder einmal zu Hause geschimpft habe, dann haben sie ihn immer gleich in Schutz genommen, ohne ihn überhaupt zu kennen, um dann mit den üblichen Sprüchen wie ‚werd erst einmal 'was, dann kannst du auch mitreden' oder ‚zuerst muss man 'was leisten, dann kann man auch Kritik üben' daherzukommen."

Dann wiederum dachte Fritz, dass seine Eltern womöglich gar nichts von Trittrasens Unverschämtheiten bemerkt und sich nur über seine nicht gehaltene Rede geschämt hätten.

In Gedanken sah er sie jetzt beide, die Mutter in einem altmodischen zu engen Kostüm, weißer Bluse und unbequemen Pumps, den Vater in seinem schlecht sitzenden schwarzen Geeignet-für-alles-Anzug mit Krawatte und frisch vom Friseur, viel zu kurz geschoren, beide mit halb offenem Mund bewundernd dem Redner Trittrasen lauschend, ihm am Ende seiner Ausführungen heftig applaudierend, der Vater dann aufspringend, „Bravo, bravo!" rufend, ehe er überrascht feststellt, dass er der einzige ist, der so ungebremst aus sich herausgeht, wenn auch in den Gesichtern vieler anderen Eltern durchaus Zustimmung zur Rede erkennbar ist, und sich, den Kopf jetzt leicht gerötet und halb eingezogen, entschuldigend nach rechts und nach links nickend, auch flüchtig den hinteren Tischreihen zugewandt, wieder auf seinen Stuhl setzt, um die bereits begonnene Zeugnisübergabe zu beobachten.

Jetzt sieht er den Vater, wie er auf dem Stuhl hin und her rutscht, der Mutter zuflüsternd „jetzt gleich, gleich ist es soweit … schade dass wir keinen Fotoapparat … aber die sind halt doch zu teuer … und wegen einmal …. vielleicht nächstes Weihnachten …", wie er es kaum noch erwarten kann, dass auch sein Sohn Fritz gleich da vorne stehen wird, wie der vor all diesen Leuten sein Reifezeugnis bekommen wird.

Und dann das ungläubige Staunen, den Mund jetzt ganz offen, die fragenden Augen, die tief gefurchte Stirn, dass sein Sohn Fritz, über den er doch heute so stolz sein wollte, dass dieser Sohn Fritz gar nicht mehr aufgerufen wird vom Herrn Schuldirektor, dass Trittrasen die letzten Zeugnismappen ohne Namen zu nennen geradezu verächtlich hinwirft auf den Tisch, an dem auch sein Fritz sitzt. Er hört noch den im Umdrehen gebellten Befehl des Direktors an die Musikkapelle: „Los jetzt! Sofort spielen!" Und im beginnenden Auftakttusch geht sein Schrei unter: „Halt! Aber halt doch! Mein Fritz hat doch auch …!"

„Mensch, Fritz! Wach auf!" Max Wachsbleitter boxte Fritz in den Oberarm. „Es wird Zeit, dass du nach Hause kommst. Du schläfst ja schon hier am Tisch ein."

Das schnelle Hineintrinken nach dem Auszug aus dem Festsaal hatte nicht nur bei Fritz dazu geführt, dass es – nach einer ersten Rauschphase, in der alle wie wild durcheinander redeten, Rachepläne schmiedeten, sich empörten und immer wieder, bereits deutlich variierend und ersten Legendenbildungen Futter gebend, sich den Ablauf des Geschehens da drüben neu erzählten – mit fortschreitender Zeit immer ruhiger und stiller wurde. Die ersten Schüler, vor allem solche, die paarweise gekommen waren, aber auch der eine oder andere Einzelgänger, waren bereits aufgebrochen. Im Hintergrund, auf einer Art langen Ofenbank, lag der schon vor geraumer Zeit, bald nach ersten, heftigen Verwünschungen gegenüber der „scheiß Penne" im Allgemeinen und dem „Schweine-im-Weltall-Direktor" im Besonderen eingeschlafene Strolchi und schnarchte vor sich hin. Aus dem Festsaal konnte man die Ansage für eine letzte Tanzrunde vernehmen.

Fritz ließ sich von Max gestützt zum Auto bringen. Kurz vor dem gelben Käfer drehte er sich zu der den Parkplatz einfriedenden Hecke, brüllte lauthals: „Ich kotz auf die Schule!", um sich dann heftig stoßweise zu erbrechen.

*

Mit der Zeugnisübergabe war für die Schüler der 13. Klasse das Schuljahr zu Ende gegangen, während die anderen Gymnasiasten noch bis Ende Juli Unterricht hatten.

Wie jedes Jahr kam es zu den üblichen Abiturstreichen. Am ersten freien Wochenende nächtigten die Abiturienten traditionsgemäß auf dem Sportgelände, wobei ebenfalls traditionsgemäß in einer Nachtaktion das Denkmal von Prinz Luitpold modisch aufgepeppt wurde, diesmal mit Fidel-Castro-Mütze und grünem Militärparka, mit einem diagonal über die Brust verlaufendem Patronengurt und einer überdimensionalen, geschickt angeklebten Havanna-Zigarre im Mund.

Zu Füßen des Prinzregenten war noch ein Plakat mit der Aufschrift „Venceremos! Patria o muerte" angebracht worden. Im Gegensatz zu den vorangegangenen Jahren sollte diese Denkmalmaskerade in der örtlichen Presse keinen Widerhall finden. Sie wurde weder in Bild noch in Wort thematisiert, sondern schlichtweg totgeschwiegen.

Es folgten gut vierzehn Tage, in denen eine Abiturfete die nächste jagte, ehe schließlich der Großteil der beiden Abiturklassen zu einer gemeinsamen Abschlussfahrt nach Istrien startete.

Nicht dabei waren, trotz eindringlicher Bitten der Klassenkameraden, Max und Fritz. Max hatte auch schon die verschiedenen Abiturfeiern gemieden und sich bei Fritz mit den Worten abgemeldet: „Ich muss in den nächsten Wochen Ahnenforschung betreiben. Ich glaube, dass ich da auf interessante Zusammenhänge gestoßen bin, die endlich Licht in das Dunkel um meine Vorfahren bringen können. Aber frag nicht weiter, mehr sag' ich nicht dazu."

Fritz stürzte sich jetzt in die Arbeit für die angekündigte Abiturzeitung. Da alle aus seinem Jahrgang, die sonst an der Schülerzeitung mitgearbeitet hatten, in Jugoslawien waren, musste er die gesamte Arbeit, von der Anzeigenwerbung und Anzeigengestaltung über das Schreiben von Artikeln bis hin zum jeweiligen Seitenlayout, selbst leisten. Wenigstens hatte er die üblichen Schüler- und Lehrerportraits inklusive entsprechender Photos noch rechtzeitig vor der Abreise der anderen erhalten. Auch ein paar Artikel waren noch eingereicht worden, so dass der geplante Umfang der Schrift immerhin etwa zur Hälfte schon festgelegt war.

Besonders viel Mühe gab sich Fritz mit der graphischen Gestaltung der Abiturzeitung. So fertigte er mehrere Collagen, in denen die autoritäre Struktur von Schule und Gesellschaft, die immer deutlicher sichtbare Umweltverschmutzung der Industriegesellschaft und eine eher düstere Zukunftsaussicht thematisiert wurden. Wie schon in den vorangegangenen Ventilator-Ausgaben bekam auch das Thema Kriegsdienstverweigerung mit einer Karikatur und einem Gedicht seinen Platz:

Zeitrechnung

Vor dem Ersten Weltkrieg – Nach dem Ersten Weltkrieg –
Zwischen den beiden Kriegen

30-jähriger Krieg – 70er Krieg –
Sechstagekrieg

Kriegstage – Kriegsmonate –
Kriegsjahre

Vorkriegszeit – Nachkriegszeit –
Zwischenkriegszeit

Krieg = Zeit
Zeit = Krieg

Mir fällt auf:
Die Zeit wird in Kriegen gerechnet

Illustriert wurde das Gedicht mit einem Bild aus dem Vietnamkrieg, das Soldaten bei der Flucht über eine Stacheldrahtabsperrung zeigt.

Auf einer weiteren Seite forderte die Redaktion unter der Überschrift „Vietnam braucht Hilfe!" ihre Leser auf, an Bundeskanzler Willy Brandt zu schreiben und ihn zu einer öffentlichen Distanzierung vom Vietnamkrieg aufzufordern. Illustriert war dieser Aufruf mit dem Bild eines amerikanischen Soldaten, der drei gefangene Vietnamesen mit Stricken um den Hals abführte. Eine Karikatur über Studentenverbindungen versah er mit der Unterzeile „Übrigens: Wir empfehlen Rote Zellen", und die Schlussseite belegte er mit einem Bild von Lenin und dem Zumacher „Rot ist die Hoffnung".

Am meisten Zeit aber nahm sich Fritz Haksch für den Bericht über die Abiturfeier, in dem er die Verhandlungen im Vorfeld der Feier und den empörenden Ablauf der Veranstaltung genau schilderte.

„Alles in allem war das nicht gerade der Abschied von der Schule, wie ihn sich viele vorgestellt hatten. Auf der anderen Seite kam in diese Feier damit etwas von der Atmosphäre, die wir neun Jahre lang erlebt haben. Warum nicht auch am letzten Tag?"

Mit diesen Sätzen und einem Bild des ausgebooteten Dr. Glock endete der Bericht.

Nachdem Fritz das gesamte Layout fertiggestellt hatte, vereinbarte er einen Termin mit der Druckerei in Kempten, die von der *Ventilator*-Redaktion schon seit Längerem wegen der günstigen Preise und der komplikationslosen Zusammenarbeit einer Füssener Druckerei vorgezogen wurde.

Jetzt musste er nur noch das gesamte Material zur Druckerei bringen, und gerade noch rechtzeitig vor Schuljahresende könnte er somit mit dem Verkauf an der Schule beginnen.

Es war früher Nachmittag und das Füssener Land zeigte sich wie so oft Anfang Juli von seiner regnerischen Seite. Seit Tagen hatte es nahezu ununterbrochen geregnet, was für Fritz nicht weiter schlimm gewesen war, konnte er so doch nicht von Schwimmbadbesuchen oder Biergartenaufenthalten von seiner Zeitungsarbeit abgehalten werden. Weniger positiv sahen die zahlreichen Urlauber das Regenwetter, die missmutig und von Regenschirmen und durchsichtigen Regenfolien geschützt die Innenstadt bevölkerten und versuchten, mit Schaufensterbummeln die Zeit totzuschlagen. Die Mappe mit den Druckvorlagen unter dem Arm lief Fritz durch die Stadt, mit einem großen schwarzen Schirm ausgestattet, um dann am Kloster St. Mang vorbei und über die Lechbrücke hinüber zur anderen Flussseite zu gelangen. Er wollte zu Max, einerseits, um ihm stolz die fertigen Druckvorlagen zu zeigen, andererseits, um ihn als Chauffeur für die am nächsten Tag anstehende Fahrt zur Kemptener Druckerei zu gewinnen.

Max war zu Hause. Er saß in seiner Wohnküche, den Tisch übersät mit Büchern, Papieren und Notizzetteln.

„Das sieht verdammt nach Arbeit aus", meinte Fritz, um sofort nachzufragen was es denn sei, wofür sein Freund hier so offensichtlich seine Zeit investiere.

„Ich betreibe Ahnenforschung", erwiderte Max. „Um genau zu sein, ich bin den Rätseln meiner männlichen Vorfahren auf der Spur. Sei mir nicht böse, Fritz, aber wie du siehst, habe ich noch jede Menge an Papieren und Dokumenten durchzuarbeiten. Aber für morgen Vormittag nehme ich mir die Zeit und fahre dich zur Druckerei nach Kempten. Auf der Fahrt kann ich dir dann mehr erzählen von dem, was ich herausgefunden habe."

„Willst du nicht wenigstens die Vorlagen durchsehen? Mir wäre dein abschließender Rat schon noch wichtig. Zur Not könnte ich die eine oder andere Seite ja auch noch einmal tippen, wenn du Fehler entdeckst."

„Lass gut sein, Fritz, ich gehe davon aus, dass du schon alles prima hingekriegt hast. Hast ja auch lange genug daran gearbeitet. Aber ich kann jetzt wirklich nicht, die Sache hier beschäftigt mich so sehr, dass ich nicht eine Minute davon ablassen will. Das ist wie bei einem Puzzle, wenn man nur noch einige wenige Teile benötigt, um endlich an sein Ziel zu kommen. Und genau diese letzten Teile suche ich noch, denn sonst bleibt doch alles im Bereich der Vermutungen. Also lass mich jetzt in Ruhe weiterarbeiten. Ich hol dich morgen um Acht bei dir zu Hause ab. Und jetzt raus mit dir!"

So aus dem Haus komplimentiert, die Mappe mit den Druckvorlagen unter dem linken Arm und den Regenschirm in der rechten Hand, lief Fritz zurück durch die Altstadt, überquerte die Hauptstraße und wendete sich am Hotel Hirsch vorbei der Fabrikarbeitersiedlung zu. Im seinem Kopf hatte er immer noch das Bild von Max und seinem Arbeitschaos auf dem Küchentisch vor sich: sein Freund mit wirr abstehenden Haaren, tiefen Ringen unter den Augen und einem geradezu fanatischen, stechenden Blick, der Tisch mit den vielen Papieren und Büchern durch- und aufeinander, mittendrin ein mit Kippen und Asche überquellender Aschenbecher und am Küchenbuffet mehrere Gläser mit Rotweinresten und dazugehörigen, bis auf eine Ausnahme leeren Weinflaschen. Einige Bücher hatte Fritz erkannt, sie beschäftigten sich alle mit König Ludwig II. und den Wittelsbachern. Ganz obenauf hatte er ein ziemlich kleines, stark abgegriffenes Büchlein mit altdeutschen Lettern gesehen. „Das Tagebuch König Ludwigs II.", lautete der Titel. Daneben erkannte er ein ebenfalls sehr altes, stockfleckiges, altdeutsch gesetztes Geheft mit dem Titel „Die letzten Tage Ludwigs II. – Der letzte Bericht eines Augenzeugen" und ein im Gegensatz zu den anderen Büchern auf dem Tisch neuwertiges Buch mit dem Titel „Anagramme und ihre Bedeutung für die sakrale Kunst".

Daneben hatte Fritz noch einige alte Fotoalben, ein großformatiges, in Leder gebundenes Ansichtskartenalbum im Jugendstildekor und zahlreiche Briefe, alle mit alten österreichischen Briefmarken versehen, erkennen können.

„Bin ja gespannt, was mir der Max morgen erzählen wird", dachte Fritz, schloss die Haustüre auf und begab sich so leise wie nur möglich in sein Zimmer, um ja nicht von seinen Eltern gesehen zu werden und damit womöglich wieder in die üblichen, unglaublich nervenden Kurzverhöre nach dem Herkommen und den weiteren Tagesplänen verwickelt zu werden.

Nachdem er eine „Amon Düül"-LP aufgelegt hatte, legte er sich bäuchlings auf sein Bett und blätterte noch einmal die Druckvorlagen für die Abiturzeitung durch. Mit dem Ergebnis war er insgesamt doch recht zufrieden und schlief bald ein.

*

Am nächsten Morgen wartete Max Wachsbleitter pünktlich, wie am Tag zuvor ausgemacht, um acht Uhr unten vor dem Arbeiterwohnblock.

In neugieriger Erwartung war Fritz eingestiegen und hoffte nun auf einen längeren, ausführlichen Bericht über die Familienforschungsarbeiten seines Freundes. Doch der sah nicht nur total übermüdet und gestresst aus, sondern verhielt sich auch so abweisend und mürrisch, dass Fritz schnell einsah, dass es wohl besser sei, die stachelige Aura um Max zu akzeptieren und still zu bleiben. Anderenfalls hätte er Max durchaus zugetraut, dass er auf offener Strecke gehalten und ihn schlichtweg aus dem Auto geworfen hätte.

Erst auf dem Heimweg, nachdem Fritz seinen Termin bei der Druckerei hinter sich gebracht hatte, taute Max auf und begann zu erzählen. „Tut mir leid, dass ich heute Morgen so wortkarg war, aber ich habe immer noch den Kopf voll mit meinen Recherchen. Die letzten Puzzleteile fehlen immer noch und das macht mich noch wahnsinnig!"

Immerhin konnte er dem staunenden Fritz, der zuhörte ohne mit Fragen den doch ungewohnten Redefluss seines Freundes zu unterbrechen, erklären, dass er jetzt doch ziemlich sicher sei, das Geheimnis seiner Familie bald ganz gelüftet zu haben. Leider sei seine Mutter nicht sehr hilfreich in der Sache gewesen. Sie habe Reutte mittlerweile ganz verlassen und sich auf ihr kleines Ferienhaus auf Korfu zurückgezogen, wo er sie kürzlich für ein paar Tage besucht habe. Die ganze Fahrt quer durch Jugoslawien hinunter ins griechische Igomenitsa, die Überfahrt auf die Insel und dasselbe dann in umgekehrter Reihenfolge wieder zurück – alles für nichts und wieder nichts. Seine Mutter, so habe sich in Griechenland erwiesen, habe mit dem Leben auf dieser Welt wohl schon so ziemlich abgeschlossen. Gesundheitlich ginge es ihr durchaus noch recht passabel, aber geistig scheine sie sich nur noch auf das Hier und Jetzt zu beschränken. Ganz im Gegensatz zu vielen anderen Leuten, die mit zunehmendem Alter gedanklich oft nur noch in der Vergangenheit lebten und jede noch so unwichtige Einzelheit, die vor Jahrzehnten stattgefunden hat, bis ins letzte Detail zu schildern wüssten, lebe seine Mutter mittlerweile ohne jede Erinnerung an Früheres. Er sei sich aber immer noch nicht sicher, ob es sich tatsächlich um eine Totalamnesie handle oder ob sie nur radikal die Beschäftigung mit der Vergangenheit verweigere. Diese Ungewissheit mache ihn manchmal geradezu rasend, weil er ja immer noch nicht ausschließen könne, dass seine Mutter ihm möglicherweise doch helfen könnte, dies aber ganz bewusst nicht wolle.

„Lass gut sein, Bub", sei ihr Standardsatz gewesen, wenn er versuchte habe, ihr eindringlich seine Fragen zur Familiengeschichte zu stellen. „Was war, ist vorbei, so weit weg. Ich kann mich an nichts mehr erinnern, und das ist auch gut so."

Was seine so früh, jeweils kurz nach der Geburt des Stammhalters verstorbenen männlichen Vorfahren angehe, so habe er mittlerweile den begründeten Verdacht, dass es sich nicht um natürliche Todesfälle gehandelt habe. So habe er zum Beispiel einem Zeitungsartikel über den Unfall seines Vaters, den er im Archiv der Außerferner Nachrichten in Reutte ausgegraben habe, sozusagen zwischen den Zeilen entnehmen können, dass der Journalist das geschilderte Unfallgeschehen in Zweifel zog. Es war sicher nicht selten, dass damals der raue Wildfluss Lech mit seinen Frühjahrshochwassern nicht nur eine alljährliche Plage für die Bewohner im Lechtal gewesen war, sondern auch immer wieder seine menschlichen Opfer forderte. In der Regel seien das aber Flößer, Holzknechte, mitunter auch Betrunkene gewesen. Was aber hätte sein Vater nachts am reißenden Lech zu suchen gehabt? Und genau diese Frage stellte sich damals auch der eben erwähnte Journalist bei seinem Bericht.

Ähnlich verhielt es sich auch mit dem angeblichen Jagdunfall seines Großvaters, einem wenn auch jungen, doch sehr erfahrenen Jäger, wie er den spärlichen Quellen habe entnehmen können, der, in einer Jagdhütte droben im Plötzigtal, oberhalb von Bschlabs gelegen, durch seine eigene Waffe, ein übliches Jagdgewehr, auf tragische Weise zu Tode gekommen sei.

Selbst bei seinem Urgroßvater sei er auf seltsame Hinweise gestoßen. Mit viel Mühe und Hartnäckigkeit sei es ihm gelungen, an die alten Pfarrbücher im Pfarramt von St. Anna heranzukommen. Bei der Eintragung über den Sterbefall seines Urgroßvaters wäre entgegen aller sonstigen Gepflogenheiten keine Todesursache angegeben. Bei näherem Hinsehen habe er auch noch feststellen können, dass am Rand des betreffenden Blattes zunächst eine Zusatzbemerkung mit Bleistift vorgenommen, aber wieder wegradiert worden sei. Leider wäre es ihm nicht mehr möglich gewesen, den vollständigen Text zu rekonstruieren, obwohl er auch mit Hilfe von Graphitpulver versucht habe die Schrift wieder sichtbar zu machen. Aber wenn er nicht ganz falsch liege, dann hatte der Eintragende wohl zwei Fragen formuliert, die eventuell „Kann… auf dem Gottesacker be… werd…?" und „Bischoff… anf…?" gelautet haben müssten.

Vom Ururgroßvater war dagegen gar nichts herauszubekommen. Hier gäbe es weder im Geburts- und Sterberegister von St. Anna noch in den Quellen im Rathaus oder im Bezirksamt auch nur eine einzige Zeile. Hier bleibe alles total im Dunkeln. Die Familie und auch die Villa in Reutte seien mit dem Großvater und seiner Frau ohne jedes Woher einfach dagewesen. Er habe auch keinerlei Hinweise gefunden, die etwas über den seltsamen Familiennamen aussagten. Möglicherweise handle es sich auch hier um ein Rätsel, denn der Name Wachsbleitter habe sich nach seinen umfangreichen Recherchen als wohl einmalig in der Welt erwiesen. Dieser Familienname sei scheinbar plötzlich vom Himmel gefallen, passe zu keiner Ursprungstheorie von der Entstehung der Familiennamen, stelle damit ein echtes Unikat dar und entziehe sich somit allen Erklärungsversuchen. Tagelang habe er zum Beispiel deutsche, österreichische und auch Südtiroler Telefonbücher zu Rate gezogen, sei dazu extra nach München, Innsbruck und Bozen gefahren, habe sich stundenlang in den Hauptpostämtern die Zeit um die Ohren geschlagen, nur um dann festzustellen, was er eigentlich schon zuvor gewusst hatte: Der Name Wachsbleitter ist nirgendwo zu finden, außer einmal, und das im Außerferner Reutte.

Mittlerweile habe er den begründeten Verdacht, dass der Name eine künstliche Schöpfung, möglicherweise irgendeine Sprachkonstruktion darstelle, der er mit weiteren Überlegungen schon noch auf die Spur kommen wolle.

Zusammenfassend könne man sagen, so erläuterte Max jetzt abschließend, dass sich hinter seiner Familiengeschichte wohl ein Rätsel verberge. Gerade die wenigen Briefe und Postkarten, die er gefunden habe, deuten auch darauf hin, dass die männlichen Vorfahren seines Hauses alle unter diesem für ihn noch unerklärlichen Geheimnis gelitten, aber keinerlei konkreten Hinweise oder Erklärungen hinterlassen hätten.

Und noch etwas fände sich in den wenigen privaten Dokumenten. Die kamen wohl alle nicht mit ihrem Leben zurecht. Zwischen den wenigen Zeilen spüre man da immer wieder eine große Verunsicherung, viel Verzweiflung und letztlich so etwas wie Resignation.

„Und damit sind wir auch schon in meiner Gegenwart angekommen. Mit geht es ja genauso. Wie oft habe ich mir schon gewünscht, eines Morgens ganz einfach nicht mehr aufzuwachen. Mir wächst das alles über den Kopf, macht mich oft ganz wirr und verrückt, und manchmal denk' ich auch daran, dem Ganzen ein schnelles Ende zu bereiten. Aber, keine Sorge, Fritz, noch ist es nicht soweit. Zuerst möchte ich schon noch das Familienrätsel lösen, und, wer weiß, vielleicht geht's mir mit diesem Wissen dann ja psychisch wieder besser."

Inzwischen waren sie zurück in Füssen, hatten die Altstadt umfahren und befanden sich bereits in der Straße, in der sich das Mietshaus, in dem die Familie Haksch wohnte, befand. Fritz hatte Max jetzt eigentlich auf ein Bier in den Hirschen einladen wollen in der Hoffnung, dann beruhigend auf seinen Kumpel einreden zu können, doch der lehnte entschieden ab, verweigerte ein weiteres Gespräch, setzte Fritz vor seiner Haustür ab und brauste sofort wieder davon, um, wie er energisch erklärte, nicht noch mehr so dringend benötigte Zeit für seine Nachforschungen zu verlieren.

*

In den folgenden Tagen und Wochen hatte Fritz mehrmals versucht, Max in seinem Häuschen unten am Lech aufzusuchen, aber nie Glück dabei gehabt. Die Tür war jeweils abgeschlossen und der gelbe VW stand auch nie auf seinem üblichen Platz vor dem Holzschuppen. Offensichtlich war Max viel unterwegs in Sachen Ahnenforschung. Wenn man durchs Küchenfenster schaute, was Fritz bei seinen Besuchsversuchen jeweils neugierig tat, konnte man nach wie vor das Chaos an Büchern und Schriftstücken auf dem Küchentisch erkennen.

„Solange er daran arbeitet, wird schon nichts passieren", beruhigte sich Fritz dann, der sich aber doch erhebliche Sorgen um seinen Kumpel machte.

Aber auch die Neugier trieb ihn immer wieder hinunter an das Lechhäuschen. Die Schilderung über die geheimnisvolle Familiengeschichte und die ungeklärte Herkunft des Familiennamens hatten auch Fritz in ihren Bann gezogen, und er hätte gerne gewusst, ob Max bei der Entschlüsselung dieses Rätsels schon ein Stück weitergekommen war.

In der letzten Schulwoche blieb dann keine Zeit mehr für seine bis dahin ergebnislosen Nachforschungsbesuche unten am Lech. Endlich war die Sonderausgabe des *Ventilator* fertiggestellt und von der Druckerei ausgeliefert worden. Fritz brauchte jetzt dringend Helfer für den Verkauf und das Eintreiben der Gelder für die Annoncen im Blatt.

Er war daher schon froh, dass seine Mitschüler inzwischen von ihrer Abiturfahrt wieder zurück in Füssen waren. Außerdem traf man sich jetzt wieder regelmäßig am Vormittag in der Eisdiele und am Abend im Biergarten. Etwas wehmütig hörte er dann zu, wenn immer wieder die Ereignisse und besonderen Vorkommnisse bei dieser Abschlussfahrt nach Kroatien aufgetischt wurden. Es kam dabei durchaus vor, dass er seinen Entschluss, zu Hause geblieben zu sein, bereute, andererseits wurde ihm doch auch schnell klar, dass in diesem Fall keine Abiturzeitung zustande gekommen wäre, und diese Zeitung war ihm dann doch wichtiger.

Es war ein heißer Julitag mit Temperaturen an die 30 Grad, als sich Fritz mit einigen Klassenkameraden und seinen Nachfolgern in der Schülerzeitungsredaktion im Biergarten neben der Schule traf. Stolz stellte er einen Karton mit Abiturzeitungen auf den Tisch, riss die Verklebung auf und entnahm für jeden der Anwesenden ein Exemplar.

Zunächst blätterten die anderen neugierig in den Heften, lasen schnell den einen oder anderen Artikel, und die Abiturienten suchten dabei selbstverständlich zunächst den Text, der über sie selbst verfasst worden war. Fritz sah den anderen aufmerksam zu. Er selbst hatte ja schon am Vormittag die Zeitung Blatt für Blatt durchgesehen und durchgelesen und war mit dem Ergebnis mehr als zufrieden. Jetzt wartete er auf die Urteile und Kommentare der anderen.

Er nahm einen kräftigen Schluck aus seinem Weizenglas, schloss die Augen und malte sich die Szene aus, wie der Direktor des Gymnasiums mit der Abiturausgabe des *Ventilator* da drüben im Gymnasium in seinem Büro sitzt und den Artikel über die Abiturfeier liest. Er sah jetzt einen mit hochrotem Kopf aufspringenden Oberstudiendirektor Trittrasen, der seine Sekretärin anbrüllte, sofort eine Lehrerkonferenz einzuberufen, um anschließend voller Wut die noch halb volle Kaffeetasse, die vor ihm auf dem Schreibtisch gestanden hatte, an die gegenüberliegende Wand zu werfen, wo sich nun zwischen den beiden gerahmten Bildern von Bundespräsident Heinemann und Ministerpräsident Goppel ein brauner Fleck nach unten ausbreitete.

Schulterklopfen und Bravorufe rissen Fritz aus seinen Träumen. Die anderen waren inzwischen mit einer ersten Durchsicht der Abiturzeitung fertig geworden und zeigten sich recht angetan von dem vorliegenden Ergebnis. Von der grafischen Gestaltung über die politische Ausrichtung bis hin zu den für so eine Zeitung obligatorischen Schüler- und Lehrerportraits fand alles begeisterte Zustimmung, und man war sich schnell einig, dass das wohl die beste Abiturzeitung geworden war, die die Welt je gesehen habe.

Nachdem Fritz die Begeisterung eine Zeitlang genossen hatte, bat er die anderen darum, dass er den Hauptartikel, nämlich den zur Abiturfeier, noch einmal vorlesen dürfe.

Als er geendet hatte, gab es erneut kräftigen Applaus, gemischt mit Hochrufen, aber Fritz bat die anderen um Ruhe und meinte: „Leute, so stolz ich auch bin, dass euch die Abizeitung so gut gefällt, jetzt heißt es bei aller Euphorie strategisch zu denken! Ich bin mir sicher, dass wir nicht viel Zeit haben werden, um dieses Blatt da drüben am Gymnasium an die Schüler zu bringen. Oder glaubt ihr vielleicht, der Direx wird tatenlos zuschauen, wie er von uns durch den Kakao gezogen wird? Also heißt es schnell und effektiv zu sein, und dazu brauch' ich eine ganze Reihe von Helfern, kapiert?

Und noch eins: Die jetzige *Ventilator*-Redaktion hat mit dieser Sonderausgabe nichts zu tun. Ich will sie auch beim Vertrieb nicht einsetzen, denn sonst gefährden wir die Schülerzeitung insgesamt. Also werdet ihr euch da schön heraushalten, und wenn es Probleme geben sollte, dann könnt ihr guten Gewissens sagen, dass das ein Alleingang der Abiturklasse war und ihr von nichts etwas gewusst habt!

Wir anderen sollten uns morgen kurz vor der großen Pause hier treffen. Ich werde dann die ganze Auflage mitbringen. Sobald die Pause beginnt, gehen wir hinüber in den Schulhof und fangen mit dem Verkauf an. Es wäre doch gelacht, wenn wir dort nicht in kürzester Zeit einen Großteil der Zeitung loswerden könnten!"

Wie ausgemacht lief am nächsten Tag in der großen Pause der Verkauf der Abiturzeitung an. Die Sonderausgabe des *Ventilator* fand wie erwartet sofort zahlreiche Käufer und überall auf dem Pausenhof konnte man Schülergruppen beieinanderstehen sehen, die sich intensiv mit dem Blatt beschäftigten. Immer wieder war auch lautes Gelächter zu hören.

Selbstverständlich hatten die Verkäufer auch den vorbeikommenden Lehrkräften Zeitungen verkauft, ja, Fritz und eine Klassenkameradin, die wohl ein wenig ein schlechtes Gewissen hatte, weil sie ihn mit der Erstellung der Zeitung ziemlich allein gelassen hatte und trotz seiner Bitte dazubleiben lieber mit auf Abiturfahrt gegangen war, wagten sich sogar vor das Lehrerzimmer, wo sie in kürzester Zeit ihr Kontingent verkauft hatten.

Als der Pausengong den Wiederbeginn des Unterrichts ankündigte und die Schüler des Gymnasiums, viele davon mit
dem neuen *Ventilator* in der Hand, sich zurück in ihre Klassenzimmer begaben, war es eigentlich nur noch ein Thema, über
das man sich intensiv austauschte, inzwischen wohl auch im
Lehrerzimmer.

Die Abiturienten sammelten sich jetzt drüben im Biergarten
des Hotels „Hirsch" und genossen nun ihrerseits eine Pause
bei Bier und Butterbrezen, um sich für den zweiten Teil ihrer
Verkaufsoffensive zu rüsten.

Jeweils am Unterrichtsende nach der fünften und nach der
sechsten Stunde wollte man wieder hinüber ins Gymnasium
gehen, um in der Eingangshalle und an den Ausgängen des
Gebäudes diejenigen Schüler ansprechen zu können, die bis
jetzt noch keine Zeitung gekauft hatten.

Als sich die Verkäufer aber kurz nach zwölf Uhr, zum Ende
der fünften Stunde, zum Gymnasium begaben, entwickelte
sich schnell eine heftige Kontroverse. Kaum waren sie durch
den Haupteingang in das Gebäude hineingelangt, mussten sie
erkennen, dass es diesmal nicht so leicht gehen würde wie in
der großen Pause.

Mit vor der Brust verschränkten Armen stand da bereits
der Direktor und machte den Abiturienten um Fritz mit lauter
Stimme klar, dass „dieses Schundblatt" hier nichts zu suchen
habe. Fritz, der es gewagt hatte, mit einer Gegenrede darauf
hinzuweisen, dass es sich um die Schülerzeitung dieses Gymnasiums handle und diese deshalb sehr wohl hier in diesem
Haus ihren Platz habe, wurde auf diese Einwendung hin von
Direktor Trittrasen angebrüllt:

„Haksch! Sie haben mit diesem Dreck hier gar keine Rechte
in dieser Schule! Sie und ihre Leute verlassen augenblicklich
das Gymnasium, sonst werde ich Sie wegen Hausfriedens-
bruch verklagen! Und lassen Sie sich hier nie wieder sehen,
sonst wird das Konsequenzen haben! Ich erteile Ihnen hiermit
Hausverbot!"

So zurechtgewiesen, verließen die Abiturienten um Fritz
das Gebäude und standen zunächst etwas ratlos draußen auf

dem Gehsteig. Die Strafpredigt des Direktors war einigen doch sehr nahe gegangen. Sie hatten wohl nicht mit einer so heftigen Reaktion auf die Abiturzeitung gerechnet. Obwohl ihnen Trittrasen oder auch sonstige Lehrer jetzt nach dem erfolgreichen Ablegen der Abiturprüfungen eigentlich nichts mehr anhaben konnten, waren die lange antrainierten Schülerreflexe nicht vergessen und so mancher versuchte sich nun verdattert zu verkrümeln.

Fritz bemerkte die Einschüchterung, die das autoritäre Auftreten des Direktors angerichtet hatte, ließ sich aber selbst nicht die Schneid abkaufen: „Leute, der Trittrasen kann sich da drinnen aufführen, wie er will. Hier draußen hat er nichts mehr zu sagen. Wir bleiben hier auf dem öffentlichen Gehsteig. Der gehört nicht mehr zum Schulgelände und steht somit außerhalb des Einflussbereichs der Schulleitung. Die meisten Schüler kommen eh hier durch den Haupteingang heraus, und so werden wir unsere Abizeitung doch noch los.

Nach einer kurzen Diskussion, die keine neuen Erkenntnisse brachte, aber letztlich die juristische Position von Fritz als wohl richtig bestätigte und die vom – hinter einem zurückgezogenen Vorhang am Fenster des Direktorats, das sich im ersten Stock des Gymnasiums hin zum Gehsteig befand, stehenden – Schulleiter misstrauisch beobachtet wurde, einigten die Zeitungsverkäufer sich darauf, dem Vorschlag von Fritz zu folgen.

Die Gruppe wurde zwar jetzt etwas kleiner, nachdem doch einige weiterhin Bedenken hatten oder einer neuerlichen Auseinandersetzung mit Trittrasen aus dem Weg gehen wollten. Kaum aber hatten Fritz und seine Freunde sich wieder positioniert, kam auch schon der Direktor durch die Tür geschossen und verlangte das sofortige Ende des Zeitungsverkaufs.

„Herr Trittrasen", entgegnete Fritz ganz ruhig und sachlich, „Sie wissen doch genauso gut wie ich, dass Sie hier auf öffentlichem Gelände nichts anzuordnen haben. Falls nicht, empfehle ich Ihnen die Lektüre der ersten Artikel unseres Grundgesetzes. – Haben wir übrigens in der siebten Klasse bei Ihnen gelernt."

„Haksch!", zischte Trittrasen nun nahezu platzend vor Wut. „Sie werden noch von mir hören. Das da", und jetzt fuchtelte er mit einer Abiturzeitung in der Luft herum, „das da wird noch juristische Konsequenzen haben!"

Er drehte sich jetzt auf dem Absatz um und eilte zurück in die Schule, um den Hausmeister zu suchen. Dieser sollte den Haupteingang absperren, ein Schild „Geschlossen! – Bitte die Nebeneingänge benutzen!" anbringen und so dafür sorgen, dass der Verkauf der Abiturzeitung wenigstens teilweise ver- oder behindert werden könnte.

Die Maßnahme half aber wenig, denn pünktlich zum Ende der sechsten Stunde standen auch an den Nebenausgängen, in sicherem Abstand zur Schule und selbstverständlich auf öffentlichem Grund erneut einige Abiturienten und brachten so immer mehr Schülerzeitungen in den Umlauf.

Fritz war nicht mehr bei den Verkäufern am Gymnasium. Er hatte sich von einem Mitschüler schnell hinüber ins nahe Hohenschwangau fahren lassen, wo er hoffte, auch am dortigen Gymnasium Interesse für die Abiturzeitung vorzufinden. Dabei ging es ihm in erster Linie um die Inhalte, aber auch finanzielle Überlegungen spielten eine Rolle. Wenn er nicht nahezu die gesamte Auflage der Abiturzeitung verkaufen würde, hätte er nämlich ein finanzielles Problem am Hals. Immerhin war die ganze Aktion diesmal unter seinem Namen gelaufen und somit lag auch das ganze finanzielle Risiko bei ihm.

In Hohenschwangau stellte er sich direkt vor die Schule, einen Karton mit Zeitungen neben sich, und wartete auf das Ende des Vormittagsunterrichts, der auch hier um ein Uhr beendet sein würde.

Gerade als die ersten Schüler das Gebäude verließen, die älteren unter ihnen auch durchaus interessiert und kauffreudig, erschien der bullige Direktor der Schule und verlangte von Fritz Aufklärung über sein Tun. Als der Direktor aber erfuhr, dass es sich um die Abiturzeitung des benachbarten Füssener Gymnasiums handle, verfinsterte sich seine zuvor noch durchaus freundliche Miene und er erklärte dem überraschten Fritz, dass er schon telefonisch über diese Problemschrift informiert worden sei. Wenn es in Füssen ein Verkaufsverbot für dieses Blatt gäbe, dann gelte dies selbstverständlich auch für die Schule in Hohenschwangau und für das angeschlossene Internat.

„Ich fordere Sie daher auf, dieses Verbot einzuhalten", endete diese Belehrung.

Fritz bückte sich nun, nahm seinen schweren Karton auf und wollte gerade kommentarlos das Schulgelände wieder verlassen, als er eine ausgestreckte Hand mit einem Zweimarkstück direkt vor seiner Nase sah.

„Jetzt geben Sie mir doch wenigsten ein Exemplar. Eine Mark ist's allemal wert, so hoffe ich wenigstens, und der Rest ist Trinkgeld."

Das Gesicht des Hohenschwangauer Direktors zeigte sich jetzt wieder entspannt, ja sogar mit einem aufmunternden Lächeln.

„Auf Wiedersehen – und viel Glück!" sagte er jetzt, drehte sich um und verschwand durch die Eingangstür ins Innere der Schule.

In der Zwischenzeit hatte sich eine ganze Reihe von Schülern angesammelt, die jetzt genau Auskunft von Fritz verlangten, was denn da gerade abgelaufen sei. Fritz forderte sie auf, mit ihm die wenigen Meter hinunter Richtung Bushaltestelle zu gehen, um dort anschließend die Ereignisse des Tages im Zusammenhang mit der Füssener Abiturzeitung zu schildern.

Bald wurde der Kreis größer und einige der Zuhörer boten spontan ihre Hilfe an. So wurde Fritz einen ganzen Packen Zeitungen los, den ein Fahrschüler aus Steingaden sogar im Voraus bezahlte, weil er sicher war, dass er im Bus damit reißenden Absatz finden würde. Den Rest, der sich jetzt noch in seinem Karton befand, übernahmen zwei Internatsschüler, die Fritz versicherten, dass Sie schon dafür sorgen würden, dass diese Zeitung auch im Internat in jedem Zimmer gelesen werde. Was die Bezahlung betreffe, so machte man einen Termin für übermorgen Nachmittag beim Baden am Schwansee aus.

*

Am Nachmittag trieb sich Fritz Haksch, einen Packen Abiturzeitungen unter dem Arm, in den verschiedenen Lokalen der
Innenstadt herum, traf dabei auf viele Bekannte, erzählte von
den neuesten Ereignissen drüben am Gymnasium und brachte
so immer wieder einige Abiturzeitungen an den Mann bzw. an
die Frau. Gegen Abend hatte er tatsächlich nur noch wenige
Zeitungen übrig und recht zufrieden mit dem Verkaufsergeb-
nis machte er sich nun auf den Weg zu Max, um diesem auch
ein Exemplar vorbeizubringen und vor allem, um ihm von der
Auseinandersetzung mit Direktor Trittrasen zu berichten.

Doch auch heute hatte er offensichtlich Pech. Schon vom
Gehsteig aus sah er, dass das Auto wiederum nicht vor dem
Häuschen stand. Trotzdem ging er zur Haustür, klingelte zunächst, um dann um das Gebäude herumzugehen und in alle
Fenster hineinzuschauen, ob er irgendwie Max entdecken
könnte. Zu seinem Erstaunen konnte er durch die Fenster sehen, dass die Zimmer ausgeräumt waren und somit der Bewohner offensichtlich ausgezogen war.

Diese Erkenntnis traf Fritz wie ein Schlag.

Zurück an der Haustür setzte er sich auf die beiden Beton-
stufen, die zur Tür hinführten und schüttelte nachdenklich und
schwer enttäuscht den Kopf.

„Einfach abgehauen, einfach abgehauen, ohne auch nur ein
Wort zu sagen!", so ging es ihm immer wieder durch den Sinn.

Als Fritz gerade wieder gehen wollte, entdeckte er beim
Aufstehen ein Blatt Papier, das hinter dem Fensterladen zum
Küchenfenster herauslugte, und schon hatte er geradezu
elektrisiert das zusammengefaltete Blatt herausgezogen.

In den letzten Tagen hatte es mehrere heftige Sommerge-
witter im Füssener Land gegeben, und so war wohl auch der
Regen heftig gegen den Fensterladen gepeitscht worden. Das
hatte zur Folge, dass das Papier schon recht durchweicht war
und Fritz daher nicht mehr alles lesen konnte, was da geschrieben stand.

Immerhin, auf der Vorderseite konnte er gerade noch erkennen, dass das Schreiben für ihn bestimmt war, denn da stand,
bereits ziemlich verschwommen: „Für Fritz".

Hastig entfaltete er das feuchte Papier, setzte sich erneut auf die Stufen und begann den Brief mühsam zu entziffern.

Die ersten Zeilen waren, von einem total verschmierten Datum abgesehen, noch recht gut lesbar. Max entschuldigte sich darin bei Fritz, dass er in den letzten Wochen keine Zeit mehr für etwas anderes als seine Nachforschungen gehabt habe. Mittlerweile sei er sich sicher, das Geheimnis seiner Familie und damit seiner rätselhaften Herkunft entschlüsselt zu haben.

Die Zeilen wurden jetzt immer weniger lesbar, die Sätze waren zu lückenhaft, um noch einen Sinn zu erkennen. Nur einzelne Wörter wie König Ludwig II., mehrfach Suizid und einmal, wenn auch nicht bis zum Wortende vorhanden, wohl der Name Wittelsbacher, war noch zu lesen.

Gegen Ende des Briefes waren die Sätze wieder etwas vollständiger erhalten. Es war da die Rede von

„ ... mein Sinnen und Trachten ... nicht von dieser Welt ... keine andere Wahl ... auf den Weg zum Starnberger See ... Kreuz im Wasser ... ein letztes Mal Abschied nehmen ... in eine andere Welt ... dort einmal wiedersehen.“

Vollständig erhalten war noch die Grußformel am Ende des Schreibens:

„Verzeih mir meinen einsamen Entschluss, ich weiß, ich hätte mit Dir darüber reden müssen.
Max“

Immer wieder las Fritz den Brief und versuchte noch das eine oder andere Wort zusätzlich zu erkennen. Immer klarer wurde ihm dabei, dass dies ein Abschiedsbrief für immer war, dass alles, was er da so mühsam entziffern konnte, auf eine menschliche Katastrophe hindeutete, und dass sein Freund Max auf dem Weg war, sich das Leben zu nehmen.

Irgendwie schien die ganze Sache mit dem von Max so sehr verehrten König Ludwig zusammenzuhängen. Der Hinweis auf den Starnberger See mit dem Kreuz, das die Todesstelle des Märchenkönigs markiert, war so deutlich, dass Fritz jetzt ohne länger zu überlegen den aufgeweichten Brief in die Innentasche seines Parkas steckte und sich so schnell wie möglich hinaus an den Straßenrand begab, wo er versuchte mit dem nächstbesten Auto, das anhalten würde, Richtung Starnberger See zu trampen.

Er hatte Glück, denn kaum hatte er den Straßenrand erreicht und seinen Daumen herausfordernd den vorbeifahrenden Autos entgegengestreckt, hielt auch schon ein großes Mercedes-Cabrio mit Hamburger Kennzeichen an. Im Wagen saß ein älteres Paar, dem Pensionsalter wohl schon nahe, der Fahrer mit grau umkränzter Halbglatze, daneben seine Frau im bunten Sommerkleid. mit Strohhut und weit nach hinten wehendem Schal.

Nach dem Wohin gefragt, hatte Fritz nur ein hastiges „Richtung Starnberg" hervorgebracht und zu seiner Freude erklärt bekommen, dass die beiden vom Tiroler Lechtal kommend auf dem direkten Weg nach München seien.

Damit, so wusste er, würde er ein großes Stück des Weges bewältigen. Von Starnberg aus müsste er dann nur noch um das nördliche Seeende herum nach Berg kommen, um von da zum Gedenkkreuz für den König zu gelangen.

Die beiden Urlauber hatten ein hochmodernes Radiogerät mit Kassettenrecorder im Auto, das, kaum war die Fahrt wieder aufgenommen worden, nun in ziemlicher Lautstärke Lieder von Franz Josef Degenhardt und Hannes Wader von sich gab. An ein Gespräch war so auf keinen Fall zu denken, und Fritz war froh darum, sich ungestört seinen Gedanken hingeben zu können.

Mit dem ersten „Lift" hatte er tatsächlich riesiges Glück gehabt. Nicht auszudenken, wenn er da lange an der Straße hätte stehen müssen, wie es ihm, der ja, da er weder Führerschein noch Auto besaß, schon so oft ergangen war. Und wie oft hatte er erleben müssen, dass es zwar hilfreiche Autofahrer gab, aber oft eben solche, die nur ein kurzes Stück, etwa bis zum nächsten Ort oder gar nur bis zu einem kleinen Weiler unterwegs waren, wo man dann anschließend an einer ungünstigen Stelle ewig lang den zum spontanen Anhalten viel zu schnell fahrenden Autos hinterherfluchen konnte. Aufgrund dieser Erfahrungen machte er sich auch große Sorgen darum, ob sein weiterer Weg von Starnberg aus wieder so schnell und problemlos erfolgen würde.

Womöglich wäre es doch besser gewesen, einen der Klassenkameraden zu verständigen, der ein Auto zur Verfügung hatte. Damit wäre man dann direkt und somit auf schnellstem Wege nach Berg gekommen.

Je länger die Fahrt dauerte, umso mehr fragte sich Fritz, ob es überhaupt noch eine Rolle spielte, wie schnell er jetzt vorwärts kam. Schließlich wusste er gar nicht, wann sein Freund den Brief geschrieben und das Haus in Füssen verlassen hatte. Möglicherweise steckte das Schreiben an ihn schon seit mehreren Tagen hinter dem Fensterladen, und schon machte er sich heftige Vorwürfe, dass er nicht öfter nach Max gesehen hatte. Und selbst wenn der Brief noch nicht alt war, Max hatte ein Auto und war sicher schon lange da angekommen, wo er hinwollte.

So wälzte Fritz die Gedanken hin und her, hatte wieder und wieder Zweifel, ob er die Nachricht auch richtig einschätzte, fingerte nervös in seinem Parka herum, um den Brief nun schon zum weiß Gott wievielten Male zu studieren und schließlich doch nur zu dem beängstigenden Ergebnis zu gelangen, dass Max auf dem Weg war, sich da drunten am Seeufer etwas anzutun.

Wenigstens fuhr der Fahrer des Mercedes einen flotten Reifen und auf der Straße war kaum Verkehr, so dass sie bald schon hinter der Stadt Weilheim den Hirschberg hinter sich gelassen hatten und in der Ferne bereits die ersten Vororte von Starnberg zu sehen waren. Wenige Minuten später ging es hinunter in die Stadt am See und schon erreichten sie die Auffahrt zur Autobahn nach München, wo sich Fritz eilig bei seinem Chauffeur und seiner Begleiterin bedankte, schnell aus dem Wagen sprang und sich so schnell wie möglich zu einer für das Trampen günstigen Stelle an der Landstraße nach Berg begab.

Noch war es hell, aber im Westen neigte sich die Sonne allmählich dem Horizont zu. Fritz wusste, dass es jetzt schnell

gehen musste, denn im Dunkeln nahmen einen erfahrungsgemäß kaum noch Autofahrer mit. Die wollten eigentlich schon
immer sehen, wer da am Straßenrand stand, und sich nicht auf
irgendwelche unerwünschten Abenteuer einlassen.

Mehrere Autos waren schon an Fritz vorbeigefahren ohne
anzuhalten. Einer, ein älterer Herr mit Hut, hatte sogar empört
gehupt und ihm dazu noch den Vogel gezeigt, was Fritz so ärgerte, dass er schnell einen Stein vom Straßenrand aufhob und
diesen laut fluchend dem Auto hinterherwarf, allerdings ohne
eine Chance zu haben, dieses zu treffen.

Gerade in diesem Moment hatte hinter ihm ein klappriger
VW-Käfer angehalten. Als Fritz sich immer noch stinksauer
vor Wut nun umdrehte, sah er einen weiblichen Bubikopf aus
dem heruntergekurbelten Fenster herausschauen und eine lauthals lachende Stimme meinte: „Da ist es wohl besser, wenn ich
anhalte, ehe ich hier noch gesteinigt werde!"

In Sekundenschnelle saß Fritz auf dem Beifahrersitz und erzählte in hastig ausgestoßenen Satzfetzen, dass er so schnell
wie möglich nach Berg, besser noch hinunter an den See zum
Kreuz an der Todesstelle von König Ludwig II. müsse.

Auf Nachfragen der Fahrerin, die sich als aus München
kommende Studentin vorgestellt hatte, berichtete Max, nun etwas ruhiger, da die Studentin als Wohn- und somit auch Ziel-
ort ihrer Fahrt Berg am Starnberger See angegeben hatte, von
seinem Verdacht, dass sein bester Freund womöglich gerade
dabei sei, sich da unten am See das Leben zu nehmen.

Seine eindringliche Schilderung der Geschichte mit dem Abschiedsbrief beeindruckte die Studentin so sehr, dass sie kräftig Gas gab. Fritz schöpfte wieder Hoffnung, dass er vielleicht
doch noch rechtzeitig ankommen und somit das Schlimmste
verhindern könne. Als sehr hilfreich erwies sich jetzt auch die
Ortskenntnis der einheimischen Fahrerin. Sie brachte Fritz
mit dem Wagen über einen schmalen Weg bis wenige hundert Meter vor die Votivkapelle, die Prinzregent Luitpold einst
zur Erinnerung an den Märchenkönig hier hatte bauen lassen.
Sie wies ihm noch den Fußweg, der ihn an der Kapelle vorbei
direkt zu der Uferstelle mit dem vorgelagerten Kreuz führen

würde. Ohne noch umzuschauen rannte Fritz los, durchquerte ein Ufergebüsch, ließ einen Schilfgürtel hinter sich und gelangte nahezu atemlos und heftig schnaufend ans Ufer.

Hier stand er nun im Kies, schaute zunächst auf das große Kreuz im Wasser, blickte dann nach links und nach rechts am Ufer entlang, ohne auch nur die geringste Spur von Max zu entdecken. Fritz krempelte sich jetzt die Hosenbeine hoch und watete ins Wasser. Er suchte systematisch den hier seichten Seegrund nach Spuren ab, wurde aber zu seiner Erleichterung nicht fündig. Allmählich wurde er ruhiger und musste sich eingestehen, dass ein Wassertod für Max wohl kaum durchführbar sein dürfte. Immerhin war er ein fantastischer Schwimmer und Taucher. Er hätte ihm zugetraut, hier vom östlichen Seeufer aus mühelos hinüber zur Roseninsel oder ganz ans westliche Ufer und auch wieder zurück zu schwimmen. Wenn er den Abschiedsbrief richtig interpretiert hatte, dann müsste Max aber trotzdem hier irgendwo zu finden sein, und hoffentlich noch lebend.

Aber auch links und rechts von der Unglücksstelle des Königs Ludwig war nichts Auffälliges zu sehen, und so ging Fritz ratlos, immer wieder die Gegend absuchend, langsam hinauf in Richtung Votivkapelle. Er passierte dabei ein weiteres, steinernes auf hohem Sockel stehendes Gedenkkreuz und wollte gerade die Stufen betreten, die zur Kapelle hinaufführen, als er aus dem Augenwinkel doch noch etwas bemerkte. Direkt am Fuß des Kreuzes schaute unter einem faustgroßen Stein ein weißes Blatt Papier hervor.

Sofort stürzte Fritz darauf zu, riss das Blatt unter dem Stein hervor und erkannte die unverwechselbare Handschrift seines Freundes. Mit zitternden Händen begann er zu lesen. Diesmal war der Brief mühelos zu entziffern, nichts war verwaschen oder verschmiert.

Lieber Fritz,

da ich weiß, dass Du ein verdammt treuer Kerl bist, gehe ich davon aus, dass Du schon bald hier aufkreuzen wirst.

Aber keine Sorge, Eile wäre gar nicht mehr nötig gewesen.

Habe hier am See lange meditiert und nachgedacht und dann einen radikalen Schnitt mit meiner unseligen Vergangenheit gemacht.

Ja, jetzt bin ich frei, und so ganz anders frei, als ich mir das in den letzten Tagen vorgestellt habe. Ich will kein ewiges Rätsel bleiben, weder mir noch Dir noch sonst jemandem, sondern jetzt ein neues Leben im Hier und Jetzt beginnen. Die Vergangenheit hat Ruh'!

Mein Entschluss steht unverrückbar fest: Ich werde meine Zelte gänzlich abbrechen und zum Morgenlandfahrer werden. Mein Weg führt mich also nach Indien und das einzig Betrübliche an der Sache ist, dass ich Dich wohl nie wieder sehen werde. Du warst mir ein guter Freund und hast mir in mancher Krise mehr geholfen, als Dir selbst bewusst geworden ist. Wer weiß, ob ich ohne Dich diese Befreiung hier am See noch erlebt hätte! Dafür tausend Dank!

Und nicht traurig sein! Für diese Welt hier, dessen bin ich mir nun absolut gewiss geworden, bin ich nicht geschaffen. Weder für die Seite des vermeintlich ewigen Wirtschaftswachstums und Konsumwahns noch für die antiautoritäre, revolutionäre Gegenbewegung.

Lies Hesses Siddharta, das hat mir auch geholfen, meinen Weg zu finden! Das Buch habe ich übrigens von einer Klassenkameradin geschenkt bekommen. Also halt Dich an die Mädels, so übel sind die gar nicht!
Jetzt aber ist Schluss,
Indien ruft mich!

Vergessen werde ich Dich aber nie,
Hare Krischna

Dein Max

Zunächst hatte Fritz den Brief nur so überflogen und dabei tief durchgeatmet, weil klar ersichtlich war, dass Max seine Selbstmordpläne verworfen hatte. Jetzt aber las er alles noch einmal in aller Ruhe und ganz genau durch. Die Erleichterung wich nach und nach einer tiefen Traurigkeit, denn ihm wurde klar, dass er Max so schnell nicht wiedersehen würde, womöglich sogar nie mehr, und das tat nach den letzten zwei Jahren, die sie zusammen verbracht hatten, doch verdammt weh.

Fritz war ganz tief in Gedanken versunken, da legte sich eine Hand auf seine Schulter.

„Na, gute, oder schlechte Nachrichten?", fragte die Studentin, die ihn so schnell mit ihrem VW hierhergebracht hatte.

„Gute Nachrichten, wenn's auch richtig weh tut."

„Wie wäre es dann jetzt mit einem kleinen Abendessen bei mir zu Hause? Ich wohne gleich da vorne. Weißbrot und Käse und vor allem eine gute Flasche Rotwein sind noch da. – Übrigens: Ich heiße Sissi. Und das hier ist eigentlich mein Lieblingsplatz, wegen dem König, der da draußen so unglücklich gestorben ist."

„Weiß man's?", antwortete Fritz, stand auf und folgte seiner neuen Bekanntschaft die Treppen hinauf.

Stimmen zur 1. Auflage

Objektiv. Die Präsidentin der österreichischen „Gesellschaft der Lyrikfreunde", Dr. Christine Michelfeit, schreibt in einer Rezension: „Hans Schütz ist mit diesem Roman ein sehr gutes Zeitbild gelungen, fesselnd geschrieben, dabei immer objektiv im Bezug auf das politische Geschehen. Ein Buch das aufzeigt, wie sehr sich die Welt seither verändert hat." (BEGEGNUNG, 2012)

Spannend. „War es in ‚Nebelstochern' die heile Welt seiner Kindheit in den 1950er und 1960er Jahren, so schreibt Schütz diesmal über seine letzten Jahre auf dem Gymnasium in Füssen. Eine revolutionäre Zeit, denn es war die Zeit der ‚Achtundsechziger'. Gab's die überhaupt in diesem Provinzstädtchen? Aber sicher. Hans Schütz hat autobiografische Elemente in eine fiktive Geschichte gepackt, die aber die Befindlichkeiten an einer höheren Schule anno 1969/70 sehr deutlich machen. Es ist die Geschichte der Freunde Fritz und Max. Der eine entwickelt sich in dieser Zeit langsam, aber sicher zum Provinzrevoluzzer mit Che Guevara-Plakat überm Bett. Der andere taucht in eine sonderbare Scheinwelt, in der König Ludwig II. zu seinem großen Idol wird. Schon allein dieser Gegensatz sorgt für Spannung in diesem Roman, der sich locker und leicht liest." (FÜSSENER BLATT, 2012)

Faszinierend. „Es ist ein faszinierender Plot, den sich der Peitinger Hans Schütz in seinem Roman ‚Ludwig zum Zweiten' hat einfallen lassen. Er spielt dabei auch mit den Legenden, die sich um Ludwig II. ranken. (…) Recht gut beschreibt er (…), was in den beiden letzten Schuljahren der Protagonisten, also von 1969 bis 1971, passiert. Schildert mit viel Ostallgäuer Lokalkolorit das politische Erwachen von Fritz, in dessen Figur sich wohl auch der Autor ein Stück weit spiegelt. Das ist durchaus interessant, zumal Schütz sprachlich solide erzählt. So ist der Roman vor allem ein unterhaltsamer Blick zurück in eine unruhige Zeit, die sich bis in die Gegenwart hinein auswirkt. (ALLGÄUER ZEITUNG, Februar 2012)

Anspruchsvoll. „So gesehen ist dies nicht nur ein lesenswerter Roman mit regionalem Flair, sondern auch ein politischer mit sozialem Anspruch." (EDITION KULTURLAND, Oktober 2011)

Zeitlos. „Buch-Tipp. Schütz, heute in Peiting zu Hause und auch als Umwelt-Aktivist bekannt, entwirft ein kurzweiliges, anregendes Zeitgemälde, das über die beschriebene Zeit hinausweist – und in dem auch Märchenkönig Ludwig II. eine wichtige Rolle spielt." (GERETSRIEDER MERKUR, Oktober 2011)

Revolutionär. „Schütz beschreibt darin seine letzten Jahre auf dem Gymnasium in Füssen. Eine revolutionäre Zeit, denn das war die Zeit der ‚Achtundsechziger'. Er hat autobiografische Elemente in eine fiktive Geschichte gepackt, die aber die Befindlichkeiten an einer höheren Schule anno 1969/70 sehr deutlich machen. Es ist die Geschichte der Freunde Fritz und Max. Der eine entwickelt sich in dieser Zeit langsam, aber sicher zum Provinzrevoluzzer mit Che Guevara-Plakat überm Bett. Der andere taucht in eine sonderbare Scheinwelt, in der König Ludwig II. zu seinem großen Idol wird." (LECHKURIER und 'S FENSTER ZUM AMMERTAL, September 2011)

Politisch. „Das neue Buch von Hans Schütz trägt den Titel ‚Ludwig zum Zweiten'. Geht es auf den 208 Seiten etwa um einen bayerischen König? 1969. Zwei Freunde in der Allgäuer Provinz arbeiten mit bei der Schülerzeitung ihres Gymnasiums. Sie sind beeinflusst von der neuen politischen Strömung, die später die ‚68er-Bewegung' genannt werden wird. Konflikte mit der Schule bleiben nicht aus. Der eine wird immer mehr zum Provinzrevoluzzer. Doch der andere – seine Familiengeschichte bleibt im Dunkeln – zieht sich in eine Scheinwelt zurück, in der König Ludwig im Zentrum steht. Kurz nach dem Abitur bahnt sich eine Katastrophe an." (OHA – ZEITUNG AUS DEM PFAFFENWINKEL, August 2011)

Märchenhaft. „Märchenkönig der 68er. In seinem neu erschienenen Roman „Ludwig zum Zweiten" nimmt der Autor Hans Schütz die politischen Bewegungen der 60er Jahre in Augenschein. Doch statt sich dabei auf die Großstädte Deutschlands zu konzentrieren, will Schütz, der die 68er-Revolution als 17-jähriger Junge selbst miterlebte, ganz bewusst aufzeigen, wie sich die Geschehnisse dieser Zeit auf dem Land entwickelten." (WEILHEIMER TAGBLATT, August 2011)

Weitere Bücher von Hans Schütz

Nebelstochern – Eine Kindheit am Lech
Autobiographische Erzählung
BoD, Norderstedt 2006
ISBN 3-8334-4782-6

Ich nehm' das Tagesgedicht
Lyrisches Tagebuch
Wißner Verlag, Augsburg 2008
ISBN 978-3-89639-680-8

Lechliebe
Gedichte. Mit Fotos und Texten
von Dr. Eberhard Pfeuffer
Bauer-Verlag, Thalhofen 2014
ISBN 978-3-941013-98-8

Lyrisches Menü
Gedichte und Landart
Bauer Verlag, Thalhofen 2014
ISBN 978-3-95551-065-7

Bezug im Buchhandel oder direkt beim Autor: www.hansschuetz.de